체공녀 강주룡

제23회 한겨레문학상 수상작

박서련 장편소설

한겨레출판

차례

병

오래 주렸다.

씹어서 연하게 만든 것이 목구멍을 지나가는 느낌이 어땠는지 떠올릴 수 없게 되었다. 침만큼은 아직 나오지만 넘어가지 않고 입술 양옆에 고이기만 한다. 목구멍이 거칠어져 일부러 마른침을 삼켜보려 할 때마다 부대끼고 거슬린다. 주룡은 나무를 떠올린다. 손을 넣어 만져볼 수 있다면, 우선 식도를 지나갈 때 죽은 나무의 좁은 옹이구멍을 억지로 비집고 들어가는 듯한 통증을 느낄 것이고, 내장들은 손이 스치는 대로 낙엽처럼 바스러질 것이다. 그대로 뒷구멍까지 손을 밀어 넣어 뽑고 어깨를 구겨 넣고, 머리도, 나머지 한 팔도 넣으면…… 배가 부르겠지. 나는 뒤집히겠지. 그런 상상을 하는 주룡의 얼굴에 희박한 웃음이 돈다. 나를 삼켜서 뒤집어진 나는 또 배가 비겠지. 모로 누운 채 주룡은 누군가의 배 속에 들어 있기나 한 듯이 양 무릎을 바싹 모아 끌어안는다. 잠들고 싶지만, 잠 말고는 누릴 것이 없지만, 오래 주렸기 때문에 주룡은 잠들지 못한다. 머리에 피가 돌지 않아 이미 잠 안팎의 경계가 흐리기도 하다. 눈을 감은 채로 선명한 고통을 느끼면서 자기를 잊어가는 것이다. 그 감각이야말로 제 숨이 아직 끊어지지 않았다는 증거인 것을 안다. 때때로 귓전에 도는 소리가 있다. 강녀야, 강녀야, 하고 부른다. 허기가 심해서 들리는 소리인데 허기 때문에 대답할 수 없다. 이어지는 매미 소리…… 매미 소리…… 찢어지는 듯한 매미 소리. 이건 헛것인지 아닌지 구분되지 않는다. 지금이 여름인가? 주룡은 흐린 눈을 아주 감는다. 매미 소리가 머리를 때려 눈꺼풀 안쪽에 빛의 무늬를 그린다. 빛은 잎맥처럼 퍼지다가 삽시간에 구겨지기를 반복하지만 한 번도 같은 모양인 적은 없다.

발소리가 온다.

발소리를 들으면 주룡은 곧장 몸을 일으키곤 했다. 등을 곧추세운 채로 발소리를 맞는 것이야말로 굶주린 이가 할 수 있는 가장 작은, 가장 나중 된 저항의 몸짓이라고 여겼다. 오늘만은 그럴 수 없을 것 같다고, 주룡은 뒹굴며 생각한다. 그럴 수 없을 것 같다고 정한 것은 누구지. 그럴 수 없다, 가 아니라 그럴 수 없을 것 같다, 고 하는 것은 누구지. 강녀야. 강녀야. 주룡은 부들거리는 팔목으로 바닥을 민다. 멀어지는 바닥이 어지럽게 눈에 고인다. 좀체 움직이지 않는 두 다리를 몸통 쪽으로 끌어모을 때, 목구멍에서 어떤 소리가 끓어 넘치듯 새어 나온다. 짐승 같다. 주룡은 남의 일처럼 금방 제가 낸 소리를 돌이킨다. 짐승인데 들짐승은 아니고. 집에서 기르던 토끼를 잡을 적마다 이런 소리를 듣지 않았나.

발소리는 나타나지 않은 채로 잠시 멎는다. 강녀의 머리가 허공에 호를 그린다.

1부

간도

1

통화현에서 가장 고운 게 무엇이겠니?

당장 떠오르는 것은 토끼의 새끼.

태에서 갓 나온 토끼는 못나고 조글조글하지만, 털이 마르고 살이 오르면 세상천지에 비길 것이 별히 없도록 고와진다. 흰 놈은 빨간 눈이 옥 같아서 곱고, 까맣거나 얼룩이 있는 놈은 까만 눈이 사람 같아서 귀엽다. 노란 놈들은 대개 생김새가 오밀조밀하여 딱히 어디가 제일 잘났다고 하기도 어렵다. 그렇지만 토끼란 새끼 때만 기특한 게 아니고, 다 자라서는 살과 털이 푸짐해 고마운 짐승. 토끼처럼 고맙고 고운 짐승이 또 없을 테다. 토끼의 가죽이 아니고서는 서간도의 모진 겨울을 버티기 어려웠을 게다. 무엇보다 갸륵한 점은 눈 감고 뜨기가 무섭게 새끼를 치는 것. 세상에 토끼 치면서 굶어 죽은 사람이 있으랴. 토끼 먹일 꼴을 베러 다니면서는 힘들다는 생각도 해본 적이 없다. 그러고 보면 곧 겨울이니 미리 토끼를 좀 잡아야 할 것이다.

그런 것 말고, 갸륵한 것 말고 고운 것.

고와서 곱다 하였지, 갸륵해서 곱다 한 게 아니외다.

주룡의 답에 어머니는 설핏 웃었다.

토끼보다 고운 게 통화현에 또 없겠니?

오마이 손이 곱소.

주룡은 거울을 보며 대꾸한다. 주룡의 머리를 분주히 다듬는 어머니의 손이 거울에 어른거린다.

이 애는, 어데가 곱니. 토끼는 고사하고 토끼 발보다도 못났다야.

아니우, 곱소. 오마이 손보다 고운 손은 천지간에 본 적도 없네.

주룡의 머리에 동백기름을 바르는 어머니의 손은 그 말처럼 곱지 않다. 기름을 발랐어도 굳은살이며 손거스러미가 머리칼에 석석 일어나는 것을 주룡도 느낀다.

오마이는 고운 것을 보면 눈물이 나지 않습데까?

원 애는 능청두.

어머니는 주룡의 머리에 첩지를 올려 쪽을 찌며 다시 묻는다.

통화현에서 제일 고운 게 뭔지 너 아직두 모르겠니?

이도 아니고 저도 아니라니 무슨 재주로 알갔소? 나 보기에는 내 말이 다 옳은데 오마이는 괜히 아니래. 오마이도 모르는 게지?

어머니는 한참 답이 없다. 머리통을 주무르는 어머니의 손이 따뜻해서 주룡은 슬슬 잠이 온다. 머리통을 흔들라치면 어머니가 머리를 콱 잡아 바로 세우니 맘껏 졸 수도 없건마는 눈이 자꾸 감긴다.

강녀야, 눈 좀 떠보라.

어머니가 거울을 보기 좋게 세우며 부른다.

통화현에서 으뜸 고운 것 여기 있네. 우리 강녀.

주룡은 얼굴을 붉히면서도 아무렇지 않은 양 야무지게 대꾸한다.

고 말을 하자구 자꾸 귀치않게 묻고 채근했시요?

어머니는 말없이 첩지 위에 빌려 온 족두리를 올린다. 주룡은 거울에 비친 어머니를 보며 계속 종알거린다.

괴이한 말이오. 천지간에 가장 고우면 고왔지, 통화현에서 으뜸 고운 건 무슨 소용이랍데까?

어머니는 계속 대답이 없다. 주룡은 민망한 생각이 들어 주절주절 말을 늘어놓는다.

그야 통화현에서 으뜸 고와야 서간도에서도 빠지지 않을 거이고, 서간도에서 좀 이름을 떨쳐야 조선 천지에서도 인정을 받갔지마는.

족두리 쓴 계집애가 거울 속에서 고개를 이리저리 돌려보는 꼴을 주룡은 유심히 바라본다. 통화현은 고사하고 동리에서도 잘났다 하기 힘든 얼굴이다. 그래도 딱히 못난 데는 없으니, 이만하면 되었지. 그런 생각으로 주룡은 벙싯 웃다가 어머니 쪽으로 돌아앉아 짐짓 점잔을 빼며 말한다.

기는 기렇고, 마냥 강녀라고 부를 작정이시오?

강녀가 강녀지, 허면 메라고 부른다니.

오늘부터는 나도 어른 노릇을 해야 할 것인데 오마이가 시댁 식구들 앞에서 아새끼 부르듯 야, 강녀야, 하면은 나도 오마이도 동리에 참 꼴이 좋갔소.

그 말에 어머니의 눈이 별안간 젖는다.

그러면 내가 우리 강녀를 강녀라고 부르지 머이라고 한다니?

모녀는 누가 먼저랄 것 없이 팔을 열어 서로를 얼싸안고는 소리 죽여 운다. 잔칫날에 부녀자들 우는 소리가 높아서는 안 될 일이다. 어머니의 더운 입김이 귀밑부터 옷깃 속까지 끼쳐왔다가 식는다. 사립 안으로 초행 들어오는 기척이 들린다. 모녀는 서로 눈을 피하며 고쳐 앉는다. 아버지가 문고리를 열고 고개를 빠끔 들이민다.

임자 나와봐, 약소허게 하자드니 가마 끌고 기럭아범까지 앞세우고 여간한 야단이 아닐세.

어머니는 한숨을 쉰다. 문틈으로 살짝 들어온 앞마당 풍경을 어떻게든 더 보려고 주룡은 목을 길게 뽑는다. 손바닥만 한 마당과 고만고만한 사립 바깥에 구경꾼이 구름같이 모여들어 있다.

기별하면 얼굴 가리고 나오라.

아버지는 정 없이 말하고 문을 탁 닫아버린다. 어머니는 일어나 머뭇대며 주룡을 몇 번 돌아보고서야 방을 나선다. 혼자 남은 주룡은 마음이 영 어수선해 가만 앉아 있기 어렵다. 이대로 세상이 멈췄으면 좋겠다는 마음도 일고, 시집가 다른 동리에서 여태껏과는 딴판으로 살게 되면 어떨지 못내 궁금하기도 하다.

또래들 사이에서도 주룡의 혼사는 늦은 편이다. 보잘것없는 형편 탓이 크다는 것을 알고는 있지만 내가 그래 박색인가, 하는 생각을 지우기 어려웠다. 기왕 이렇게 된 일, 시집 안 가고 부모 동기나 잘 돌보며 사는 것도 요새 세상에 흉 될 것 없으리라는 생각을 한 지도 이태나 된 참이다. 남동생이 이제 겨우 아홉 살이다. 시집가고 나면 집안일은 누가 하고 동생은 누가 돌볼 일인가.

혼담은 주룡이 막연히 생각해온 듯이 은근하게 무르익는 것이 아니었다. 통상은 그러한지도 모르지만, 신랑 집안이 어지간히도 급했는지 달포 만에 이렇게 일을 벌였다. 새아기 될 간나가 나이를 스물이나 먹은 것이 흉이 되지나 않을까 하였는데 듣자 하니 상대는 이제 겨우 열다섯 애송이라는 모양이다. 시댁 될 집안에도 뭔가 켕기는 데가 있으니 아쉬운 대로 노처녀라도 데려다 장가를 보내려는 게지. 그런 짐작을 떨칠 수 없다 보니 주룡으로서도 이 혼사가 썩 내키지는 않는다. 묵은 짐을 치우듯 매정하게 구는 아버지도 밉고, 시가 사람이 다녀갈 때마다 딸 가진 죄인이라고 굽신거리는 어머니도 답답하다. 동리 간나들이 다 한 번씩 걸치고서야 주룡의 차례가 된 원삼, 족두리도 묘하게 간질거려 벗어 던지고만 싶다.

내깟 년이 머이 힘 있나, 고저 밭을 갈라면 밭을 갈고 시집을 가라면 시집을 가야지.

바깥이 시끌시끌하니 오히려 혼자 남은 방 안이 고즈넉하게 느껴져 주룡은 에라, 소리를 내며 발랑 자빠진다.

이제 되었다. 문 열어도 되간?

어머니 목소리다. 주룡은 당황하여 버둥거린다. 폭이 넓은 원삼 소매가 무거워 바닥을 짚는 것도 일이다. 간신히 허리를 세우고 거울을 보니 이마 한가운데에 머리 가닥이 새앙쥐 꼬리처럼 얄밉게 내려와 있다. 헛기침 소리가 들린다.

되오, 돼. 내 나가오.

주룡은 서둘러 공수하여 얼굴을 가린다. 문이 열리고 마당의 풍경이 아래 반쪽 가려진 채로 눈에 들어온다. 누구라도 시방 내 꼴을 비웃기만 해봐, 혼례고 뭐고 정강이를 걷어차줄 테다. 차려입은 모습을 내보이는 것이 어쩐지 쑥스러워 그런 생각을 해보는데 누구 하나 웃는 이 없다. 하님 노릇을 할 사람이 따로 없어 어머니가 오른팔을 붙잡으며 속삭인다.

팔 더 높이 들라. 팔꿈치랑 눈썹이 일자가 되게 들라.

시키는 대로 팔을 더 들기 직전에 주룡은 신랑 쪽을 본다. 사모관대를 그럴싸하게 갖춘 소년이 뻣뻣한 자세로 상 앞에 서 있다.

메야, 열댓 살 먹었다더니 내만 하겠고만.

주룡의 혼잣말에 어머니가 팔을 살짝 꼬집는다. 그 바람에 섬돌을 디디려던 주룡의 오른발이 흠칫 허공에 멈춘다. 어머니는 귀에 대고 잔소리를 늘어놓는다.

누가 혼례도 전에 신랑부터 치어다보라던?

주룡은 소매 밑에서 입술을 비죽거린다. 방 안에서는 둘도 없이 살갑게 굴던 어머니가 언제 그랬냐는 듯 엄하게 구는 것이 서운하다.

머리 꼴은 또 왜 그러네? 그새를 못 참았네?

오마이는 인제 시집가는 딸아한테 그밖에 할 말이 없슴메?

주룡은 새 신에 발을 꿰어 넣으며 퉁명스레 대꾸한다. 다른 복색은 다 빌려 온 거라도 신만은 오늘을 위해 새로 산 주룡의 것이다. 품이 남지도 모자라지도 않게 발에 꼭 맞는 걸로 보아 어머니가 고른 것일 게다. 밑으로 푹 꺼지듯 섬돌에 내려선 주룡의 팔을 어머니가 더욱 단단하게 감싼다.

시방은 무슨 말을 한들 아쉬울 거이니…….

혼례 때 신부 얼굴을 가리게끔 하는 까닭은 언제고 눈물이 날 줄을 알고 그런 것이 틀림없다. 주룡은 그런 생각을 하며 팔을 더욱 높게 든다. 앞을 볼 수 없는 주룡을 거들어 자리로 인도해주며 어머니는 다시 속삭인다.

잘 살라. 알갔지?

오마이나 잘 사시오……. 주룡은 속으로 말을 삼킨다.

마침내 혼례상 앞에서 주룡은 신랑을 마주한다. 그새 소매 너머로 곁눈질하는 요령이 붙었거니와, 신랑 될 사람이 주룡보다 크다 보니 시선을 좀 높이면 어깨며 얼굴 언저리가 어렴풋이 보인다.

내가 다섯 살이나 많은데 나보다돔 크다니, 저 아이 클 동안에 나는 뭘 했나.

주룡은 제 생각이 부끄럽고 우스워 키들키들 어깨를 떤다. 키는 다 키워놨으니 어디 가서 꼬마 신랑이라고 놀림당할 일은 없겠고나.

최가라고 하였지, 이름은 전빈이고. 나는 이제 저 애를 뭐라고 부르나. 전빈아, 하면 시댁 어른들이 가만있지 않을 테고. 서방님, 하자니 내가 간지러워 못 하겠고. 어머니는 왜 이런 것도 미리 알려주지 않은 거야, 하는 원망이 슬그머니 솟는다. 그러고 보니 어머니는 아버지를 뭐라고 부르더라? 느이 아바이, 느이 아바이, 하던 것만 생각나고 직접 부를 때는 뭐라고 했던가가 도통 떠오르지 않는다. 어머니는 결코 아버지를 먼저 부르는 일이 없다는 걸 지금 깨달을 건 뭐람. 낭패라는 생각이 든다.

주룡의 아버지와 기럭아범으로 따라온 신랑네 친척이 각자 잔을 채워 주룡과 신랑에게 건넨다. 애초 신랑네 큰어른이 짧은 축사를 읽고 서로 절한 다음 합환주를 나누는 것으로 간소하게 식을 치르기로 했다. 그러니까 합환주를 받는 이때가 바로, 주룡이 신랑의 얼굴을 똑바로 보는 첫 순간이 되는 셈이다. 주룡은 아버지가 건넨 잔을 받느라 공수를 푼다. 내내 긴장하여 바싹 들고 있던 팔이 그제야 아프다. 잔을 떨어뜨릴까 봐 급하게 입을 갖다 대면서도 신랑의 얼굴이 궁금해 주룡은 눈을 치켜뜬다. 꿀꺽. 주룡의 눈이 휘둥그레진다.

야, 반만 마시라고 몇 번이나 말하지 않았네?

주룡은 아버지의 타박을 듣지 못한다. 신랑의 얼굴을 보고 너무 놀라서 합환주 첫 잔을 단숨에 마셔버린 참이다. 아직 소년티를 채 벗지는 못했어도 이목구비가 뚜렷하고 해사해 귀여운 얼굴이다. 여복을 하면 주룡보다도 곱겠다는 생각마저 든다.

주룡의 잔을 받아 신랑에게 건네야 하는 아버지는 난처해하며 잔에 새 술을 다시 반 붓는다. 지켜보던 구경꾼들이 와하고 웃음을 터뜨린다. 새신랑도 어찌 된 노릇인지 알고는 풋콩 콩깍지 터지는 소리를 내며 웃음을 참는다. 주룡에게는 우스울 것 없는 상황이지만 웃는 신랑 얼굴이 고와서 주룡도 흐뭇해지고 만다.

야, 웃지 말라! 혼례 때 각시가 웃으면 첫아는 간나란다.

구경꾼의 흰소리를 듣고도 주룡은 웃음을 거두지 않는다. 합환주가 마저 돌고, 신랑의 입술이 닿았던 잔을 주룡은 부끄러움 없이 또 한 번 비운다. 아버지의 난처함 같은 건 안중에도 없다.

늦가을이라 해가 짧은데도 모였던 구경꾼들은 쉽게 물러가지 않았다.

아버지가 술꾼 두엇을 억지로 사립 밖으로 몰아내는 소리를 들으면서 주룡은 마침내 혼인 잔치가 완전히 끝난 것을 알아차린다. 전빈과 단둘이 방 안에 들어앉은 지 족히 두어 시간은 된 것 같지만 서로 우물쭈물할 뿐 이야기를 이어보지는 못했다. 해 질 녘엔 수다를 떠는 척 일부러 신방 문 앞에 앉아 안쪽 동향을 살피는 아낙들이 밉고 신경 쓰였는데, 이제는 그들이라도 다시 불러다 참견 좀 해달라고 하고 싶은 것이 주룡의 심정이다.

신방이라고 해봐야 안방에 남포와 간단한 주안상을 두었을 따름인 점도 쑥스럽고 불편하다. 정주간 하나에 방 두 칸이 달랑이라 그나마 좋은 방을 쓴다는 게, 어머니 아버지가 매일 자는 안방이라니. 주룡은 속이 타서 잔을 채운다. 한 모금 삼키면서 곁눈질해보니 전빈은 지금부터 뭘 해야 하는지 하나도 모르는 눈치다. 할 일을 아는 것은 고사하고 겁을 잔뜩 집어먹은 것처럼 보이는 게 영락없는 어린애다.

주룡은 한숨을 푹 내쉬고 스스로 족두리를 내린다. 빨리 불이라도 꺼야지, 남포 기름이 아까우니. 새신랑 든 날이라고 불을 아낌없이 때서 오늘은 방도 덥다. 전빈은 주룡이 하는 양을 보고 있다가 알았다는 듯이 제 옷도 벗어 내린다. 어쭈, 하는 생각으로 주룡은 저고리 고름을 푼다. 아예 속저고리까지 단숨에 벗으려 하자 전빈이 한 손으로 눈을 가리며 고개를 돌린다.

그러니까 여자 몸이 부끄러운 것은 안다 이거지.

영 어린애는 아닌 것은 알겠고, 어쩐지 골려주고 싶은 생각이 든다. 주룡은 그대로 속곳만 입은 채 원앙금 속으로 기어든다. 윗몸을 세워 한 팔로 머리를 괸 채로 전빈을 불러본다.

게서 메 하십네까? 추운데 이리 오시라요.

춥지 않습네다.

하면 밤새 거기 있을 게랍네까?

주룡의 핀잔에 전빈이 엉덩이를 끌며 다가온다.

이리 드시우.

주룡은 비어 있는 옆자리를 팡팡 두드려 보인다. 전빈은 이불 바로 옆까지 와서도 머뭇거리기만 할 뿐 좀체 들어올 생각을 않는다. 주룡은 슬슬 부아가 나려는 참이다.

각시가 나이 많아 싫소?

주룡의 말에 전빈은 도리질을 친다.

박색이라 싫소?

아니오, 박색이라니 당치 않소.

펄쩍 뛰며 손사래까지 치는 전빈이 밉지 않아서 주룡은 웃음을 꾹 참는다.

각시가 맘에 안 차서가 아니면 어째 그런 얼굴을 하고 계십네까?

주룡의 말처럼 전빈은 금방이라도 울음을 터뜨릴 것 같은 낯빛이다. 뭔가 말하려는 듯 입술을 달싹거리다 마는 모습이 답답하면서도 귀여워 주룡은 농지거리를 덧붙인다.

이러다 소박맞기 딱 좋구나 싶어 나 잠 못 자갔소.

이 말에 전빈이 흠칫 소스라치는 기색을 주룡은 놓치지 않는다. 전빈을 보기 전에야 소박 같은 것은 아무렇지 않겠다 여겼으나 이제는 사정이 다르다. 괜한 소리를 한 제 입을 치고 싶은 심정이다. 무슨 소리든 해서 어색한 분위기를 누그러뜨리고 싶지만 적당한 말이 떠오르지 않는다. 내 신세가 그렇지, 하는 심정으로 돌아누우려는 찰나 전빈이 주룡에게 말을 걸어온다.

야학 동무들하고 결의한 바가 있습네다. 독립군에 들어가리라고…….

바로 누웠던 주룡은 벌떡 일어나 전빈을 바라본다. 이불이 폴싹이는 바람에 남폿불이 호르르 떤다. 토끼처럼 눈을 동그랗게 뜬 주룡을 전빈은 잠시 말없이 바라보다가 다시 입을 뗀다.

사나가 되어서 동무들하고 약조한 것 하나 지키지 못하고, 집안 어른들 하란 대로나 한 것이 영 부끄럽고, 부인에게도 미안하여 어쨀 바를 모르겠슴메.

이제야 주룡도 이 혼담의 진의를 알 것 같은 생각이 든다. 채 여물지도 않은 아들이 독립운동을 한다고 떠날 것이 겁나 혼기 놓친 처녀라도 데려다 발을 묶으려 한 게로구나. 이 애의 조바심과 최씨 집안네의 불안이 서로 줄다리기한 결과가 나로구나. 생각이 여기에 닿고 보니 묘하게 마음이 가라앉는다.

난 또 메라고. 걱정 말고 일단 누우시라요.

전빈은 눈자위를 힘껏 비비고 주룡을 쳐다본다. 젠장 맞게 곱고 처량하고나. 주룡은 속으로 한탄하면서도 차분히 할 말을 고른다.

집안 어르신들 뜻도 알갔고요, 그, 메냐, 서방님 뜻도 알갔습네다. 어르신들이라고 서방님이 큰일 한다는데 말릴라는 것은 아닐게라우요. 안즉은 아이로마 뵈이니 좀 더 키워보자 하는 게이지.

전빈은 그런 것쯤 저도 다 안다는 듯 입술을 비죽거린다. 주룡의 말이 이어진다.

나도 마찬가집네다. 보시라요, 나 공부 배운 것 없고 뾰족이 타고난 지혜도 없는 보통 간나임메. 그래도 내 서방이 큰일 하고자 하난 뜻을 막을 만치 무식하지는 않습네다. 내 손으로 직접 키워 더 큰일 하게 만들고자 하면은 하였지.

주룡은 말끝에 남포를 끌어와 머리맡에 둔다.

오늘은 늦었으니 예서 주무시고, 제 말이, 제가 정히 싫고 못 살갔으면은 잠든 사이에 가시라요. 잡지는 않갔습네다.

전빈은 아직까지 망설이는 기색이다. 이렇게까지 말했는데도 이불 속으로 들어올 생각이 없다면 어쩔 수 없는 게지. 주룡은 한숨을 섞어 남폿불을 불어 끈다. 자세를 고쳐 이불을 끌어 올리다가, 주룡은, 저 말고 다른 기척이 이불 속으로 들어오는 것을 느낀다. 이윽고 서늘한 손이, 손가락들이 얼굴을 더듬거리는 것도.

손이 찹네다.

미안하오.

뭐가 미안하다는 건지도 모르겠고 방금까지 무슨 말을 했는지, 무슨 생각으로 그랬는지도 모르겠다. 뒤늦은 부끄러움에 주룡은 이불 속에서 홱 돌아눕는다. 꾸물거리며 닿아오는 몸이 어쩐지 애틋해 오래 등지고 있을 수가 없다. 주룡은 몸을 돌이켜 전빈을 안는다. 주룡보다도 크지만 어딘지 아직 엉성하게 느껴지는 소년의 몸을.

눈을 떴을 때 이 애가 없어도 절대 울거나 놀란 기색은 말아야지.

그런 결심을 하며 주룡은 곯아떨어진다. 어린 신랑에게는 더욱 그렇겠지만, 주룡에게도 혼인은 피곤한 일이었다. 두 사람의 잠은 동틀 무렵까지 죽 이어진다.

먼저 잠이 깬 쪽은 주룡이다. 제 몸에 한 팔을 얹고 곤히 잠든 전빈의 얼굴을 발견하자 복잡한 마음이 든다. 겨우 어제 처음 본 사내가 품에 안겨 잠들어 있는 것이 낯설고, 그것이 제 서방이라니 말도 안 되는 일이다 싶고, 자는 얼굴도 귀엽구나 싶어 흐뭇하고, 내가 정말로 혼례를 치르긴 치렀구나 하는 생각에 얼떨떨하다.

전빈이 밤사이에 떠나지 않았다는 사실에 대한 안도가 무엇보다 크다.

나쁜 꿈이라도 꾸는 것인지 전빈은 눈꺼풀을 이따금 움칠거린다. 가만 보니 문창호에 손가락 둘레만 한 구멍이 대여섯 개 나 있다. 그리 들어온 햇빛 한 줄기가 전빈의 눈을 겨누고 있는 것이다. 주룡은 손 하나를 뻗어 전빈의 얼굴에 그늘을 만들어준다. 눈을 감은 채 깊은숨을 내쉬는 전빈을 주룡은 오래도록 바라본다. 뜬금없이 어머니에게 들은 실없는 물음이 그 얼굴을 보는 사이 떠오른다.

통화현에서 곱기로 으뜸가는 것이 무엇인지 나 알았소. 그것은 내 서방. 이 생각에 주룡은 의기양양해진다.

서방만 한 게 없다.

2

임자 이름은 무슨 뜻이야?

두루 주에 용 룡 자란다.

아, 긴 허리로 세상을 두루 안아주라는 뜻인가 보아.

기런 뜻이갔어? 내래 머인 한자인지 쓸 줄도 몰라.

임자 이름 주 자하고 내 이름 전 자가 뜻이 닮았다. 내 이름은 온전히 빛나라고 전빈이란다.

이름도 참 곱다.

사나더러 곱다기는.

전빈이 툭 내뱉은 말에 주룡은 픽 웃음을 터뜨린다. 전빈은 부쩍 남자로, 어른으로 대접해주지 않으면 꼭 토라진 티를 낸다. 그런 점이 가장 아이답다는 것을 모르고.

잠시 끊어졌던 말소리가 전빈의 물음으로 다시 이어진다.

언제부텀 간도에 살았네?

내래 열네 살 났을 적에 통화로 왔어.

고전에는 어데서 살았어? 어데서 났어?

강계에서 나서 피양에서 쭉 자랐어. 강계는 예서 멀지 안해. 강계는 예부터 미인이 많이 난다구 했어.

그래서 임자가 이래 곱고나.

곱기는 눈깔을 발바닥에 박았나.

주룡은 무심코 걸게 대꾸해놓고 아차 싶어 입을 가린다. 전빈은 희미한 소리로 웃는다. 웃음소리에서 잠기운이 묻어난다. 전빈이 다시 묻는다.

어드레 통화로 왔니?

기러게 말이네.

성의 없는 대답을 내려놓고 주룡은 생각에 잠긴다. 강계로 돌아갈 수도 있었을 테고 북만주로 갈 수도 있었을 게다. 대마도나 로씨야로 갔어도 좋았을 것이다. 겨우 열네 살이었다. 어머니 치맛자락을 쥐고 기차에 따라 올랐을 뿐, 어째서 서간도여야 했는지는 주룡도 모른다. 야간열차를 탔으니 어쩌면 도주길이었는지도 모르리라는 짐작을 이따금 해보았을 따름이다. 어머니 아버지가 무엇에 쫓겨 도망칠 사람들이 아닌 것은 알지만, 그렇게 생각하는 편이 낭만적이니 주룡은 쭉 그렇게 오해하기로 했다.

자?

품에 안겨 잠든 줄만 알았던 전빈이 돌연 또다시 묻는다. 주룡은 베개 위에서 도리질을 친다. 귀밑머리가 푸스스 일어선다.

먼 궁리를 그리하네?

전빈의 물음에 주룡은 장난기가 돋아 이불 밑으로 파고든다.

서방 찾으러 통화로 왔나 배 했다. 왜?

겨드랑이에 손을 넣기 무섭게 귀를 간지럽히는 전빈의 웃음소리가 못내 사랑스러워 주룡은 그를 다시 껴안는다. 아직 서로가 낯설고 신기한 두 사람에게는 밤이 그리 길지 않다. 전빈이 물으면 주룡이 답하고, 주룡의 말에 전빈이 응한다. 둘의 이야기는 도무지 바닥을 보이지 않는다. 서로를 알기 전까지 오로지 서로에게 들려줄 말만을 모으며 산 사람들인 양, 혼례를 치를 즈음 시작되었던 겨울이 어느새 저무는 줄도 모르고.

아일 적에야 아바이가 점포도 크게 하고 깐에는 떵떵거리는 집 딸나였는데. 인제는 꼴 베기 선수, 밭매기 선수라구. 강씨네 강녀라면 엔간한 장정두 혀를 내둘러. 고전까지는 흙 한 줌 손에 안 쥐어봤다 하믄 뉘가 믿갔네.

우리 임자는 험히 자랐고나.

암. 나 험히 자랐어.

서방이 이래 어리고 약해서 우터한담?

내 서방 어리고 약하단 잡놈 무뢰배들을 이 손으로 작살내주어야지.

주룡의 능청에 전빈이 슬며시 웃음 짓는다. 어둡지만 얼굴에 대고 있던 손이 하관의 움직임을 따라 들썩이므로 알 수 있다. 혼인이란 것은, 부부가 된다는 것은 동무를 갖는 일이구나. 죽어도 날 따돌리지 않을 동무 하나가 내게 생긴 것이구나. 주룡은 문득 그런 생각으로 마음이 벅차오르는 것을 느낀다.

아이지, 내가 어서 자라서 우리 임자를 지켜줄 거야요.

어림없는 소리. 주룡은 그 말이 싫지 않으면서도 속으로 픽 웃는다. 제가 평양에서 통화로 건너올 적보다 겨우 한 살 더 먹은 어린애가 그런 말을 하니 미더울 리 없다. 아니지, 이제 해를 넘겼으니 열여섯인가. 전빈을 볼 때마다 이 애를 언제 다 키우나, 하는 마음과 이 귀여운 것이 더는 크지 않았으면 하는 마음이 매양 서로 다투는 것이 주룡의 본심이다.

그런 소리는 어데서 배웠소? 야학에서 그런 것도 배워줍네?

핀잔에도 전빈은 답이 없다. 마침내 잠이 든 모양이다.

날 밝기도 전에 닭이 운다. 주룡은 전빈이 깨지 않게 이부자리에서 살그머니 빠져나와 매무새를 정돈한다. 조심스레 문과 문을 여닫으며 안방을 지나 정주간으로 들어간다. 일어나서 가장 먼저 할 일은 아궁이를 돌보는 것이다. 겨우내 정주간에서 지내던 큰할머니와 조카들이 방으로 돌아가 거동이 그나마 좀 편해진 참이다. 걸어서 말려둔 관솔을 아궁이에 먹이자 숨을 죽이고 있던 불씨가 솥을 치며 자라난다. 물항아리는 절반쯤 차 있다. 밤사이에 낀 살얼음을 걷어내고 바가지로 물을 떠 솥에 붓는다. 감자와 보리에 쌀 한 홉을 섞어 솥을 걸 즈음에 큰동서가 하품하며 정주간으로 들어온다. 조왕간을 형님에게 맡기고, 주룡은 물동이를 이고 막 밝아오는 길을 더듬어 나간다.

최가네 막둥이 왔네?

주룡도 부지런히 나온 편이지만 우물가에는 벌써 여러 부인네들이 줄을 서 있다. 모두 퉁퉁 부어오른 낯이지만 눈가에 잠 한 가닥 남아 있지 않다. 개중 주룡보다 어린 여자애들 몇몇만이 연신 하품을 하느라 물동이 간수가 아슬아슬하다.

내가 우에 막둥이랍데까? 신랑보담도 내 나이가 많고만.

주룡은 부인네들을 본체만체 물 긷기에 열중하며 툭 대꾸한다.

신접살림 어드렇네? 재미가 좋아?

짓궂은 부인 하나가 새댁을 놀린답시고 하는 말이다. 주룡은 생각만 해도 입이 찢어질 것 같은 마음을 누르며 짐짓 점잖게 답한다.

우리네 바깥어른이 공부 배우는 게 바빠 재미 볼 틈 없시요.

이 애는, 어데가 바깥어른이네? 바깥 어린아라면 몰라도.

주룡은 물을 퍼 올리던 손을 멈추고 이 말을 한 부인을 노려본다. 뭐가 좋은지 일제히 깔깔대는 부인네들이 전부 얄밉다.

마음 같아서는 물동이를 저 말 함부로 하는 대가리에 씌워버리고 싶지만…… 훌륭한 신랑을 둔 내가 참아야지. 이 여편네들의 남편들이란 일본 놈들을 혼쭐내는 것은 고사하고 제 마누라, 제 새끼나 안 패면 다행인 위인들이지. 우리 빈이는 금세 커서 나라 구할 큰 재목이 될 것인데.

주룡은 속으로 남모를 거드름을 피우며 종종걸음을 친다. 물항아리를 마저 채우려면 네댓 번은 더 왔다 갔다 해야 하고, 밥때 전에 물 다섯 동이를 더 긷자면 바삐 움직여야 한다.

최가네는 간도의 조선인 집안 중에서도 드물게 대식구인 편이다. 조상 대대 역관을 지내 부족함을 몰랐지만 어쩌다 사업을 크게 그르쳐 간도로 오게 되었다는 모양이다. 그때 큰할머니 배 속에 시아버지가 있었다는 사연을 전빈은 담담하게 들려주었고, 주룡은 그것이 남 이야기 같지 않아 눈시울을 붉히며 들었다. 성정이 호랑이 같으신 데다 유독 주룡에게 모질어 어렵기 짝이 없는 큰할머니지만, 갓 시집와 홀몸도 아닌 채로 울며 간도까지 왔을 것을 생각하니 가엾어서 눈물이 났다. 변변한 철도도 없을 때여서 더욱 힘들었을 것이다.

임자 눈에는 이 집안이 어드렇게 보이네?

이야기 끝에 전빈은 조심스레 묻고 주룡이 대답을 망설이자 다 안다는 투로 말을 마저 이었다.

보아서 알갔지마는 우리 집안은 벼슬 좀 지낸 집안입네, 하고 거드럭거리는 악습을 고치지 못하였어. 인제는 신분 고저가 없는 새 세상인 게를 아즉까지도 모른 체하는 거이야.

주룡이라고 큰할머니가 형님보다 저를 더 괴롭히는 이유를 모를 리 없었다. 형님은 장남의 혼사라 고르고 고른 규수인 데다 친정이 멀지 않아서 함부로 대하기 어려울 게지만, 급하게 데려다 앉힌 작은애의 각시는 못 잡아먹어 안달인 게 당연하다. 우리 집이라고 뿌리가 없는 건 아니라고 대거리를 하고 싶을 때마다 서방 얼굴에 먹칠하기가 싫어서, 딸년을 잘못 가르쳤다고 친정 욕이나 들을까 봐서 잠자코 있었다.

뿌리가 중한가. 저 이완용이는 쌍것의 씨를 타구나서 나라를 팔았다던? 나라에서도 중신 중의 중신이 아니었나. 양반님, 귀족

님네나 되어서 나라를 팔았지 않네.

큰할머니가 혀를 찰 적마다 주룽은 속으로 분을 삭이며 되뇐다. 그까짓 뿌리. 돌아가신 큰어르신은 약주를 하고 기분이 좋을 적마다 청말과 왜말을 섞어 주정을 부렸다지. 그까짓 뿌리…… 누군 떵떵거린 적이 없어본 줄 아나?

시어머니 성질도 보통은 넘는다. 지금은 그저 큰할머니 성정에 눌려 기를 못 펴고 있는 것이다. 시어머니는 말로 안 될 것 같으면 손이 먼저 나가는 위인이다. 시가로 건너오자마자 형님이 제일 먼저 귀띔한 일이다. 뭐가 시원찮다 싶으면 등을 팡 치고, 손이 느리다 싶으면 손등을 찰싹 때리고. 주룽은 그나마 손이 야무져 시어머니에겐 그리 혼난 기억이 없지만, 형님은 큰조카 뱄을 무렵 시어머니가 부지깽이까지 들고나오는 꼴을 보았다 한다. 친정에선 곱게만 자란 양반이, 친정도 그리 멀지 않은 양반이 왜 그 매를 다 맞고 참느냐 물으니 어머니가 속상할까 봐 말을 못 한다 했다.

식구들 밥상을 다 보고 설거지까지 마치고 나면 발채지게를 지고 산에 간다. 오뉴월까지는 계속 밤불을 때야 하고 좀 지나면 못자리하느라 바쁠 테니 지금이라도 관솔이며 잔가지 따위를 가능한 한 많이 모아두어야 한다. 그러고 보면 계집애가 지게 지고 돌아다니는 것도 큰할머니가 질색하는 일 가운데 하나다. 집에 두던 머슴아이도 다 내보낸 게 몇 년 전이라면서 집안에 그나마 일꾼 노릇 할 사람 들어온 걸 싫다면 어쩌자는 것인가. 주룽은 땅

밖으로 나온 마른 잔뿌리를 힘껏 후려친다.

이놈의 뿌리!

나뭇등걸에 걸터앉아 숨을 돌리며 주룡은 제가 사는 동리를 내려다본다. 우물가에, 천변에 모여든 부인네들, 쏘다니는 행인들, 길 이리저리로 달음질치는 어린애들, 집들, 담들, 산비탈의 밭들, 성미 급한 사람들이 벌써 물을 대놓아 거울처럼 반짝이는 논들.

모든 것이 손가락 한 마디보다도 작게 보인다. 작고 우습다. 무엇에 그토록 성이 났었는가도 잊힐 만큼 만사만물이 멀게 느껴진다. 다시 저 아래로 내려가면 나 또한 그렇게 작아지겠지. 다시 사소한 것에 화가 나고 사소한 일에 울고 웃겠지. 그런 생각을 하는 동안에는 그 좋은 서방 생각도 나지 않는다. 주룡은 그것이 외로움인 줄도 모르고 외로움을 곱씹는다. 오래 골몰할 수는 없는 생각이다.

발채지게를 담뿍 채우고 나면 바삐 집으로 가 나머지 집안일을 하고 서방 먹일 반상을 보아야 한다. 주룡은 구르는 것인지 달리는 것인지 구별이 안 되도록 발을 재게 놀리면서도 잔가지 하나 발채 바깥으로 흘리지 않는다.

천변에 나가 빨래를 해 와서 널고, 보리방아를 찧고, 무채를 썰어 꿰어 말리고, 시간이 남아 정주간 황토 칠을 싹 새로 하고, 식구들 밥상을 올리고, 야학에 나가려는 전빈을 배웅하고, 밤불을 홧홧하게 때고, 큰할머니부터 형님네까지 문안을 돌고, 방에 들어앉아 관솔불을 밝히고 식구들 옷깃을 뜯어고친다.

이만하면 오늘도 떳떳하다.

그런 생각을 하다 주룡은 꾸벅꾸벅 졸기 시작한다. 바늘 끝이 갈 곳을 모르고 자꾸 손등을 찌른다. 이 애, 고만 누우라. 불 아깝지 않네? 벽 너머에서 시어머니의 목소리가 건너온다. 예에, 거진 다 했습네다. 주룡은 눈을 비비며 하던 일을 마무리 짓는다. 전빈이 늦다 싶어 눈을 들어보니 문밖으로 바람이 덩어리져 다니는 것이 보인다. 봄눈이 날리는 것이다.

주룡은 마중 갈 생각으로 전빈의 솜옷을 꺼내 든다. 모르는 새 벌써 소복이 쌓인 눈에 조심조심 발을 디딘다. 사립문이 열렸다 닫힌 흔적이 있다. 그 앞으로는 집까지 왔다 되돌아가는 발자국이 총총 나 있다. 깊이 생각지 않고도 알 수 있다. 그것이 전빈의 발걸음인 줄을.

주룡은 도로 방에 달려 들어가 불붙은 관솔 가지를 챙겨 나온다.

발자국은 중도에 여럿과 섞인다. 주룡은 어지럽게 난 장정들의 발자국 사이에서 전빈의 것을 골라보느라 잠시 지체한다. 동리 어귀 방향으로 전빈과 장정들이 일시에 걸어간 흔적이 있다. 주룡은 멈춰 서서 숨을 고른다. 끝 모르고 동리 바깥으로 뻗어나간 발자취들 위에 내려앉은 밤이 바닥 모를 물속처럼 시리고 막막하다. 달리느라 먹은 눈송이들을 뒤늦게 뱉어낸다. 매운 눈물이 눈에 고인다. 밭은 맥이 제 박자를 찾아갈 즈음 주룡은 새삼 깊은 숨을 들이쉰다. 자맥질할 채비를 마친 잠녀처럼 동리 바깥으로 한 발 전진한다.

어데 가나?

사람 소리에 소스라치며 주룡은 관솔불을 놓치고 만다. 관솔불은 눈밭에 나뒹굴다 맥없이 꺼진다. 돌아보니 전빈이 있다. 바깥을 오래 돌아다닌 듯 머리와 어깨에 눈을 한 섬 인 채다.

기러는 서방님은 어데 다녀오심메?

주룡은 침착하려 애쓰며 되묻는다.

집에 가보니 임자 없기에 돌아 나왔네.

전빈이 코를 훌쩍이며 대답한다. 주룡은 들고나온 솜옷에 쌓인 눈을 털고 전빈에게 건넨다. 전빈은 옷을 펴 주룡의 어깨에 걸쳐준다.

서방님 입으시라요.

우에 갑즉스레 경어를 쓰십네까?

간만에 듣는 경어가 간지러운지 전빈의 물음에는 웃음기가 묻어있다. 주룡은 대답 없이 어깨를 비틀어 솜옷을 빠져나온다. 솜옷은 주룡의 어깨 모양으로 허공에 멈추어 있다가 전빈의 팔을 따라 접힌다. 전빈은 솜옷을 옆구리에 낀 채 주룡을 말없이 바라본다.

나한테 말도 없이 어데 갈라 했습네까.

울컥 올라오는 목울음을 여러 번 참느라 주룡의 말은 띄엄띄엄 이어진다. 눈구름이 두꺼워 달도 어둡고, 날리는 눈발 탓에 전빈의 얼굴이 잘 보이지 않는다. 세상에 둘도 없는 동무라고 생각했는데. 생각이 여기에 닿자 뜨거운 눈물 여러 줄기가 일시에 찬 볼을 그어 내려간다.

못난 사람이라 미안하오. 서방님이 독립을 얼마나 중히 여기는가는 내 알지마는, 만난 연이 있고 살 붙이고 산 정이 있는 각시를 말없이 두고 가는 사람인 줄은 몰랐어. 큰일 할라 하는 서방 료해도 못 하는 못난 사람이라 참말 내가 미안하오.

나는…….

주룡은 눈물을 닦고 전빈의 다음 말을 기다린다. 단 두 음절을 들었을 뿐이지만 전빈도 목메어 한다는 것을 알 수 있다. 주룡은 제가 흘린 눈물보다 서방의 멘 목이 안타까워 가슴이 미어지는 듯하다.

다, 당신이 좋아서…….

전빈의 말에 주룡은 다시 눈물을 쏟는다. 살을 맞대고 산 지도 여러 달이 흘렀고 남매처럼 정이 쌓인 것도 사실이었지만, 좋으니 어쩌니 하는 말을 듣는 것은 이번이 처음이다. 비겁하게, 지금 그런 말을 해버리면 내가 당신을 어찌 원망하나.

당신이 좋아서 당신이 독립된 국가에 살기를 바랍네다. 내 손으로, 어서 그래하고 싶었습네다. 동무들하고 약조한 바도 약조한 바이지마는.

전빈이 눈물을 참고 참으며 말한다. 주룡은 그런 남편이, 어린 서방이 안쓰러워 다가가 안아버리고만 싶어진다.

한데 우에 돌아왔네?

주룡의 말씨가 조금 누그러지자 전빈은 끝내 울음을 터뜨린다.

마, 막상, 임자를 두고 갈라 하니 발이 떨어지질 않았어.

주룡도 더는 참지 못하고 다가가 두 팔로 전빈의 목을 휘감는다. 어둑시근한 그림자로만 보일 때는 다 큰 남자 같더니 품에 안고 보니 역시 제가 알던 그 어린애라 마음이 놓인다. 주룡의 생각을 아는지 모르는지, 어린애답게도 전빈은 한번 터뜨린 울음을 쉬이 그치지 못한다.

미안해. 미안해. 내가 더 못났지.

그런 소리 말라. 우리 서방이 어데가 못났네?

못난 서방이라 미안해.

못나봤자 내 서방이다.

안은 어깨를 토닥여 눈을 털어주며 주룡은 여러 차례 되뇐다. 못나봤자 내 서방이고, 내 서방이 못났을 리 없다고.

3

부부 사이에 비밀이 있으면 멀어지지만, 부부가 함께 비밀을 품으면 오히려 정이 돈독해진다. 주룡은 이제 그것을 안다.

내쉬는 숨마다 새하얀 김이 된다. 아직 닭도 울기 전이다. 밤과 새벽의 경계에서 주룡이 전빈을 재촉한다.

인제 가자요.

그럽세다.

시집올 때야 이런 날이 올 줄을 어찌 내다보았으랴. 솔직한 말로 주룡은 나라가 무엇이고 독립은 또 무엇인지 알지 못했다. 나를 지켜주지도 돌보아주지도 못한 나라가 독립은 해서 무슨 소용인가. 나라의 이름 같은 것은 내 알 바가 아니다, 내 가족이 굶지 않고 춥지 않게만 살면 됐지. 주룡의 생각은 그랬다. 떳떳할 것은 없지만 부끄럽지도 않은 마음이었다. 독립군 바람이 든 어린 서방에게 기어이 가려거든 저를 데려가라 우긴 것도 서방을 이해해서가 아니라 걱정하는 마음에서 그런 것이었다.

주룡의 의중을 아는지 모르는지, 전빈은 뜻밖에도 주룡의 말을 숙고해보는 듯했다. 이윽고 야학에서 돌아온 전빈이 건넨 것은 가갸거겨 교본이었다.

이름 석 자는 쓸 줄 알아야 하지 않갔어.

이름자야 시방도 쓸 줄은 아는데…….

주룡도 평양에서 살 때는 야소쟁이 동무들을 따라 예배당에 나가보기도 하고 여학교를 기웃거려본 바도 있어 글을 아주 모르진 않았다. 더듬거리기는 하되 글월을 읽을 줄은 알았다. 쓰는 것이 문제였다. 말 그대로 이름 석 자 말고는 자신 있게 쓸 수 있는 단어가 없었다.

듣자 하네 독립군 부대에서는 부인네들도 여러 활약을 펴고 있다 합데다. 당신이라구 안 될 거이 머 있갔네. 다만 그러자면 배우고 준비할 것이 많을 거야요.

밤마다 나누던 정담이 수학으로 바뀌었다. 주룡이 글을 얼마간 익히자 전빈은 이런저런 읽을거리를 구해 오기 시작했다. 재미나는 이야기책이나 시집도 있었지만 독립군 소식이 실린 잡지나 소책자 따위가 주를 이뤘다. 남만주에서 조직된 독립군 부대가 제 고향 강계에서 일제의 경찰서를 습격한 일, 청산리며 봉오동에서 일본군을 상대로 승리를 거둔 일. 주룡이 이것저것 읽고 물으면 전빈은 제 눈으로 본 일인 양 생생하게 다시 이야기해주었다.

나라를 잃으면 나라만이 아니고 말도 잃고 얼도 잃는 거야요. 내 이름이 최전빈이가 아니고 마쓰다나 다케시였다고 생각해보아.

다정하나 쓸쓸하게 말하는 전빈을 보면서 주룡은 속으로 이름 따위가 무슨 소용인가 생각했다. 왜나라 다케시면 어떻고 청나라 왕 서방이면 또 어떻냐고, 나한테는 아무 의미도 없다고, 당신이 당신인 것만이 중하다고 하고 싶었다. 이런 생각을 전빈에게 말할 수는 없었다. 전빈을 슬프게 하는 생각은 주룡도 하고 싶지 않았다.

그러나 불과 얼마 전 북간도에서 독립군 소탕을 명목으로 일제가 민간인을 학살하고 방화한 사건이 일어났다는 이야기를 들었을 때는 멋모르는 주룡의 가슴에도 불길이 일었다. 사람이 응당 품어야 할 바른 마음, 이를테면 정의감이나 애국심 같은 것은 모종의 적개심을 뿌리 삼기도 한다는 것을 주룡도 어렴풋이 알 것 같았다. 제가 세상모르고 잠들어 있는 사이, 제 일에 바빠 소식 모르고 지내던 사이에 부모 같은, 동생 같은 동포들이 억울한 죽임을 당했다는 생각을 하니 분한 마음을 가눌 길이 없었다. 저 또한 그렇게 죽을 수도 있었다고 생각하면 간담이 서늘하기도 했다. 이런 소식을 접할 때마다 주룡은 절대 저를 떼어놓고 혼자 떠나지 말라고 전빈에게 당부했다.

부쩍 잠이 드물어진 큰할머니 귀에 소리라도 들릴까, 부부는 사립도 닫지 못하고 길을 나선다. 이따금 멈춰 서서 집을 돌아보는 전빈을 붙들어 앞세우는 것도 주룡의 일이다. 전빈의 마음을 모르는 것은 아니다. 피붙이들이 잠들어 있는 집이 멀어질수록 아쉽고 그리운 마음이 진해질 것이다. 이렇게 떠나면 언제 다시 볼 수 있을지 모른다. 독립군에 가담한 자식이 있다는 것이 알려지면 친일 단체의 눈 밖에 나서 보복을 당할 수도 있다. 무릇 대의에 투신한다는 것은 가정에는 죄를 짓는 일일 수밖에 없다. 그와 별개로 날 밝으면 집 안이 발칵 뒤집어지기는 할 것이다. 전빈도, 주룡도 떠나고 그와 함께 큰할머니가 꼭꼭 숨겨두었던 금붙이도 몇 점 사라져버렸으니 그 충격이 이만저만이 아니리라.

인제 어데로 가네?

여름에 환인현에서 남만주 독립 군단이며 부대가 다 모여서 하나의 부를 만들었다 하네. 남서향으로 한참을 가야 할 거이야. 먼처 들어간 동지들이 맞아주기로 하였어.

부가 머인데?

주룡의 물음에 전빈은 마음이 벅찬 듯, 잡은 손에 더욱 힘을 준다.

그 말인즉 우리의 정부를 임시로나마 만들었다는 거이야. 비록 아직은 군사 위주의 정부이지만, 대한 사람이 사는 고장은 대한 사람들이 스스로 다스리노라 하는.

당신은 어쩌면, 그런 말을 하면서 그토록 눈을 빛낼 수 있는 사람인가. 그런 생각으로 주룡 또한 전빈의 손을 힘주어 쥔다.

그러나 늦가을에 닥친 이른 추위에 백 리를 언제 다 갈지를 생각하면 막막하다. 옷이란 옷은 다 껴입고 나온 고로 아직까지는 버틸 만하지만, 금 간 독에 물이 새듯 목덜미나 소매 사이로 찬 기운이 스며드는 것까지는 막을 도리가 없다.

날이 밝아오면서는 정수리만 햇볕에 점점 달아오른다. 훅훅 끼쳐오는 찬 바람은 여전하다. 얼어버린 코를 툭 치면 바스러져 없어지고 말 것 같은 생각에 주룡은 짧은 목도리를 얼굴 가운데로 추켜올려본다. 앞 목이 허전해지니 오래 그대로 있지는 못한다.

춥지.

아니, 우리 서방님이 추운가 봅네.

전빈이 미안한 듯 물어올 때마다 주룡은 되레 펄쩍 뛰며 부정한다. 걱정하느라 하는 소리인 줄을 알지만, 그러게 왜 굳이 따라 나섰느냐는 책망처럼 느껴져 짐짓 강한 척을 하게 된다.

무릎이며 어깨, 뼈 마디마디가 얼린 짚대처럼 느껴진다. 꺾일 때마다 삐거덕대는 통에 앓는 소리가 절로 나지만 서방 심정은 오죽할까 싶어 숨 한번 거칠게 내쉬지 못한다.

고개로 접어들면서 길이 좁아진다. 우마가 끄는 차와 군용 지프가 보일 적마다 부부는 길가에 바싹 붙어 피한다. 특히나 일본 사람이 끄는 것으로 보이는 차가 지나쳐갈 때는 벌써 독립군이 되기나 한 것처럼, 그 사실을 벌써 들키기라도 한 것처럼 가슴이 뛴다.

걱정 말라. 고저 정착할 곳 찾아 다른 동리 가는 부부로만 보일 거이야. 기찻삯이 없어 걷는가 부다 할 거이네.

주룡은 전빈의 말을 듣고 안심하는 한편, 그 역시 주룡과 똑같은 긴장을 품고 있음을 눈치챈다.

아직까지는 독립군 부대에 들어가네 어쩌네 하는 것이 실감이 나지 않고 일종의 유희처럼 느껴진다. 독립군 놀이를 하는 것이다. 제가 천지간에 최고라고 여기는 제 서방이 이제 독립운동을 한다 하니 독립이 꼭 내일이라도, 당장 한 식경 뒤에라도 이뤄질 것 같고, 고생길이라도 함께 떠나는 게 좋아 자꾸 웃음이 나려 한다.

이런 생각들을 전빈이 알까. 주룡은 괜한 부끄러움을 느낀다.

이럴 때는 꼭 내가 어린애 같고나야. 전빈이 네 말구.

걸으며 문득 자기에게 더 깊이 기대어오는 주룡이 어떤 심정으로 그러는 것인지 모른 채, 전빈은 주룡의 어깨를 감싼다. 그 앞으로 길은 얼마든지 뻗어 있다.

우리가 몇 리나 걸었을까?

글쎄, 족히 70리는 걸었을 거이네.

해가 남에서 서로 돌며 그림자가 좀 길어졌을 즈음에 주룡과 전빈은 어느 삼거리 길표 앞에 선다. 한자와 로마자, 왜말로만 쓰여 있어 주룡은 제대로 읽어낼 수 없는 표지다. 지나온 방향을 가리키는 화살표 밑에 '30' 어쩌구 쓰여 있으니 30킬로미터쯤 떨어져 있다는 뜻이겠고, 아마도 그것은 주룡과 전빈이 지나온 동리 중 가장 큰 동리의 이름이겠고, 10리가 한 4킬로미터 된다고 하니 과연 70리 넘게 걸었겠구나. 주룡은 언 손가락을 쥐었다 폈다 하며 셈을 마친다.

배 안 고프네?

한참 전에 고프고는 시방은 일없어.

쉬느라 멈추면 추위가 더 심해져서 거의 조금도 쉬지 않고 걸어온 참이다. 해가 들지 않도록 나무가 빽빽한 데를 지나올 적에는 몸을 데우고자 달음질도 쳤다. 배가 고플 만도 한데 응석을 부리지 않는 서방을 주룡은 기특한 마음으로 바라본다. 전빈은 이정표 앞을 서성이며 두리번거린다.

이쯤에서 마중이 있기로 했어.

언제 오기로는 정하지 않았구?

글쎄, 우리가 이보담은 더 늦게 오리라고 짐작했을 듯싶네.

그러면…….

주룡은 온 길을 등지고 앞으로 뻗은 나머지 두 길을 양팔로 가리킨다.

마중이 어느 쪽에서 오갔어? 그 향으로 가다 보면 마주치지 않간?

전빈은 고개를 가로젓는다.

어데에서 올 줄이야 나도 모르지. 애초 길에서 보잔 것도 근거지를 함부로 알리면 안 되니까 그런 거인데.

어느 고장 쪽에서 오는지, 하는 거쯤은 알 거이 아니야?

그쯤이야 알지마는…….

기거이 어느 쪽이네?

바른편.

하면 그쪽으로 가면 되지 않간?

그리했다 잘못되어 마중 나오는 이들을 놓치기라도 하면 큰일이지 않아?

어느 쪽으로 오는지가 정해져 있는 거나 다름이 없는데 예서 기다리는 거이는, 미련하지 않아?

물음에 물음으로 답한 다음 주룡은 입을 다문다. 답답해서 좀 부아가 나려 한다. 전빈 또한 미련하다는 소리에 마음이 상했는지 말이 없다.

그대로 서 있자니 손이 시려 온다. 주룡은 공수하듯 소매끼리 마주 이어 양손을 반대편 소매에 찔러 넣는다. 손목에 손을 문지르며 손이 더워지기를 기다린다. 손목은 차지만 손이 더 차서 남의 몸 같다. 춥기도 춥거니와 가만있기가 좀이 쑤셔 할 일 없이 돌멩이를 차본다. 돌이 생각보다 멀리 날아가는 꼴을 멍하니 본다. 발이 하도 시려서 얼마나 세게 찼는지 감각도 없다.

전빈이 하고 있는 양을 가만히 살펴보니 춥지도 않은지 이정표 아래 앉을 자리를 보고 있다. 정녕코 기어코 그럴 셈인가. 이 날씨에. 움직이지 않으면 얼어 죽을 수도 있다. 비유 따위가 아니라 실로 그렇다. 남편을 바보 취급하고 싶지는 않지만, 하염없이 기다리기만 하다 해라도 아주 지면 어쩔 셈인지 답답한 노릇이다.

마중이란 것도 그렇다. 온다고만 하고 언제 오리라 제대로 말해주지 않으면 어쩌자는 것인가. 독립군 가담을 받겠다는 것인지 얼어 죽은 젊은이 시체를 치우겠다는 것인지, 확실히 해야 할 게 아닌가.

얘!

주룡이 목소리를 돋우어 전빈의 주의를 끈다. 그새 입술이 얼고 목이 굳어 쇳소리가 난다.

나 바른편 길로 좀 걸을란다. 이러다 앉은자리서 고만 얼어 죽고 말면 다 무슨 소용이갔네?

반대편 길로 해서 마중이 오면 어쩌려고 그러네?

금방이라도 올 기색이면 예서 보이지 않갔어? 안 보이지 않네?

주룡의 말에 전빈도 뭐라 대꾸하려다 한숨을 푹 쉬고 만다. 마지못해서라도 같이 가자 할 줄 알았건만, 주저앉은 채 미동도 않는 남편이 얄밉고 못 미덥다.

말한 대로 주룡은 바른편 길로 걷기 시작한다. 몇 걸음 떼기도 전에 벌써 이러면 앞으로 어쩌나 막막해진다. 시집와서 남편과 제대로 싸워본 적이 한 번도 없는 것이 뒤늦게 생각난다. 뾰족이 남편에게 불만을 품어본 적 없고, 전빈 또한 주룡의 행실에 뭐라 참견한 적이 없다. 동무도 힘든 때를 함께 겪어봐야 진짜 동무인 줄을 안다던데, 그간 우리가 힘들어본 적이 없어 싸운 적이 없는 것은 아닌가. 그런 생각에 주룡은 마음이 무거워진다.

얼마나 걸었을까. 고개를 떨구고 걷던 주룡은 문득 엔진 소리,

산길 자갈을 튕겨내는 센 바퀴 소리를 듣는다. 눈을 드니 저편에서부터 웬 짐차가 달려오는 것이 보인다. 짚이는 데가 있어, 주룡은 길 가운데로 뛰어들어 차를 막는다.

이보시오!

짐차는 금세 주룡 앞까지 달려와 멈춘다. 운전석 문을 열고 느긋한 인상의 사내가 고개를 내민다. 그가 뭐라 입을 떼기도 전에 주룡이 급히 묻는다.

최전빈이라는 사람을 아십네까?

앞 유리창으로 보니 조수석에 있던 사람과 운전석에 있던 사람이 뭐라 이야기를 주고받는 듯하다.

나 최전빈이 안사람 되는 사람입네다! 최전빈이 모르십네까?

주룡은 가슴을 탕탕 치며 더 큰 소리로 묻는다. 조수석 눈이 휘둥그레지더니 차에서 내린다.

제수씨 맞네! 저 전빈이와 같은 동리 출생인 오가입네다. 알아보시갔습메?

주룡은 시집온 지 얼마 안 되었을 즈음 오며 가며 마주친 그 오가란 사람의 얼굴을 어렴풋이 알아본다. 전빈과 같은 야학에 다니던 청년이다. 이름도 변변히 기억나지 않고, 몇 번 본 적 없어 얼굴도 좀 가물가물하지만 이런 때에 이런 곳에서 마주하니 피붙이처럼 반가운 생각이 든다.

알아보다마다요. 다시 뵈어 참으로 반갑습네다.

오가와 주룡의 이야기가 생각보다 길어진다 싶었는지 운전석이 시동을 끄고 따라 내린다. 오가는 한 동리 사람을 보아 반갑다며 벙글벙글 웃다가 조심스레 물어온다.

한데 우에 이런 데에…… 혼차 계십네까?

오가의 물음을 듣고 주룡은 전빈이 저와 동행하는 것을 이들에게 알리지 않았다는 것을 눈치챈다. 오가도 운전석도, 웃는 낯이지만 당황한 기색을 아주 숨기지는 못하고 있다.

어째서 말을 안 했담. 내가 중도에 저를 두고 돌아갈 줄 알고 미리 말을 안 한 걸까.

섭섭한 내색을 하는 대신 주룡은 짐짓 씩씩하게 답한다.

서방님만 보내는 것이 마음이 놓이질 않아 주착없이 따라나섰습네다. 서방님은 쭉 가서 길표 앞에 계십네다.

주룡의 답에 운전석이 픽 웃는다. 그 웃음소리가 주룡의 심기를 건드린다.

머이가 우스우십네까? 간나는 독립에 보탬이 안 된답네까? 기야말로 옛 사상이 아님메?

주룡의 말에 운전석은 더 크게 웃는다. 한참을 웃다가 웃음을 털듯 손을 회회 젓고 운전석이 말한다.

아니오. 웬만한 사내놈들보다 기백이 좋구만. 잘 와주셨수.

다시 운전석 문을 열며 사내는 제 이름을 밝힌다.

나 백광운이라는 사람이오. 타시오. 서방님 뫼시러 갑시다.

토라진 기색으로 터덜터덜 가던 주룡이 짐차 가운데 탄 채 손을 흔들며 돌아오니 전빈은 크게 놀란 눈치다.

주룡은 오가를 따라 내리며 의기양양하게 외친다.

내가 머이라 했니, 이리 가면 금세 만날 거라고 했지 않았어?

으, 응, 임자 말이 맞았네.

전빈은 굳은 몸을 어렵게 일으켜 세우며 답한다. 주룡은 제 말이 맞았다며 젠체할 때가 아닌 줄을 알고 남편의 사지를 손으로 문지른다.

아이고 추웠지, 억지로라도 같이 가자 할걸. 내가 잘못 생각하였어.

아니야, 임자 말이 맞는데 괜한 고집을 써서 내가 민망하네.

그 말에 주룡은 오가와 백가의 눈도 아랑곳 않고 전빈을 안아버린다.

전빈의 몸이 몹시 얼어 오가가 짐칸으로 자리를 옮기고, 가운데 자리와 조수석에는 주룡과 전빈이 앉는다. 시동이 걸리기 전부터 주룡은 전빈의 한 손을 쥐고 놓아주지 않는다.

임자가 얼마 못 가 돌아올 줄 알았네.

전빈이 몸을 기울여 주룡의 귀에 대고 말한다. 주룡도 전빈의 귀를 쥐고 목소리를 낮춘다.

그럼 다시 보았을 적에 아주 반가웠갔구나.

전빈이 또 귀에 입술을 댄다.

형님들이 나를 얼마나 못나게 보았을까 염려가 된다.

이 말이 주룡의 속을 들쑤신다. 그럴 리 없다고 대꾸하려는 참에 운전대를 붙든 백광운이 핀잔을 준다.

귓속말은 좀 그렇구만. 나만 따돌리는 것 같고.

그 말에 부부는 몸을 뗐다가, 비포장도로를 출렁이며 달리는 차의 진동에 못 이긴 척 다시 서로 기댄다. 잠들면 안 되는데, 긴장감이 없어 보일 텐데. 그런 생각 끝에 주룡은 코를 골며 잠들고 만다.

4

다 왔수. 여기가 통의부 제1대 임시 근거지요.

주룡은 자다 흘린 침을 소매로 허겁지겁 닦는다. 앞 유리창 너머로 어둑한 산등성이 가운데 줄잡아 이백은 족히 될 장정들이 횃불을 들고 서 있는 광경이 보인다.

내리슈.

백광운이 무심히 말한다. 짐칸에서 벌써 내린 오가가 조수석 문을 열어젖힌 채다. 전빈이 조심히 먼저 내리고 주룡도 뒤이어 풀썩 뛰어내린다. 백광운은 차를 몰아 어디론지 사라지고 오가가 앞장을 선다.

앞으로 1대 2중대에 속하여 다닐 거외다. 적어도 한 달은 현장 활동보담두 훈련이 우선이갔지마는……. 오늘은 모처럼 중대장님 격려사도 듣고 회합이 있는 좋은 날이라 굳이 오늘 오라 한 거야요.

과연 사람이 많습네다그래.

그 허다한 사람들 가운데 여자는 거의 없는 것을 눈여겨보며 주룡이 답한다.

오가는 횃불을 하나 받아 들고 2중대 줄로 주룡과 전빈을 안내한다. 서른 명가량이 이미 앞에 서 있어 키가 그리 크지 않은 주룡에게는 연단이겠거니 짐작되는 바위만 겨우 보인다.

이윽고 우레 같은 박수와 고함 소리가 산등성이에 메아리친다. 그런 가운데 짐차 운전수 백광운이가 바위 위에 오른다. 박수 소리에 귀가 얼얼해 주룡은 목소리를 높여 오가에게 묻는다.

저이가 우에 저기 올라갑네까?

저분이 통의부 제1대 중대장 백광운 장군입네다.

주룡은 물론이고 전빈이 주룡보다 더 크게 놀란다. 그러고 보니 전빈은 백 장군과 통성명할 기회가 없었던 것이다.

메이라는지 하나도 안 들리고만 다들 발들을 구르고 야단이야.

주룡은 투덜거리지만 전빈은 무척 감명받았는지 눈시울을 붉힌 채다.

그 사나가 그래 좋소? 안해보다 좋아?

주룡은 전빈의 옆구리를 찌르며 괜한 핀잔을 준다. 전빈은 씩 웃더니 주룡의 귀에 대고 속삭인다.

임자가 료해해주었으면 하는 것이 있어.

머인데?

부부가 함께 독립군에 가담한 것까지는 좋지만, 너무 부부간에 정이 깊은 티를 내면 다른 사람들 보기가 사나울 거이야.

기런 게 어데 있어? 가만 안 둘라니 내래.

전빈은 대답 대신 주룡의 손을 꼭 쥔다. 더 삐죽대려다 주룡도 가만히 그 손을 맞잡고 만다.

산등성이를 울리는 장정들의 박수 소리, 발 구름 소리는 오래도록 꺼지지 않는다.

독립군에서 주룡에게 부여한 임무는 여태껏 해온 일과 크게 다를 것 없다.

이 하고한 거를 요만한 솥 하나에 우터하란 말입네까?

근처 마을에서 지원받아 왔다던가 어쨌다던가, 예순 개 남짓한 강냉이가 주룡 앞에 놓였다. 간나라도 독립에 보탬이 되고자 한다는 것이 영 빈말은 아니었지만, 보탬이란 것이 이런 모양일 줄은.

우터하든 간에, 강 부인이 이 강냉이를 못 하면 금일은 다 꿈짝

없이 굶는 거이니깐.

지원품을 가져온 동지는 그런 말만을 남기고 가버린다. 통의부 1대 2중대 서른 명 남짓한 장정들의 입이 다 주룡의 손에 달렸다는 것이다.

첫날 몇몇인가 눈여겨보아두었던 부인네들도 다 각자의 중대에서 이러고들 있을까. 주룡은 강냉이를 부러뜨려 노겡이솥에 채워 넣는다. 꽉꽉 채워 넣어봐야 스무 개가 채 안 들어간다. 알만 골라내 죽을 쑤는 게 낫겠고나. 불을 나누어 솥뚜껑을 뒤집어 걸고 강냉이 몇 개를 구우면서 주룡은 멍하니 생각에 잠긴다.

적어도 한 달은 훈련이라더니 꼭 그렇지만도 않다. 총칼을 잡는 연습을 한답시고 막대기 같은 것을 나눠주더니, 이레나 되었을까 하는 때에 도로 걷어가고 현장 활동을 시작한다는 것이다. 주룡은 그 총칼 막대기나마도 쥐어보지 못했다. 보리를 주면 보리죽을 쑤고 감자를 주면 감자를 굽고. 부녀자는 현장 활동에는 못 끼워준다 한 적은 없지만서도.

하여간 알아서 하되 싫으면 말라는 식인데 이 싫으면 말라, 는 게 참 미칠 노릇인 것이다. 금일 일과 같이 감당도 못 할 것을 들고 와서 네가 못 하면 우린 다 굶는다고 협박을 하질 않나. 기껏 해다 바치면 곱게 처먹을 것이지 익었네, 탔네, 싱겁네, 떫네, 한마디씩 하질 않나. 아무리 춥기로 땟국이 줄줄 흐르는 의복들을 하고 다니기에 보다 못해 빨래를 해다 주니 제 옷 남의 옷 구분

없이 주워 입질 않나. 그런 바람에 키 큰 전빈이가 한참 작은 옷을 집어 깡똥 소매를 하게 되었잖아? 멍청이처럼. 그것도 이 추위에.

그러고 보면 집에 있을 적엔 늘 저보다 잠이 길었던 서방이 다른 장정들과 함께 새벽에 나가 어두워야 돌아오는 것도 불만이다. 얼어 죽지 않으려고 서로 바싹 끌어안고는 자지만 전처럼 정담을 나눌 겨를은 없다. 주룡은 밤마다 저와 서방이 눕는 설굴을 바라본다. 주룡 자신이야 그렇다 쳐도 반가에서 곱게 자란 아이가 영락없는 산사람이 된 것이 설굴을 보면 실감이 난다. 눈 속이 뜻밖에 추위가 적기는 하지만 모포며 허드레 천을 겹겹 깔아도 바닥에서 올라오는 한기를 막지는 못한다.

독립군이라고 굳이 산에서 지내란 법이 어디 있담. 적어도 겨울에는 활동을 좀 자제한다든지, 그런 법도는 없나. 이동 경로를 일본군에 들키면 안 된다고 길도 없는 험산을 타 어느 현 어느 마을 근방인지도 모르고 산등성이에 자리를 잡은 참이다. 이렇듯 고심해서 자리를 잡아도 눈이 와서 발자국이 나면 다 티가 날 텐데 무슨 고생인가 싶지만, 아예 도장 찍듯 세게 디디며 걷지만 않으면 산바람에 발자국이 곧 지워진다는 모양이다.

부인 계셨구랴!

문득 죽은 나무들 사이에서 백광운이 걸어 나온다.

아이고, 백 장군님.

기척도 없이 나타나 목소리를 돋우는 광운을 주룡은 헛것처럼 바라보며 자리에서 일어난다.

예는 우인 일이시랍네까?

광운 씨라고 하시오. 어째 혼자 계시우?

주룡은 강냉이 자루와 노겡이솥을 턱짓으로 가리킨다. 광운은 짐작이 간다는 듯 고개를 주억거린다.

이 사람이 늘 강조하는 바가 있소. 그것은 부인네들이라서만이 할 수 있는 활약이 있다는 것인데.

주룡은 광운의 말을 흘려들을 생각으로 바닥에 눈을 내리깐다. 흥, 이런 것 말인가.

이런 것을 말한 것은 아니외다.

뭐야, 이 사람. 주룡은 눈을 치뜨고 광운을 다시 본다. 광운은 너털웃음을 짓는다.

부인은 거짓말을 하려야 할 수가 없는 사람이구랴.

그건 또 무슨 흰소리람. 주룡은 다시 걸터앉아 강냉이 손질을 시작한다.

정 뭐라더라, 하여간에 그 동지 못 보셨습네까? 이것 제게 맡기구서 다시 내려가셨는데.

마주치지 못하였소. 그건 그렇고 아직 동지들 이름도 다 기억을 못 하시우?

그이들은 무어, 저를 동지로 생각은 한답데까?

광운은 마땅히 대답할 말을 찾지 못했는지 조용히 주룡 앞에 걸터앉는다.

불이나 좀 같이 쬡시다.

기러시라요. 동지 아닙네까.

주룡의 대꾸에 광운은 픽 웃음을 터뜨리더니 강냉이 자루를 제 앞에 끌어다 놓는다. 주룡은 광운이 주머니에서 손바닥만 한 칼 한 자루를 꺼내는 것을 물끄러미 본다. 요전번에 보았을 때는 운전수 같더니 설산에 혼자 나타난 꼴을 보니 범 잡으러 다니는 포수 같고나야. 저 털가죽 옷에 잔뜩 달린 주머니에 또 뭐가 들어 있을꼬.

집결지 찾으러 다니다가 범 마주치는 거 아닌가 하였는데 범보다 무서운 부인을 뵈었구랴.

메라고요?

화들짝 놀라는 주룡을 보며 광운은 허허 웃고 만다.

아까부터 대체 뭐야, 이 사람. 내가 무슨 생각을 하는지 빤히 들여다보인다는 듯이. 주룡은 바삐 손을 움직이면서도 광운에게서 눈을 떼지 못한다. 광운은 능숙하게 강냉이 알곡을 노겡이솥에 발라낸다. 저를 끈질기게 바라보는 주룡의 눈길은 안중에도 없다는 듯.

주무십네까?

이슥하게 여문 밤에 누군가 주룡과 전빈의 설굴에 대고 목소리를 흘려 넣는다. 고개만 까딱 들고 보니 가죽신을 신은 발 몇 쌍이 보인다.

아니, 깨어 있습네다.

전빈이 팔깍지를 풀며 다급히 대답한다. 굴고가 낮아 몸을 일으키지 못하고 기어 나가려는 그를 목소리가 막아선다.

전빈이 너 말고 강 부인 찾으신다.

누가요?

백 장군님 지시다.

어두운 굴속이지만 부부는 서로의 얼굴에 떠오른 어리둥절한 표정을 알아본다. 주룡이 전빈의 귀에 속삭인다.

같이 가자요.

나 말고 부인 찾으신다잖네?

전빈의 말에 주룡은 답답해하며 대꾸한다.

아무리 장군이랜들 오밤중에 아녀자 홀로 건너오너라 하는 것이 옳은 도리랍데까? 잔말 말고 같이 갑세다.

둘은 서로의 몸을 디디며 구물구물 굴 밖으로 기어 나간다.

꺼져가는 관솔불을 들고 어두운 숲속에서 기다리던 광운은 우선 부부를 안내한 동지를 물린다. 뭔가 은밀한 얘기를 하려는 겐가 보다. 나 같은 필부에게 뭐 대단히 할 말이 있으랴 싶지만서도. 주룡의 짐작이 옳음을 증명하듯 광운은 전빈도 자리를 비켜

줬으면 한다는 듯이 쓱 쳐다본다. 주룡은 전빈이 정말 가버릴까 봐 일부러 바짝 다가선다. 내친김에 손도 잡으려 하지만 눈치 없는 전빈은 빳빳이 선 채 틈을 내주지 않는다.

광운은 잠시 망설이더니 뭐 어떠랴, 생각한 듯이 입을 연다.

아닌 밤중에 불러서 미안하우. 부인께서 활약을 하여주십사 하는 일이 있소.

광운의 말에 주룡보다 전빈이 더 놀란다.

우리 부인이오?

여기 부인이 둘 있나?

어리고 해사하게 생긴 전빈이 계집애 같다고 형님들 사이에서 놀림을 받는 것을 주룡은 안다. 광운도 그것을 알까? 첫날 회합 이후 2중대와 합류한 것은 오늘이 처음이니 모를지도. 주룡은 광운의 말이 묘하게 놀림처럼 들리는 것이 마음 쓰이지만 정작 전빈이 잠자코 있으므로 저도 참기로 한다.

그래 고 활약이라는 거이 머인지나 들어보자요.

시방 나하고 같이 가서 물건 몇 점 옮겨주면 되는 거유.

고거이 어데가 활약입네까?

밤사이 고개를 몇 개나 넘어 기차를 탔다. 주룡은 불안한 얼굴로 제 배를 내려다본다. 만삭으로 위장한 배 속에는 폭약과 분해한 총이 몇 정이나 들어 있다. 곁에 앉은 광운은 뭐가 재미있는지

벙글벙글 웃는 낯이다. 앞뒤로 날랜 장정 몇이 호위 역으로 따라 붙어 있는 참이지만 이러다 변이라도 당하는 게 아닐까 겁이 나서 식은땀이 줄줄 흐른다.

간밤의 고생은 다시 떠올리기도 싫다. 어두운 산등성이를 네 발로 기며 더듬다 떼굴떼굴 구르기도 여러 번. 광운은 혼자 저만치 앞서만 가고 일어나라 손 한번 뻗어주지 않았다. 첫 한두 번이야 오죽 급하면 저러랴 싶어 넘어갈 만했지만, 자꾸 그러니 얄밉고 원망스러운 마음이 들었다. 동틀 즈음엔 오기가 나서 광운의 발뒤꿈치를 몇 번이고 밟을 만큼 바투 걷게 되었다. 해가 중천이 되도록 걷고서야 목적지였다. 임부로 가장하여 무기를 챙기고는 숨조차 편히 쉴 수 없었고, 그 모양이 되어서는 기차를 놓칠까 봐 배를 안고 뒤뚱뒤뚱 달음박질까지 했다.

이만하면 활약이오, 아니오?

활약이구 나발이구 뒷간 급해 죽을 노릇임메.

조금만 참으슈. 기차 타고는 금방이외다.

당장 뒷간에 다녀와도 된다 하더라도 그러지 못할 것 같다. 정말 애라도 밴 것처럼 몸이 무거워 옴짝달싹하기도 버겁다.

이처럼 변장까지 할 일입네까? 어차피 사람 몇이 움직일 거면 조금씩 나누어 들고, 예? 간밤에 했듯이 고개를 넘어 돌아오면 되는 일 아님메? 요전번의 짐차는 어드렇게 했지요?

모르시는 말씀, 이만큼이나 되는 물건을 눈에 띄지 않게 옮기는 건 아주 위험한 일이외다.

광운은 낯빛을 바꾸고 진지하게 답한다.

시간을 맞추느라 차를 쓰다 검문에라도 걸리면? 기차를 타도 짐 수색은 수시로 있수다. 부인 말씀처럼 여럿이 조금씩 들고 산을 타면, 보자, 시방 같은 양으로 치면 예닐곱 명은 있어야 되겠구만. 산을 타면 안전할까? 장정 여럿이 봇짐을 들고 길도 없는 산으로 가는 것이 사람들 눈에 안 띌까? 차를 타는 것보다야 안심은 되겠지만, 산길을 타느라 쓸 시간이며 인력은?

주룡은 광운의 말을 들으며 속으로 셈해본다. 이런 일이 처음인 내겐 이거야말로 허무맹랑하고 눈에 띄는 일처럼 느껴지지만, 이게 차라리 시간과 사람을 최소한으로 쓰는 길이라 이거지.

장정 여럿이 목숨을 걸어야 하는 일이 부인 덕에 이만큼이나 수월해진 거란 말이오.

그 말에 주룡은 자랑스러움과 부끄러움을 동시에 느낀다. 광운의 말대로 이만하면 활약이라는 생각이 들어 자랑스러운 한편, 서방 따라 독립운동한다고 설쳐놓고 막상 여태 해온 것보다 위험한 일을 맡으니 겁이 나서 징징거린 게 부끄러워진다.

이야기는 예까지만 하지요. 모처럼 만주 사람처럼 입었는데 조선말로 떠들고 있는 게 걸리면, 그때야말로 수색 면하기 어려울 거유.

광운은 귓속말로 한마디 하고는 천연덕스럽게 자는 척을 한다.

광운의 말대로 두 사람은 목깃이 높은 만주 옷을 입고 있다. 서간도로 이주한 지 여러 해지만 이렇게 차려입은 것은 처음이라 영 어색하다. 주룡은 손을 모아 윗배에 얹고 광운처럼 자는 척을 해 보려 애쓴다.

까무룩 잠이 든 게 언제쯤일까. 광운이 팔을 쥐고 흔드는 바람에 주룡은 선잠에서 헤어 나온다. 귀에 대고 광운이 속닥거린다.

내릴 역을 지나쳤소.

주룡은 반쯤 깼던 잠이 아주 박살 나는 것을 느낀다.

다들 머이 정신이 팔려 지나치는 줄도 몰랐답네까?

모른 게 아니외다. 멈추지 않았소. 기차가 안 섰단 말요.

광운이 설명한 바에 따르면 기차가 멈추지 않는 이유는 거의 한 가지뿐이다. 일본 경찰의 지시인 것이다.

우에 그런 지시를 한다지요?

모르지요. 이전 역에서 시간 허비를 많이 했는데 다다음 역쯤에서 중요한 인사가 기다리고 있어서 시간을 맞춰야 한다든가.

그 같은 경우가 허다합네까?

그냥 내 생각이오. 흔한 일은 아니겠지. 아니면,

아니면?

기차에 수상한 인물이 타고 있다는 판단을 하여 수색을 시작했는데 아직 끝나지 않아서 아무도 내리지 못하게 하는 것이겠지.

소름이 오싹 등줄기를 훑는다. 주룡은 겁에 질린 눈을 배로 돌린다.

우터하면 좋겠습메?

잠시만…… 생각을.

주룡은 눈을 이리저리 굴린다. 일행이 아닌 양 눈을 피하며 앞뒤로 앉아 있던 동지들도 눈에 띄게 불안한 기색을 드러내고 있다. 다리를 떨거나 손깍지를 끼었다 풀었다 하며. 다시 주룡의 눈길이 제 배 위에 가닿는다. 만삭으로 보이지만 제 살로 부푼 것이 아닌 가짜 배.

문득 생각 하나가 주룡의 뇌리를 밝힌다.

아아…… 아…….

주룡은 배를 감싼 헝겊을 움켜쥐고 신음을 흘린다. 광운은 눈을 휘둥그렇게 떴다가 곧 주룡의 심산을 알았다는 듯 중국말로 뭐라 큰 소리를 지껄인다. 주룡은 그의 목소리를 지워버릴 기세로 더욱 크게 신음한다.

으으! 으!

만주어를 한마디도 할 줄 모르는 주룡으로서는 신음이나 비명이 외국어일 필요가 없다는 사실이 다행스럽게 여겨진다. 이윽고 누군가 다른 객차로 가서 경찰을 불러온다. 소매에 일장기를 그려 넣은 일본 경찰이다. 광운의 짐작대로 수색 중이었던 모양이다.

실랑이는 좀체 끝나지 않는다. 경찰이 주변 승객 몇을 일으켜 다른 칸으로 보낸다. 객차 내에 의사가 있는지 찾는 것 같다. 이러다 이 배가 가짜인 걸 들키면 어쩌나. 물건이 죄 압수당하는 건 물론이고 끌려가 갖은 고초를 겪을 테지. 무사히 내릴 수 있을까. 아니 그건 둘째 치고 뒷간이라도 얼른 가고 싶은데. 주룡은 심한 요의를 느낀다. 몸이 가벼웠다면 발이라도 동동 굴렀을 만한 요의를.

요의?

주룡은 눈을 질끈 감고 신음 소리와 함께 오줌을 흘려보낸다.

제발 속아라. 제발 속아.

주룡은 광운의 소매를 붙들고 발치를 가리킨다. 난처한 기색으로 경찰과 주룡을 번갈아 보던 광운은 크게 놀란 표정을 짓더니 경찰에게 삿대질을 한다. 대담한 행동이지만 주룡은 그런 걸 신경 쓸 겨를이 없다.

지린내 때문에 이게 양수가 아니고 오줌인 걸 들키면 어쩌지.

수치심으로 붉어진 주룡의 얼굴에 눈물이 돈다. 무슨 일인가 하고 고개를 빼고 이편을 건너다보던 사람들이 일시에 눈을 피한다. 객차 안이 숙연해진다. 어쩔 줄 몰라 하던 경찰도 자리를 뜬다.

이윽고 가까스로 열차가 멈춘다.

허허벌판이다.

몸이 무거워서, 가랑이가 거북스러워서 잘 걷지 못하는 주룡을 광운이 부축해 내린다. 앞뒤로 앉았던 장정들은 일행이 아닌 척 그대로 기차를 타고 간다.

기차는 떠나며 세찬 바람을 일으켜 주룡의 젖은 가랑이에 밀어 넣는다. 광운은 돌아서서 고쟁이를 벗는 주룡을 기다려준다. 주룡은 옷을 갈아입고 말없이 먼저 걷는다. 한참 만에야 광운이 주룡을 따라잡는다.

드릴 말씀이 없구랴.

아모 말 마시라요.

큰 은을 입었소.

아닙네다.

역까지만 가면 동지들이 마중을 나와 있을 거외다. 역까지는…….

군소리 말고 가자요.

동지들! 어느덧 내일이 거사일이오.

서른 명 남짓한 장정들을 둥글게 모아 세우고 백광운이 목소리를 높인다.

동지들 가운데 절반은 우리 통의부에 가담하여 첫 활약을 펴는 것이오. 미리 축하하오.

손뼉을 치려는 사람들을 제지하며 광운이 말을 잇는다. 손뼉을 치려던 사람 가운데는 전빈도 끼어 있다. 주룡은 머쓱해하는 전빈을 안쓰럽게 바라본다. 전빈은 맞은편에 서 있다. 백 장군 오른쪽에 서 있는 주룡이 바로 보이는 자리에.

내일의 거사에 벌써 큰 공을 세운 동지가 있소.

광운은 주룡의 등을 민다. 주룡은 저도 모르게 원 안으로 한 발짝 들여 넣는다.

여러 동지들이 사용할 무기 수송에 힘써주신 강주룡 동지입네다.

그 말을 내려놓고 광운이 먼저 손뼉을 치기 시작한다. 눈치를 보던 장정들이 하나둘 따라서 손뼉을 친다. 주룡은 어쩐지 부풀어 오르는 것 같은 느낌에 고개를 숙인다. 뒤에서 광운의 작은 목소리가 들린다.

고개 드시오.

주룡은 다시 자세를 바로 한다. 전빈의 얼굴이 보인다. 자랑스러운 듯도 하고 부러운 듯도 하다. 주룡이 이제껏 본 적 없는 표정이다. 주룡은 전빈의 그 얼굴에 묘한 기쁨을 느끼다가도 오줌 지린 일이 생각나 얼굴을 붉히고 만다. 박수 소리가 잦아드는 것을 신호 삼아 다시 주룡은 한 발자국 물러선다.

광운은 이어 작전 지시를 세세하게 내리고 모임을 물린다. 날이 저물기를 기다리며 목적지인 일심계 사무소 인근에 잠복하다가 해 기울기 직전 무장하고 일시에 뛰어드는 작전이다. 주룡은 전빈의 손을 잡고 둘이 함께 판 설굴로 돌아간다.

늘 마주 보고 등 뒤로 팔깍지를 끼워주던 전빈이 오늘은 주룡을 등지고 돌아눕는다. 주룡은 이상하다 여기며 전빈의 등을 간지럽힌다. 전빈은 꿈쩍도 하지 않는다.

나 없는 간에 머인 일 있었네?

일 없어.

헌데 우에 그런다니?

전빈은 음, 음, 하는 소리를 내더니 조심스레 말문을 연다.

임자하고 백 장군하고 낮에 그랬다메.

그랬다니 무어 말이네?

주룡은 전빈의 등을 더듬던 손을 멈춘다. 오줌 이야기가 벌써 소문이 퍼졌나. 백가 그이가 그렇게 입이 가벼운 사내였나.

부부인 척하였다메.

옳다, 너도 투기라는 것이 있는 아이로구나. 주룡은 웃음을 참으며 전빈의 허리를 껴안는다.

기런 거이 먼 소용이라니? 참서방은 예 있지 않아?

전빈이 돌아누워 주룡을 마주 본다. 주룡은 제 얼굴을 감싸오는 전빈의 크고 찬 손에 마음이 저려오는 것을 느낀다.

모르갔어. 임자가 공을 세웠다는 거이 좋고 뿌듯한데, 어인지 나 같은 거는 하찮아지는 듯한 생각이 자꾸 든다.

주룡 또한 고백하고 싶다. 당신이 다른 동지들이랑 조사 활동이니 뭐니 하느라 마을로 날 두고 내려갈 때마다 나 역시 그런 마음이었노라고. 아무것도 아닌 것이 되는 기분이 뭔지 나도 잘 안다고. 그러나 솔직하게 말하고 나면 정말로 작아질 것만 같은 마음이다. 당신 없이는 아무것도 못 하는 사람이라는 것을 시인하는 일이 될 것 같다. 주룡은 그런 사람이 되고 싶지 않다. 전빈이 자기 없이는 못 사는 사람이면 좋겠다는 이기적인 욕망과는 별개로. 하여 주룡은 다른 이야기를 한다.

내가 세운 공이 네 공이 아니갔어?

전빈은 에이, 하고 웃으면서도 그 말에 싫은 내색은 하지 않는다.

서방 따라 독립군 한다 나서지 않았으면 공은 머인 공을 세웠갔네. 기러니 나의 공이 내 서방 공이지. 안 그러네?

애초 하고 싶던 말과는 딴판이지만 이 또한 참말이다. 주룡은 공을 독차지하고 이름을 떨치고 싶은 마음이 없다. 전빈이 언젠가 했던 말처럼 주룡이 독립을 원하는 것은 제 임자 때문이다.

당신이 좋아서, 당신이 독립된 나라에 살기를 바라는 마음.

5

떨리네?

안 떨고 배기갔니, 이 겨울에.

주룡은 부러 퉁명스레 대꾸하고 전빈은 그런 주룡의 어깨를 감싼다. 추워서 떨린다는 것은 그저 능청이었지만 안겨 있는 것은 좋아서 주룡은 잠자코 입을 다문다.

다리가 저려서 못 살갔고나야.

참으라. 형님들이 흉볼라.

새벽부터 해 질 녘까지 꼬박 한나절을 매복하여 일심계 사무소라는 데를 지켜보는 참이다. 지난 며칠간 전빈과 다른 동지들이 발에 불이 붙도록 돌아다니며 조사하였다는 바로 그곳이다.

보고에 따르면 일심이라는 이름은 날일에 마음심 자를 쓴다. 황국신민의 마음을 갖자는 뜻으로 지은 이름이라 한다. 조선인 상공협회지만 일본군과 만주 진출 일본 기업에 줄을 대고 돈세탁을 돕거나 만주에 이주해 온 동포들을 상대로 고리대금업을 벌여 부정 축재를 해온 친일 단체라는 모양이다. 표면적으로나 기능적으로는 부유한 노인네들이 바둑 두고 여자 불러 술 마시는, 오락실과 같은 공간이다. 그러나 회원들은 단순히 놀려고 회관에 가는 것이 아니다. 금고가 무사한지 감시하고 서로 견제하기 위해 매일같이 방문하는 것이다. 금일의 목표는 그 금고를 터는 것이다.

하면 거…… 강도 아니네?

전날 주룡은 번뜩 드는 생각을 무심코 털어놨다가 따가운 눈

총 세례를 받았다. 감히 독립군의 의로운 활동을 강도질에 빗대다니, 하는 비난이 담긴 눈빛들. 전빈조차도 옆구리를 슬쩍 찔러오는 것이 섭섭해 주룡은 입술을 비죽거렸다.

부인도 하나 받아두시우.

주룡이 떠는 것은 난생처음 진짜 권총을 손에 쥔 탓이다. 배 속에 품고 이동할 적에도 거북살스럽기는 매한가지였지만 손에 쥐고 있자니 더욱 진땀이 난다. 막상 방아쇠를 당길 순간은 오지 않을 공산이 크다. 그래서 광운은 주룡에게도 경험 삼아 총 한 정을 쥐여준 것일 게다. 어차피 당신은 쏠 필요 없으니 부담 갖지 말고 그저 손에 익게나 하라고.

그래도 혹시나 모든 대원에게 총을 나눠준 것은 조사만으론 알아내지 못한 경보 장치 따위로 인해 중국 경찰이나 일본군이 들이닥치는 상황에 대비한 것이다. 그런 상황이 오지 않기를 누구보다 바라는 사람이 바로 주룡이다. 어떻게 쏘는 것인지 분명히 배웠지만 막상 쏘아야 할 때가 되면 무슨 실수라도 해서 일을 그르칠까 봐 겁이 난다.

보고상으로는 일단 무장한 경비대원이 두셋 상주하는 모양이지만 두셋쯤 제압하는 것은 일도 아닐 테다. 아이고, 수전노들. 돈들이 그렇게 많거든 경비나 늘릴 일이지. 그 돈 아끼려다 전 재산 털리게 된 걸 알고나 있으려나. 주룡은 세상 쓸모없는 남의 돈 걱정으로 대기 중의 지루함을 달랬다. 추운 데 종일 앉아 있자니 몸이 굳어 막상 공격 개시 명령이 떨어지면 오금이 펴지려나 모르겠네, 걱정도 해가면서.

만주의 겨울밤은 기습적으로 온다. 해가 막 떨어질 무렵부터 이미 행인이 없어진 터지만 완전히 어두워진 다음에야 행동이 개시된다. 경력조라고 할 수 있는 다섯 명이 선발대로 들어가고, 나머지도 인원을 나누어 차례로 들어간다. 선발대는 종을 울려 경비원을 호출한 뒤 간단하게 제압하고 수신호를 보내 신입조를 부른다. 주룡은 저린 다리를 질질 끌어가며 어렵사리 전빈의 뒤를 따른다. 또 다른 경력조 일곱 명이 바깥에 남아 엄호를 담당한다. 광운은 전리를 실어 나를 짐차를 시간 맞춰 몰아오기로 되어 있다.

지하실까지 포함해 3층 건물이다. 주룡은 전빈을 따라가며 솜씨 좋게 묶어놓은 경비대원들을 곁눈질로 본다. 주룡이 속한 신입조는 1층 사무실을, 선발 경력조는 2층을, 혼합조는 지하실을 수색하기로 한다.

1층 사무실은 널찍하고 호화롭다. 책상 세 개와 철제 캐비닛 여남은 개, 예닐곱 명이 둘러앉을 수 있는 가죽 의자 일체가 놓여 있다. 신입조는 잠긴 캐비닛 문을 쇠지레로 뜯어 안에 든 것을 손에 잡히는 대로 자루에 넣는다. 대금업 계약서를 훔쳐 불사르는 것도 계획의 일부다. 주룡은 책상을 맡는다. 책상 서랍을 아예 뽑아서 자루에 대고 털어버린다. 상아나 옥을 깎아 만든 고급 도장들이 잘그락잘그락 소리를 내며 쏟아진다. 맨 밑 서랍에서 뭔가 묵직한 게 나오기에 보니 주먹만 한 금두꺼비다. 돈도, 돈도 오질나구 육실하게 많은가 부다. 주룡은 뇌까리며 가장 안쪽 책상을 털러 간다. 책상 아래 몸집 작은 노인네 하나가 웅크려 숨어 있다. 순간 주룡의 머릿속이 하얗게 바랜다.

느, 느이들 머이 하는 새끼들이냐.

노인은 뱀이 혀를 내두르는 것과 같이 싯싯거리는 소리로 말한다. 주룡에게만 들릴 만큼 작은 소리다. 주룡은 자루와 함께 쥐고 있던 권총을 고쳐 잡느라 잠시 지체한다. 그러는 사이 노인은 맞은편 벽에 걸려 있던 일본도를 낚아채 뽑는다. 늙은이라고는 믿을 수 없이 날랜 동작이다. 총이냐 칼이냐 하면 총이 먼저라는 것이 상식이겠지만 긴 칼을 쥔 노인이 너무 가까이에 있어 주룡은 겁에 질린다.

신입조원 한 사람이 상황을 눈치채고 총을 겨누며 달려온다. 눈앞에서 제 재산이 털리는 꼴을 본 노인은 두려울 게 없다. 노인은 괴상한 기합을 내지르며 칼을 번쩍 들어 올린다. 섬뜩한 안광 사이로 번개처럼 떨어지는 칼이 이상할 만큼 느리게 보이지만, 몸이 굳어 피하거나 막을 수 없다. 노인의 칼이 그리는 반호를 넋 놓고 바라보던 주룡의 눈앞에서 불꽃이 튄다. 쇠붙이끼리 부딪치는 굉음이 울린다. 저편에서 달려온 신입이 총을 들어 노인의 칼을 막은 것이다. 전빈을 비롯한 신입조원들은 그제야 소란을 알아채고 주룡 쪽을 바라본다. 모두 총을 내려놓고 캐비닛을 털던 참이라 당황하여 우왕좌왕한다.

쏘시라요. 어서.

신입조원은 내리누르는 노인의 칼을 총으로 버티면서 주룡을 향해 힘겹게 말한다. 주룡은 총을 똑바로 들고서도 감히 방아쇠를 당기지 못한다. 칼이 점차 미끄러지더니 팔과 어깨를 베며 내리그어진다. 주룡은 눈을 질끈 감는다.

총성이 울린다.

주룡은 눈을 뜬다. 방아쇠를 당기지 않았는데 총성이 울리다니.

문간에 경력조 정가가 서 있다. 그의 총구로부터 연기가 피어오른다. 노인은 바닥에 엎어진 채 몇 번 꿈틀대다 잠잠해진다. 작은 몸이 버르적거리더니 가랑이 사이에서 오줌 줄기가 새어 나온다. 흘러내린 노인의 피와 섞인다. 주룡은 이루 말할 수 없이 복잡한 마음으로, 번져오는 것들을 피해 발을 뒤로 뺀다. 정가는 한 점 동요도 묻어 있지 않은 얼굴로 말한다.

날래 나가십세다.

문간에 광운의 짐차가 서 있다. 꽉 찬 자루들과 지하실에서 가지고 나온 금고를 짐칸에 싣고, 다친 신입조원을 태우고 차는 바로 출발한다. 남은 인원은 애초 지시받은 대로 전부 다른 방향으로 흩어져 달린다. 될 수 있는 한 멀리 달아났다가 두 시간 내로

재집결하기로 되어 있다. 주룡은 두리번거리다가 전빈을 따라 달린다. 전빈이 너무 빨리 달려서 따라잡을 수 없다.

눈이 내린다. 가슴이 터질 것 같다.

주변 지리를 잘 모르는 주룡은 헤매다 헤매다 맨 마지막으로 집결지에 도착한다. 누가 딱히 저를 탓하는 말을 하는 것은 아니지만, 어쩐지 분위기가 싸늘한 것을 주룡은 모른 체하지 못한다.

오늘 작전은 대성공이오. 동지들, 고생했수다.

광운이 치밀한 사전 조사와 작전 구상, 수행력 등을 치하하며 박수를 청한다. 함께 손뼉을 치면서도 주룡은 자책감과 수치심으로 얼룩덜룩 달아오른 얼굴을 떨군다.

새로 합류한 동지들은 실수가 있었더라도 괘념 마시오. 실수야 병가상사이고 작전이 성공했으니 된 거요. 설령 작전이 실패해도 제 탓이라 여기지 마시고. 작전 전체를 어그러지게 할 만큼 큰 실수는 상급자들이나 하는 거지. 신입 동지들한테는 그렇게까지 막중한 임무를 주지도 않았수다.

저 들으라는 말처럼 들려서 주룡은 더욱 고개를 숙인다. 광운은 의아하다는 듯 한마디 덧붙인다.

웃자고 한 말인데 아무도 안 웃는구만?

대원들은 서로 눈치를 봐가면서 표가 나게 억지웃음을 웃는다. 그러다 옆 사람이 가짜로 웃는 꼴이 우스워 서로 손가락질을 해가며 배를 잡고 진짜로 웃어댄다.

임자.

모두 웃는 사이에 멀리 떨어져 있던 전빈이 주룡 곁으로 와 속삭인다.

금일 고생 많았더네.

서방님이 더욱 고생하였지비.

전빈은 주변 대원들을 회회 둘러보고는 조심스레 주룡의 손을 잡는다.

백 장군님 말씀처럼 금일 일은 담아두디 말라.

내래 마음 아니 쓴다. 속아리 좁니도.

주룡의 대답에 전빈은 눈을 빛내며 더욱 세게 손을 감아온다.

난 확신이 섰다. 임자하구 함께 나선 거이 참말 잘한 일이야. 둘이 힘을 쓰면 독립두 두 배 날래 오갔지. 이대루 계속 활약을 펴서 어서 독립된 조국에 가보구 싶다. 우리 임자 고향을 보구 싶다.

주룡은 고개를 끄덕이면서도 여전히 복잡한 심정을 어쩌지 못한다. 고운 제 서방이 기뻐하는 모습이야 보기 좋지만 악덕 부호 친일 단체를 털어 본보기 삼는 일이 독립에 어떤 보탬이 되는가는 잘 그려지지 않는다. 털어온 물자를 군자금으로 쓰든 몇몇이서 갈라 먹든 상급자들이 알아서 할 일이겠지만 제 머리로는 이해할 수 없는 일이다.

기래두 네 웃으니 내 좋고나야.

그런 마음으로 주룡은 전빈의 뒷덜미를 어루만진다.

강 부인 동지는 나 좀 보십시다.

광운의 호출이다. 주룡도 전빈도 어리둥절하여 광운을 바라본다. 또 무슨 볼일인가. 다시 한번 임신부 노릇이라도 시킬 셈인가.

광운은 부대원들로부터 조금 떨어진 곳으로 주룡을 데려다 놓고 오늘의 소감을 묻는다. 광운이 없을 때는 대장 대행 노릇을 하는 정가로부터 오늘 주룡의 실책을 보고받은 모양이다.

내 모르갔습네다, 악인이란 거이 수차례 들었지마는 눈앞에 있는 사람을 내 손으루 쏘자니 가슴이 떨려 내가 더 죽을 것만 같았시요.

광운은 잠자코 주룡의 말을 들어준다.

영감이 총 맞구는 오짐을 지리더이요. 맞기 직전에 지린 거인가 맞는 순간에 지린 거인가는 모르갔습네다. 다만 아, 요거이 사람이고나, 요괴 귀신 도깨비가 아인 사람이고나, 하는 생각이 들었습네다. 요전 날 나와 같이 말입네다.

주룡은 점점 주눅이 들어 목소리를 낮추어간다.

간나라 기런 거인지⋯⋯ 간나는 어쩔 수 없는 거인지⋯⋯ 기양 매양 하던 대루다 솥뚜껑이나 돌리며 만족하였어야 하는 거인지.

광운은 정색하고 주룡의 어깨를 붙든다.

스스로 그러시면 아니 되오. 부엌데기이고자 자처하면 부엌데기 취급을 받고 독립군 행세를 하면 독립군 취급을 받는 거요.

이 말에 주룡 또한 돌연한 부아가 난다.

동지라는 사람들은 먼처 날 부엌데기 취급 아니 했답데까?

광운은 한동안 말을 않는다. 주룡 역시 공연히 성을 낸 것이 민망해 입을 다문다. 한참 만에 광운이 입을 연다.

내 일이 나의 민족에게 어떤 뜻이 있는가가 잘 그려지지 않는다면 나의 동지, 나의 옆 사람을 먼저 떠올려보시오.

주룡은 저 때문에 다친 신입 동기를 생각한다. 주룡이 방아쇠를 잽싸게 당겼더라면 다치지 않았을 사람. 그 사람이 다친 것은 제 몸이 다칠 것을 염려하기보다 주룡을 구하려고 뛰어든 탓이다. 그렇지만 그것이 주룡을 저보다 못하게 여겨서가 아니고, 광운의 말처럼 제 동지인 주룡을 걱정했기 때문이다.

그네들이 진정으로 나를 동지라고 여긴다면야 나도 기꺼이 내 목숨을 내주고말고.

주룡은 이렇게 대답하는 대신 그저 고개를 끄덕여 보인다. 머릿속에서 아우성을 벌이는 그 많은 물음들은 그대로지만 이것들을 함부로 입 밖에 내선 안 된다 생각하니 도리어 머리와 가슴이 차가워진다.

백 장군님이 머이라 하셨네?

설굴로 돌아가 눕자 먼저 누워 있던 전빈이 묻는다. 주룡은 설

픽 웃고 대답은 하지 않는다.

이후로 주룡은 엄호조에 남기를 자처한다. 주룡의 자진에 반대하는 사람은 딱히 없다. 주룡의 의사를 그대로 존중해서 그런 것이든, 현장에서 도움이 안 된다는 생각 때문이든 주룡은 신경 쓰지 않는다.

첫 임무 수행을 광운이 그리도 치하했던 것은 그것이 실로 성공적인 작전이었기 때문이라는 사실을, 전빈과 주룡을 비롯한 신입 부대원들은 차차 깨달아간다. 비슷한 임무가 연달아 주어지는 가운데 더러는 크게 다치고 소수 일본군에게 사살당하기도 한다.

계절이 두 번 바뀌는 동안에 서른 명 남짓이던 부대원이 스무 명 안팎으로 줄어든다. 부상이 너무 심해 활동을 지속할 수 없는 사람, 숨을 거둔 사람에 더하여 달아난 부대원들도 제법 있다. 모진 겨울을 노상에서 견뎌놓고 봄에야 처자식 생각이 나서, 놀고 있을 논밭이 눈에 밟혀서 부대를 떠나는 사람들을 붙잡을 도리는 없다. 그렇다고 아주 원망도 않는 것은 아니다. 부대의 사기는 사상자가 발생할 때보다 도주자가 나올 때 더욱 떨어졌다.

첫 임무 때만 해도 본연의 우국심에 더하여 소년다운 모험심으로 부풀어 있던 전빈마저 갈수록 눈의 빛을 잃어갔다. 애초에 서방 따라나선 길, 크게 기대한 바가 없던 주룡이야말로 그나마 초심을 잃지 않고 있는 셈이다.

광운은 동분서주 바쁘면서도 전빈과 주룡이 속한 1대 2중대에 각별한 애정을 쏟는 것처럼 보인다. 그중에서도 주룡을 대하는 태도는 유독 눈에 띄는 것이다. 임무 전후 꼬박꼬박 불러서 면담을 하고, 임무 중 좀 부족한 점이 있더라도 기운을 돋우어주며, 조금이라도 잘하는 게 눈에 띄면 대원들 앞에서 칭찬을 아끼지 않는다. 처음에는 광운의 그런 관심을 불편하고 부담스럽게 여기던 주룡도 광운에게 점차로 의지하게 되었다. 말귀 어두운 남정네들하고 있느라 한껏 썩어 막혔던 속이 광운과 대화할 때만은 시원하게 뚫리는 것만 같다. 주룡은 광운을 한 번도 가져본 적 없는 손위 오라비 같은 사람이라 여겼고, 주룡의 생각에 광운은 저를 아픈 손가락 정도로 생각하고 있는 듯했다. 유독 떨어지는 대원을 손수 챙기고 보살피는 것은 그가 덕장이라는 증거다. 그가 늘 하는 말처럼 부인네들의 활약상이 중요하다는 생각 또한 주룡에게 더 많은 공을 들이는 연유의 하나일 것이다.

다른 대원들의 생각은 다른 것 같았다.

대원들은 거개 서간도 출신이지만 개중에는 멀리 조선에서 살다 온 이도 있다. 가까운 지역을 거점으로 움직이는 부대보다 머나먼 서간도 통의부까지 굳이 와서 독립군에 투신한 것은 채찬 백광운 장군을 동경하고 존경하는 마음 때문이 크다. 전빈도 마찬가지다. 처음 만나 짐차를 타고 대열에 합류한 날, 짐차 운전수가 바로 그 백 장군인 것을 알고는 크게 놀라고 감격하던 전빈의 얼굴이 여전히 주룡의 눈에 선하다.

시원찮은 여자 대원 하나가 저희가 존경하는 장군의 관심을 독차지하고 있는 것이 분하기는 할 것이다. 그 마음을 전혀 모르는 바는 아니다. 그래도 주룡이 광운에게 불려 갈 때마다 저들끼리 숙덕대고 실실거리는 것은 경우가 없는 일이 아닌가. 거기까지도 그렇다손 칠 수 있다. 문제는 전빈이 그들의 허튼소리를 그저 들어 넘기지 못하는 점이다.

주룡 또한 일평생 부모 동기 잘 모시고 돌보다 시집가서는 남편에게 순종하는 것이 여자의 가장 큰 덕이라 배워온 보통 여자다. 공공연히 주룡과 광운 사이를 손가락질하는 것은 주룡의 명예를 더럽히는 일이거니와 눈 똑바로 뜨고 바로 곁에서 모든 것을 보고 있는 서방 전빈을 허섭스레기 취급하는 것이다. 동지라는 것들이 숙덕거리는 것을 주룡은 모르지 않는다. 저를 향한 손가락질에 그 누구보다 예민한 사람이 주룡이다. 본보기로 만만한 아새끼의 멱살을 잡을까 어떡할까, 하는 생각을 하다가도 고개를 설레설레 젓곤 하는 것은 제 심정을 까맣게 모를 전빈 탓이다. 동료와 주먹다짐이라도 벌였다가 쫓겨나기라도 하면 어쩌나. 저야 아무리 급하게 들어온 졸병이라지만 제가 속한 부대는 어린애 장난 같은 것이 아니다. 나름의 군법이 있고 따라야 할 체계가 있다. 쫓겨나기를 면하더라도 전빈 얼굴에 먹칠이 됨은 다를 것 없다. 그러니 당장은 속없는 척 헤실헤실 웃을 수밖에.

운수가 찢어지도록 트인 날이다. 민간 조사를 마치고 곡주 몇 동이를 얻었다. 정가를 비롯한 대원 몇몇이 나가서 꿩, 토끼 따위를 잡아 오고도 해가 저물지 않아서 모처럼 고기도 굽고 술도 부어가며 조촐한 회합연을 가진다. 이 좋은 날 광운이 없어서 아쉽게 되었다, 주룡은 생각하지만 혹여 쓸데없는 오해라도 보탤까 말로는 하지 않는다.

곡주 한 사발씩이 돌자 몇몇의 얼굴에 벌써 불콰한 기운이 돈다. 알싸하니 취한 대원 하나가 제 자리 옆을 탁탁 두드리며 주룡을 찾는다.

강 부인, 강 부인 동지. 여 와서 앉아보라.

싫소.

주룡은 웃으며 거절한다. 취한 대원의 주책에 사내들이 너 나 할 것 없이 웃음을 터뜨린다. 그러나 일은 그것으로 끝나지 않는다.

우에, 장군 정도가 아이구서니 사나로 안 보이네?

찬물을 끼얹은 듯 조용해진다. 주룡은 벌떡 일어나서 헛소리를 한 인간을 죽일 듯 노려보다가 자리에서 떠나버린다. 전빈이 뒤를 따른다.

산을 아주 내려가버릴 듯이 씩씩거리며 걷는 주룡의 어깨를 전빈이 붙잡는다. 주룡은 힘껏 그 팔을 뿌리치며 돌아선다.

놓으라.

전빈은 그 힘에 밀려 엉덩방아를 찧으며 뒤로 넘어진다. 얼결에 주저앉은 모양이 되었다. 주룡은 화가 머리끝까지 났으면서도 순간적으로 미안하고 민망해져서 손으로 입을 가린다. 전빈은 아무렇지도 않다는 듯 앉은 그대로 말을 걸어온다.

임자 게서 기렇게 뛰쳐나오면 동지들 속이 어드렇겠니.

동지들이 중하네? 늬한테는 동지들이 더 중해?

주룡이 이를 악물고 으르렁거리는 소리에 전빈은 한숨을 푹 내쉰다.

취한 이가 허튼소리 좀 하였기로 임자가 이래 나오면 부대원 간에 의가 상하지 않갔어?

기래, 내 서방 참 으런스럽고나. 하두 으런스러와서래 제 임자가 희롱당한 거이 눈 하나 깜짝할 거이 못 되네?

이에 전빈의 눈빛 또한 매서워진다. 주룡으로서는 처음 보는 표정이다.

네 말 잘하였다. 형님들이 머이라 수군대는지 네 아니, 내더러 장군 오쟁이 진 아새끼라 한다. 기래두 임자가 백 장군하고 붙어 다닌다구 내 머라 한 적 있간.

기가 막혀서 주룡은 가슴을 두드린다.

네 시방 말 다 했네?

다 못 하였니라. 또 머이라는지두 말해주마. 임자 치마폭이 하두 넓어 사내 둘 품구두 남느네 한다.

산기슭의 찬 바람, 손에 만져질 듯이 싸늘한 바람이 둘 사이를 불어 지나친다.

니는 기런 말을 듣구서두 가만있었네.

주룡은 가라앉은 목소리로 묻는다. 전빈이 줄기 굵은 눈물을 뚝뚝 흘리기 시작한다.

기러면 내 어드렇게 하랴? 꿈에 그리던 독립군인데. 내 난리 피워 부대에서 쫓겨나면 임자 속이 후련했갔니? 게서 분개하여 기딴 소리 하는 이에게 총이라두 쏘아야 했갔어?

내래 기랬을 거이야. 내 아이라 내 서방 모욕이면 내래 총구멍을 내주고 말았을 거이야.

둘은 잠시 말없이 서로를 바라본다. 평소 같았으면 이쯤에서 저 애의 우는 얼굴이 애처로워 다가가 안아버렸겠지. 오늘만은 그럴 마음이 들지 않는다.

전빈에게도 말 못 할 고생이 있었을 것이다. 부대 결속을 해칠까 봐 저와 제 아내를 업신여기는 말을 듣고도 웃는 것이 마음 편한 일은 아니었을 것이다. 그렇지만 그따위 결속이 다 무어란 말인가. 여자 하나를, 어린 남자애 하나를 우스개로 만들지 않고서는 유지할 수 없는 결속이라면 그따위 것 없는 게 백번 낫지 않은가. 저들이 아무리 찧고 빻고 까불어봐야 졸개일 뿐 백 장군처럼은 될 수 없는 건 그래서라는 걸 저들은 언제쯤 깨달을까.

내 소란 피워 미안하다. 고만 올라가자야.

주룡은 한숨을 쉬며 마음에도 없는 사과를 먼저 한다. 전빈은 고개를 젓는다.

인제 귀치않다.

주룡은 제 귀를 의심하며 전빈을 바라본다.

네 지금 귀치않다 하였니.

기랬다. 인제 귀치않아.

주룡의 눈에도 눈물이 가득 고인다. 이 바보야. 너는 지금 너 때문에 목숨도 버릴 아내 대신 널 우스개로나 여기는 형님들을 선택한 거다. 너는 그게 애국이라 생각하니. 이 일로 금이 간 내 가슴은 쉽게 아물지 않을 것이다. 너 이제 어떡하려고 그러니.

이런 마음을 채 털어놓지 못한 채 주룡은 그저 이를 악물며 조용히 말한다.

알았니라. 귀치않게 굴지 않을라니 올라가자.

전빈은 연신 고개를 젓고 나서 주룡을 똑바로 쳐다보며 분명히 말한다.

그만 돌아가주어.

주룡은 눈물범벅이 된 서방의 얼굴을 멀거니 바라보다가 인사도 없이 돌아선다.

네 생각이 정히 그러하다면 내 돌아가주마.

그길로 산을 내려간다.

6

살던 동리까지 무슨 정신으로 돌아왔는지 모른다.

떠날 때와 같이 살이 에이는 추위는 없었어도 한 보 디딜 때마다 가슴을 한 겹씩 저미어내는 것 같은 생각에 밤낮없이 울며 걸었다. 곡하며 걷는 주룡을 본 행인들이 이따금 재수 없다며 침을 뱉었다.

돌아가라는 말을 들었기로 바로 떠나올 것이 아니라 바짓가랑이라도 붙들고 계속 곁에 있게 해달라 빌어볼 것을.

답답해서 가슴을 치기도 하고 제 머리를 쥐어뜯기도 하며 주룡은 쉼 없이 걸었다. 전빈의 심정을 알다가도 모를 노릇이었다. 홧김에 하란 대로 했으니 되돌아가 다시 받아달라 애원할 처지도 못 되었다. 다 걷어치우고 되돌아간다 쳐도 부대가 주룡이 기억하는 그곳에 계속 머물리란 보장이 없으니 헛걸음이 될까 망설여졌다.

멀어질수록 차츰 원망은 옅어지고 다만 어리고 고운 서방이 저 없이 그 험로를 어찌 견뎌낼까가 염려되어, 주룡은 쉽게 울었다. 직전의 다툼 같은 것은 진작 잊었다. 바로 화해했더라면 그 일이 오래 앙금으로 남았으련만 그보다 더욱 청천벽력 같은 소리를 듣고 떠나온 이상은 그런 것쯤 별것도 아닌 것처럼 여겨졌다.

서방이 죽은 것도 아닌데 이래 눈물이 날 일인가.

시가가 있는 동리 어귀에서 발길 둘 곳을 모르고 빙빙 돌던 주룡은 본가로 돌아가기로 마음먹었다. 본가는 시가로부터 시오 리는 더 떨어진 동리에 있었다. 백여 리를 멀다 않고 걸어왔는데 그깟 시오 리가 문제일까. 도저히 시댁 어른들을 뵐 낯이 없기도 하거니와 전빈의 마지막 말이 헤어지자는 뜻일지도 모른다는 생각이 들어 순순히 시댁으로 돌아가고 싶지 않았다.

땅거미가 질 무렵 주룡이 마당에 들어서자 어머니가 하던 일을 내팽개치고 달려 나온다. 해진 옷에 다 풀어진 머리를 한 꾀죄죄한 꼴이어도 어머니는 주룡을 알아보고 만다.

이년아, 요 얄궂은 년아. 어데 갔다 인제사 이 꼴로 나타나네.

어머니는 주룡의 등짝이며 가슴팍을 마구 두드리며 울음을 터뜨린다. 주룡도 덩달아 운다. 아파서가 아니라 생시인 것을 알겠어서, 꿈자리마다 아른대던 어머니가 저를 두들겨 패는 것이 너무 실감이 나서 눈물이 난다.

안방에 있던 아버지도 무슨 일인가 싶어 내다보았다가 맨발로 달려 나온 참이다.

무신 일이 있었던 거이야, 어서 말해보라. 서방은 어데 두고 홀로 왔네? 소박이라도 맞은 거이네? 서방은 시댁 가고 너만 일루 온 거이야?

그런 거이 아니외다. 더 묻지 마시라요.

아버지는 헛기침을 하며 걸음을 물려 방으로 돌아간다. 꼭 그만큼이 아버지가 표현할 수 있는 마음인 것을 주룡도 알지만 섭섭해서 눈물이 난다.

물 데파주마, 씻고 방에 들라. 낯 상한 것 좀 보라야…….

어머니는 주룡의 얼굴을 더듬다 말을 맺지 못하고 눈물을 훔친다.

오마이…….

우에 그래 부르네.

시방 내 꼴 더럽지마는 나 한 번만 꼭 안아주시라요.

모녀는 얼싸안고 곡소리를 내며 운다. 간나들 우는 소리가 집 밖으로 나가면 재수 없다 한마디 할 법도 한데 오늘만은 아버지도 별말이 없다. 어린 동생이 울음소리를 듣고 방 밖을 내다보다 누이가 돌아온 줄을 알고 나와서 덩달아 운다. 아아, 내가 정말로 돌아왔구나, 하는 생각에 잠시나마 주룡은 서방 걱정도 잊고 만다.

돌아온 다음 날부터 주룡은 애초에 집을 떠난 적이 없는 사람처럼 제 일을 찾아 한다. 손이 바빠야 딴생각이 감히 머리에 끼어들지 않는다.

우선 밖에서 입던 옷가지며 지니고 돌아온 것 중 만만한 것을 골라 모조리 불살라버렸다. 처음 서간도로 올 적에 주룡의 식구들도 여느 조선인 가족들처럼 만주 풍토병으로 한동안 고생을 했다. 밖에서 나도는 동안에 또 병이라도 옮아왔을까, 어디에 저 모르게 피얼룩이라도 져 있던 게 어머니에게 들킬까 걱정이었다. 불을 놓으면서 주룡은 옷가지에 얽힌 구구한 사연들도 다 잊어버리기로 마음먹었다. 서방을 위해 주룡이 할 수 있는, 가장 작지만 무엇보다 중요한 실천이 바로 그것이라고 생각했다. 입을 다무는 것.

전빈과는 금덤판을 기웃거리다 온 것으로 해두었다. 돈 좀 만지고자 하는 청년들이 속속 금광 일을 하러 간다는 것을 소문으로 들어 알고 있었다. 식구 중 누가 독립운동에 가담했다는 사실이 소문이라도 나면 시가고 친정이고 무슨 고초를 당할지 알 수 없었다. 될 수 있는 대로 전빈의 행적에 대해서는 말하지 않으려 했지만 어머니가 하도 캐물어 사연을 지어내서 말할 수밖에는 없었다.

주룡이 돌아왔다는 소식이 어느덧 시가 동리까지 퍼졌는지, 한 주가 채 지나기도 전에 하루가 멀다 하고 시가에서 사람을 보내온다. 그간의 일은 잊어줄 터이니 돌아오라는 전언이다.

주룡 소식만 시가에 닿은 것이 아니고 시가 소식도 주룡네에 들려온다. 주룡과 전빈이 자취를 감춘 날에 시가 큰할머니가 길길이 뛰다가 기어이 쓰러져서 풍과 치매를 동시에 맞았다는 것이다. 그 뒤치다꺼리를 하느라 시모와 형님이 고생하는 모양이다. 안됐다는 생각은 들지만 그 매운 시집살이를 또 하러 가고 싶은 생각은 아무래도 들지 않는다. 전빈이 돌아온다면 모를까.

새벽마다 주룡은 식은땀을 흘리면서 깬다.

마지막 밤에 전빈은 집에 돌아가 기다려달라고 하지 않았다. 다시 만나자 정약 한마디 주지 않았다.

그저 돌아가라고 했다. 돌아가 있으라고. 귀찮다고.

그 싸늘한 얼굴이, 그 모진 말들이 눈에 밟혀 주룡의 잠은 날이 다르게 가벼워진다. 전빈은 꿈에도 나오고 꿈 밖에도 출몰한다. 주룡은 여위고 주룡이 잃은 몸의 무게와 부피만큼 헛것이 선명해져간다.

이런 일들도 주룡은 허술히 입 밖에 내지 않는다.

으레 그랬듯 서둘러 가을이 온다. 가을도 짧다. 오로지 겨울이 위세를 떨친다.

겨우내 주룡네 식구들은 온 가족이 정주간 부뚜막 근처에 누워 잔다. 시집가서 겪은 일이나 독립군 부대의 일 같은 것은 아주 먼 옛날처럼 아득하다. 곱고 귀여워 사랑스러웠던 서방의 얼굴도 이제는 꿈인가 싶다.

새봄이 오도록 전빈의 소식은 없다. 서간도의 긴 겨울이 매서운 것이야 어제오늘 일이 아니어서 주룡은 그쯤 아무렇지 않다. 언제나처럼 모진 날들을 하루하루 버티다 보니 이제 곧 봄이 오겠구나, 하고 느낄 따름이다.

기다린다는 생각을 말아야 기다릴 수 있다. 주룡은 그런 마음으로 버틴다.

언제나와 같은 저녁에, 막 해가 기울어 어둑어둑해졌을 때, 기다리지도 않은 날에 소식이 온다.

정주간 문을 두드린 이는 다름 아닌 오가다. 전빈과 같은 동리 출신으로 먼저 통의부에 가담한 그 오가. 그 얼굴에 걸린 서늘한 기색을 읽기 전에 주룡은 그가 나쁜 소식을 전하러 왔음을 직감한다.

전빈이가 위독합네다.

어쩐 일이냐고, 그간 잘 지냈냐고, 예의치레를 할 틈도 주지 않고 오가가 먼저 말한다. 낯선 사내가 돌연히 정주간 문을 열어 식겁했던 다른 식구들도 전빈의 이름을 듣고 상황을 알아차린다.

위독하다니 어드렇게…… 어데가 얼매나 위독하단 말입네까?

제수씨가 오셔서 꼭 보아야겠습네다.

시방 어데 있습네까? 동리로 돌아왔습네까?

유하현에 있습네다.

유하현이라면 본가로부터 백 리는 더 가야 있는 고장이다. 주룡은 사색이 되어 입을 벌리고만 있는 식구들의 얼굴을 한 번씩 보고 자리에서 일어난다.

채비 오래 걸리지 않습네다. 앞장서주시라요.

정신없이 나서서 땅이 온통 얼어붙은 산등성이를 한참 더듬고

서야 백 리를 와서 또 백 리를 가야 하는 오가의 피로가 떠오르는 주룡이다.

힘드시지요? 면목 없습네다.

아닙네다. 올 적에는 우차도 얻어 타고 하여 금시에 왔습메.

불붙은 관솔가지에 오가의 얼굴이 언뜻 비친다. 시름 깊은 그 얼굴을 보고 주룡은 남편의 안부를 재차 물으려던 생각을 접는다. 힘들다는 생각도, 산짐승이 무섭다는 생각도 잊는다. 그저 길이 어두워 같은 자리를 하염없이 제자리걸음 하는 듯한 무력감이 두렵다.

새벽녘에야 주룡은 오가와 함께 유하현 길표 앞을 지난다.

길표 지나 5리가량을 더 걷자 동리로부터 먼 듯한, 싸리 담조차 없는 작은 민가 하나가 나온다. 오가는 걸음을 바삐 하여 그 안으로 들어간다. 주룡은 잠시 머뭇대다 마음을 다잡고 오가의 뒤를 따른다.

이봐, 전빈이. 제수씨가, 강 부인이 오셨어. 정신 채려보라.

방 안에는 오가와 주룡이 들기 전부터 두 사람이 더 있었다. 하나는 집주인으로 짐작되는, 주룡이 처음 보는 사람. 다른 하나는 오가의 말대로 전빈이다.

꿈에도 그리던 서방이 눈을 희게 뜨고 신음하며 누워 앓고 있다. 그 꼴이 기가 막혀 주룡은 그만 주저앉는다. 이런 식으로 다시 만나리라고는 생각지 못했던 것이다.

서방님, 임자 왔쇠다. 나요, 주룡이. 눈 좀 떠보시라요.

주룡은 전빈의 옷깃을 쥐었다, 팔을 주물렀다 하며 말을 건넨다. 집주인이 주룡의 손을 만류한다.

숨이 꼴딱꼴딱하는 병자를 그래 흔들면 우터합네까?

그 말처럼 전빈의 숨은 밭고 가파르다. 어쩌다 이 꼴이 되었는지, 이게 무슨 병인지, 제 어린 서방이 이 꼴이 되도록 당신들은 무얼 했는지, 묻고 따지고 할 것이 얼마든지 떠오르지만 주룡은 이를 악물며 참는다. 눈물은 남편이 병을 떨친 다음에 흘려도 늦지 않다. 다른 모든 물음들을 뒤로하고 주룡은 간신히 말한다.

밥은…… 밥은 곧잘 받아먹습데?

앉차놓구서 미음을 흘려줍네다만, 숨이 막힐까 보아 많이 주지는 못합네다.

오가가 답한다. 주룡은 소매에서 단도를 꺼낸다. 만일을 생각하여 언제든 꺼낼 수 있도록 팔 밑에 조심히 지니고 있던 것이다. 그러나 이 물건을 챙길 때 주룡이 생각한 만일에 이런 경우는 없었다. 그런 생각에 쓴웃음이 난다.

주룡은 단도를 칼집에서 뽑는다. 말이 칼이지 날이 잘 서지 않아 힘주어 눌러 그어야 한다. 신음을 참으며 주룡은 천천히 손을 움직인다. 왼손 약지에서 핏줄기가 길게 흘러나온다. 주룡이 혼자 손을 꼼지락대는 줄로만 알았던 집주인과 오가는 피를 보고 놀라 주룡의 칼을 빼앗는다.

놓으시라요.

머이 하는 짓입네까? 아모리 상심하였기로니.

길쎄 놓으래도요.

주룡은 저를 말리는 손들을 힘껏 뿌리친다. 피 몇 방울이 방바닥에 후드득 흩어진다. 아까운 피가 멎기라도 할까 봐 오른손으로 받치고 남편의 입가에 갖다 댄다. 약지를 전빈의 입술에 찔러 넣는다. 전빈은 피를 잘 받아 삼키지 못하고 입가로 흘려낸다.

주룡은 전빈의 턱을 쥔다. 굳어 있는 입술 양편을 입에 물린 약지로 살살 뜯어내면서 좀 더 깊이 손가락을 넣는다. 밖으로 흘러나온 피를 닦는다. 피는 더 이상 전빈의 입 밖으로 흐르지 않는다.

받아먹누나. 받아먹고 있어.

집주인이 양손으로 무릎 앞을 받치고 엎드려 전빈의 얼굴을 살피며 연거푸 외친다. 받아먹는다. 받아먹는다. 주룡에게는 그 말이 아주 멀리서, 또는 한 겹 벽 바깥에서 들려오는 소리만 같다. 주룡의 온 신경은 피 흘리는 손가락에 집중되어 있다. 이 사람이 아직 살아 있구나. 입속이 아직 따뜻하구나. 손가락의 갈라진 틈은 그 온도를 더 예민하게 받아들인다. 이윽고 주룡은 또 다른 변화를 알아차린다. 전빈의 목울대가 크게 움직이고, 손가락을 빠는 힘이 느껴지는 것이다.

서방님. 서방님! 정신이 듭네?

손가락을 물린 채라 크게 움직이지는 못하고 목소리만 돋우어 주룡이 부른다. 가늘게 열린 채 흰자로 천장을 마주하던 전빈의 눈이 몇 번 깜빡이다 바로 뜨인다. 그 눈빛도 맑다고는 할 수 없으나, 병자를 둘러싸고 있던 이들을 기쁘게 하기에는 충분하다.

임자.

주룡의 손가락을 문 채로 전빈이 웅얼거린다. 주룡은 얼른 손을 치운다. 아직 피가 그대로 흐르는 왼손을 오른손으로 감싸 쥔다.

아이고, 살았네 살았어.

전빈아, 나 알아보갔니? 제수씨가 너 살렸다. 제수씨가 너 살렸어.

집주인과 오가가 법석을 떤다. 주룡은 그저 양손을 모으고 전빈의 머리맡을 지킨다.

임자 우에⋯⋯ 다쳤어.

전빈의 눈동자가 주룡의 피 흘리는 손가락을 좇고 있다. 일순간에 방 안이 숙연해진다. 집주인은 불을 땐다는 핑계로, 오가는 다른 이들에게 전빈의 소식을 전한다는 핑계로 방을 나선다. 마침내 방 안에 전빈과 주룡만이 남는다.

어드렇게 왔니.

걸어서 왔다.

뉘가 그것을 물었다니.

겨우 의식을 차린 환자 주제에 전빈은 희미하게 웃음소리를 낸다. 웃음이 나오는가. 이 마당에 웃음이라니.

나부터 좀 묻자.

무얼 물으려네?

겨우 이 꼴이 되자고 나 혼차 집에 보냈니?

전빈은 말이 없다. 주룡은 남편에게 물렸던 손가락을 제 입에 문다. 남은 피를 마저 빨며 소리를 죽여 운다.

오가는 말 한 필을 빌려 멀리 갔다 한다. 집주인만이 이따금 와 전빈과 주룡을 살핀다. 초봄이라 먹을 것이 없어 미안하다며 감자를 쪄 갖다 두기를 마지막으로, 집주인도 한참을 돌아오지 않는다.

주룡은 감자가 식다 못해 도로 딱딱해지도록 그대로 둔다. 신경이 곤두서 입맛이 없다. 전빈이 설핏 잠들 때마다 또 의식을 잃을까 봐 두려운 한편 잠을 자야 차도가 생기지 싶어 함부로 손을 대지 못한다. 그러는 사이에 저는 변소에도 갔다 오고 불을 때서 서방 몸 닦을 물을 데우고 매무시도 정갈히 한 참이다. 그런 일들이, 살아 있어서, 살아 있기 위해서 하는 일의 덩어리가 남편의 얼굴을 볼 때마다 온통 죄스럽게 여겨진다.

산기슭 집이어서 해가 빨리 저문다. 숨을 식식 몰아쉬며 자던 전빈이 문득, 언제 잠들었더냐는 듯 태연히 긴말을 한다.

이래 나는 누워 있고 임자는 앉차 있으니까네, 장가갈 적 생각이 나네.

앉은 채로 잠시 졸던 주룡이 그 말에 정신을 차린다.

별소리를 다 하네.

그때는 임자가 누워 있고 내가 앉차 있어서 임자가 자꾸 이불 속에로 들어오라고 했지.

그랬댔지.

이리 들어오라.

싫어.

왜, 서방이 나이 적어 싫네?

아니.

박색이라 싫어?

박색이라니 당치 안해.

그럼 이리 들어오라.

주룡은 저고리 고름도 풀지 않고 그대로 이불 속을 파고든다. 누워 있는 전빈이 꼼짝도 못 하는지라, 몸 절반은 엉거주춤 요 밖에 내놓은 채로 누울 수밖에 없다.

부부는 나란히 누워 천장을 본다. 주룡은 전빈의 시근거리는 숨소리를 귀 기울여 듣는다.

먼 생각을 하네?

주룡은 남편이 다시 의식을 놓을까 봐 말을 걸어본다.

아모 생각 안 한다. 임자는?

이 짧은 말을 하면서도 전빈은 숨이 가쁘다. 주룡은 전빈 쪽으로 돌아눕는다.

내가 당신을…… 당신이 간다 할 때 홀로 보냈더랬으면 이런 일이 없었을까.

무신 말을 그래하니.

여느 규수들처럼 시댁에 잠자코 들어앉아 얌전하니 기다렸대면…… 서방 소식 언제 오난가만 기다렸댔으면…….

그랬대면 내 죽는 소식도 모르고 혼차 늙었갔지.

죽는단 소리 말라. 재수 없니도.

전빈의 말에 곧 핀잔을 주지만 주룡 역시 안다. 이 사람은 낫지 않으리라는 것을. 오늘에든 내일에든, 어린 제 서방이 세상을 등지고 말리란 예감이 주룡의 의식에 차가운 금을 긋고 있다. 문창호를 뚫고 들어온 흰 달빛이 전빈의 입술 윤곽을 훑는다. 달빛이 그린 그 입술을 달싹이며 전빈이 말한다.

임자가 이런 사람이어서 나는 좋았에요.

주룡은 바로 답하지 못한다. 그런 말 말지. 이미 한 번 버린 아내에게, 이제는 아주 두고 떠날 사람에게 그리 다정한 말은 말지. 데리고 떠나지 말지. 정 주지를 말지. 첫날밤에 소박을 맞히지. 이럴 바에는. 주룡은 손을 내밀어 전빈의 얼굴을 감싼다.

나도 전빈이가 내 서방인 게 좋았다.

간신히 말하고 나서야 주룡은 이상한 적막을 느낀다. 시근시근 움직이던 전빈의 턱이 멈췄다. 방 안을 보이지 않게 어지럽히던 전빈의 밭은 숨소리가 끊겼다. 주룡은 몸을 벌떡 일으켜 전빈의 팔을 주무른다. 맥 노는 자리마다 귀를 대본다. 몸은 따뜻한데 숨소리도 맥도 없다.

달빛에 의지해 주룡은 짐 보퉁이를 뒤적인다. 보자기 귀퉁이에 찔러두었던 바늘을 뽑아 전빈의 몸 이곳저곳을 찔러본다. 손이 떨려 넉넉히 반 치쯤 찔러 넣고서는 제가 더 놀라 펄쩍 뛴다. 전빈은 바늘이 박힌 팔을 꼼짝도 하지 않는다. 그제야 주룡은 힘겹게 인정한다. 전빈이 끝내 숨을 거두었다는 사실을. 평생을 함께하리라 생각한 동무를 막 잃었다는 사실을.

주룡은 아까 몸을 뉘었던 자리에 그대로 들어가 잠을 청한다. 전빈의 몸이 다 식기 전에 그 온기를 제 몸으로 옮겨야겠다고 마음먹는다.

까무룩 들었던 잠을 바깥 인기척에 깬다. 이미 날이 밝은 채다. 문을 열어보니 백광운 휘하 2중대에서 함께하던 장정들이 마당 가득 서 있다. 밝은 낯으로 다가오는 오가를 물리며 주룡은 가라앉은 목소리로 말한다.

병문안들을 오셨갔지마는 조문을 하시게 되었습네다.

일순 좌중이 찬물을 맞은 듯 고요해진다.

들어들 오셔서 우리 서방님한테 끝인사 하시라요.

그렇게 말하며 주룡은 방문을 활짝 연다. 방 안에 고이기 시작한 시취가 초봄의 찬 공기 가운데로 섞여나간다.

문안 와준 장정들의 도움으로 전빈을 묻는다. 땅이 채 녹지 않아 처음에는 삽이 잘 박히지 않지만, 장정 여럿이 돌아가며 파니 여윈 소년 하나 묻기에 충분한 구덩이가 삽시간에 생겨난다. 주룡도 소매를 걷고 몇 삽 거든다.

입관도 못 하고 그저 급하게 꿔온 삼베 한 필로 온몸을 동인 남편이 구덩이 아래로 내려가는 것을 주룡은 눈 한번 함부로 깜빡이지 못하고 지켜본다. 생각 같아서는 구덩이에 들어가 같이 누워 이제 흙 뿌리라 악을 쓰고 싶다. 그조차도 마음뿐, 사지에 손아귀에 더는 힘이 들어가지 않는다. 눈을 뜨고는 있지만 이미 실신한 것 같은 기분이다.

누가 통화현으로 가는 우차를 알아봐주어 그것을 타고 돌아간다. 중도에 내려 시오 리가량을 넋도 없이 걷는다. 어느덧 시가 동리가 나온다.

시댁 식구들은 별안간 나타난 주룡을 기껍게 맞아준다. 그들의 기꺼움 앞에서 주룡은 막막해진다. 병난 큰할머니. 변변히 일할 사람 없는 애매한 집구석. 돌아온 새 며늘아기가 이제 남편이 돌아올 때까지 효부 노릇 톡톡히 하리라는 셈속이겠지. 그 새아기가 남편이 영영 돌아오지 않는다는 소식을 가져온 줄은 모르고.

우선 큰할머니께 인사드리라며 방으로 끌어가는 시어머니의 손에 순순히 딸려 간다. 보료 위에 누워 악취를 풍기고 있는 큰할머니 앞에서 주룡은 한참 말 못 하고 망설인다. 시어머니가 옆구리를 찌른다.

이 애, 머 하네? 어서 인사드리지 않구.

주룡은 크게 숨을 들이쉬고 일시에, 무너지듯, 큰할머니 앞에 무릎을 꿇고 고한다.

서방님이 돌아가셨습네다.

방 안은 일순 얼어붙는 듯하다. 정신을 이미 놓은 큰할머니는 별 반응이 없고, 잠시 굳었던 시어머니가 털썩 주저앉는다.

너, 시방 머이라고 했니?

할마이, 둘째 손주 최전빈이가 죽었습네다.

주룡은 재차 말한다. 가슴이 뛰는지 연신 왼 가슴팍을 문지르며 시어머니가 따져 묻는다.

우리 전빈이 금덤판에 있다매? 큰돈 벌어 돌아온다매?

주룡이 할 수 없이 지어낸 이야기를 시어머니도 믿고 있던 것이다. 주룡도 그 소식을 믿고 싶다. 어제 세상 뜬 이는 가짜고 진짜 제 서방 최전빈이는 금광에 있다고. 그러나 전빈에게 피를 먹인 손가락이 여전히 얼얼하다. 죽은 그 애를 끼고 잔 옆구리가 아직도 차다. 죽은 전빈을, 도저히, 죽지 않았다고 할 수 없다.

서방님 금덤판에 아니 갔습네다. 독립운동하다 병 얻어 돌아가셨습네다. 같이 가였다가 먼처 돌아가란 명령을 듣고 저만 온 것이었에요.

말 끝나기 무섭게 눈앞에 번쩍 불꽃이 튄다. 시어머니가 주룡의 귓방망이를 후려친 것이다.

머이가 어째?

사정없는 매질이 이어진다. 주룡은 자세를 흩뜨리지 않는다. 시어머니가 때리고자 하는 곳을 다 그대로 때리도록 내버려둔다.

딴생각 말라 처를 붙여주었거날 둘이 나가 하나만 돌아오는 게 말이 되는 소리네?

악을 쓰며 주룡을 흔들다 별안간 시어머니는 태도를 고친다.

아니라고 하라. 어서. 그저 시어마이가 미워 한번 놀려본 거이지? 거짓말이지, 응?

주룡은 안고 있던 짐 보퉁이를 풀어 몇 남지 않은 전빈의 물건들을 시어머니에게 보여준다. 한참을 아이고아이고 하며 가슴을 두드리던 시어머니는 급작스레 일어나 주룡의 머리 가마 양쪽에 손가락들을 박아 넣더니 주룡을 끌고 마당으로 나간다.

이 오살할 년! 씹어 죽여도 시원찮을 년.

주룡은 시어머니의 손에 딸리어 사지로 짐승처럼 기어 나간다. 바깥에서 몸 둘 바 몰라 하던 형님이 오마이 고정하시라며 말리려 들지만 눈이 뒤집힌 시어머니 손에 나가떨어지고 만다.

오체분시를 해서 개 먹이로나 줄 년아! 네가 감히!

지나던 사람들이 걸음을 늦추며 시가 마당 안을 흘끗거린다. 아예 멀리서부터 이 꼴을 보러 다가오는 사람들도 보인다. 주룡은 아무 수치도 느끼지 않고 모여드는 구경꾼들을 향해 눈을 든다. 시어머니는 구경꾼들 들으라는 듯 일갈한다.

동리 사람들아! 이년이 우리 아들 잡았습네. 아조 숭악한 살인범입네다. 어서 잡아 가두시라요.

그 말에 주룡도 눈앞이 흐려진다.

내가 내 남편을 죽이다니, 누명도 정도가 있지. 전날에는 누가 나더러 내 서방 내가 살렸다고 했는데. 아주 살리지 못한 게 내 죄란 말인가.

이내 주룡은 자책으로 고개를 떨군다. 독립운동 바람 든 어린애를 끝내 말리지 못했으니 그 애를 사지로 몰아넣은 사람은 주룡이 틀림없다. 시어머니는 더욱 새된 소리를 지르며 길길이 뛴다.

너는 게 멋 하고 서 있어! 속히 가서 경찰 불러오라!

옆에서 고개를 조아리고 있던 형님이 시어머니 역성에 뜨거운 물을 맞은 듯 소스라치며 사립 밖으로 뛰쳐나간다. 시어머니가 머리채를 밀면 미는 대로, 끌면 끄는 대로 속절없이 흔들리며 주룡은 의식을 잃어간다. 웅성거리는 구경꾼들의 눈길이 주룡이 짓지도 않은 죄의 값을 묻는다.

옥

좁다.

덥다.

바깥의 계절을 잊었다.

허기가 진다.

진동하는 악취에도 불구하고.

구치소가 좁아 남녀 별히 구분도 없이 고발당한 대로 다 잡아 가둔 탓에 옥 안은 그야말로 지옥도와 같다. 한 사람이 나가면 두 사람이 들어온다.

처음 이틀가량은 말동무라도 사귀자 싶어 몇 사람인가 말을 건네보기도 했다. 대부분은 중국인이었고, 개중 하나가 주룡 또

래의 조선인 부인이라 말을 좀 나눌 만했는데, 어쩌다 들어왔는고 하니 중국인 가호에서 보리를 훔치다 걸렸다 했다. 그러는 댁은 어쩐 일이냐 묻기에 살인죄 고발을 당했다, 바른대로 고하니 웬걸 더는 말을 섞으려 하지 않는 것이었다. 억울한 노릇이지만 굶으며 이틀쯤 보내고 나니 입 열 기운이 없어 차라리 잘되었다 싶은 생각이 들었다.

이제 나는 어떻게 되나, 살인죄를 그대로 쓰고 감옥에 갇히게 되나? 말 한마디 통하지 않는 중국 정부의 감옥에?

주룡은 옆 사람에게 닿지 않으려고 무릎을 동여 안고 생각에 빠진다. 처음에야 그래, 내가 잘못했지 다 내 죄니라, 하는 생각이 컸으나 곰곰 생각해보건대 몇 년이나 갇혀 있어야 할지 모를 억울한 옥살이는 역시 너무하다. 결혼 생활 1년에 독립군 반년, 친정살이 반년. 만으로 두 해, 햇수로 세 해를 남편만 위했는데 이게 무슨 꼴인가.

그런 생각 끝에도 도무지, 전빈을 미워하기는 쉽지 않다.

밖으로부터는 빛도 들지 않고 다만 오촉 전구 하나가 내내 켜져 있을 따름이다. 시간의 흐름을 짐작할 만한 표시는 간수들의 교대뿐이다.

갇힌 지 대략 닷새째 되던 날에 보리 도둑이 쓰러진다. 그 주변에 있던 사람들이 큰 소리로 불만을 터뜨린다. 대부분 중국인들이어서 다는 알아들을 수 없지만 조선인들의 말을 듣자니 그 여자가 몸의 힘을 풀어서 가뜩이나 좁은 자리가 더 좁아진 모양이다. 죽었는지도 모른다. 주룡은 놀라서 뛰는 가슴을 손으로 누르며 생각한다. 저 다음은 나인지도 모른다.

혐의가 풀려서, 또는 진짜 감옥소로 옮겨야 해서 걸어 나가는 사람들이 있는가 하면, 그런 식으로 쓰러져 실려 나가는 사람들도 적지 않았다. 중국인들은 경찰과 어찌어찌 말이라도 나눠 무슨 궁여지책이라도 세우는 모양이었지만 중국말을 전혀 모르는 조선인들은 뾰족한 수가 없었다. 돌보아주는 이가 없어 갇힌 뒤로 물 한 방울 얻어먹지 못했다. 땀이 나면 땀을 핥았다. 용변을 보는 일이 뜸해졌다. 변소에는 벽이 없었고 그리 가려면 몇 사람이나 거쳐야 했다. 일어서면 앉았던 자리가 사라져 있어 제자리로 돌아갈 수도 없었다. 처음에는 불편해서, 부끄러워서 참았고, 며칠 뒤부터는 마려운 줄 모르겠어서 참을 필요가 없어졌다.

보리 도둑이 실려 나간 지 몇 식경 안 되어 중국인 열 명인가가 일시에 풀려난다. 남들 말을 좀 엿듣자니 무슨 운동인가에 연루되었던 사람들인 모양이다. 모처럼 굳은 오금을 펴 말릴 자리가 생긴다. 남은 사람 몇이 짝을 지어 등짐 지기를 하는 것을 보다가 주룡도 주섬주섬 몸을 일으킨다. 무릎을 다 펴기도 전에 휘청 주저앉아 남의 발을 건드린다. 날벼락을 맞은 옆자리의 중국인이 큰 소리로 뭐라 지껄인다. 욕이겠거니 하며 주룡은 다시 몸을 편다. 채 하루가 못 되어 비었던 자리가 다 찬다.

너무 주려서 토할 것 같은 생각이 들고 눈앞이 핑핑 돈다.

언제까지고 그럴 것 같다가, 자세를 고치면 곧 괜찮아지기도 한다.

괜찮은 거야말로 한때고, 곧 오장육부와 식도가 쪼그라들며 안으로 혀를 끌어당기는 것 같은 생각이 들 만큼 허기가 진다.

혀가 말라 더는 입천장에 붙지 않는다.

죽는가 보다…….

주룡은 무릎 사이에 고개를 묻으며 생각한다. 사람의 목숨이라는 것은 이렇게 쉽게…… 별히 어렵지도 않게…… 너무 어지러워 생각조차 맺어지지가 않는다. 그런 채로는 시간이 얼마나 지나는지 알 길이 없다.

장저우룽(姜周龍)!

철창 앞에서 중국 경찰이 목청을 돋운다. 주룡이 얼른 대답하지 않자 몇 번 더 부른다. 조선 사람 하나가 답답하다는 듯 주룡을 찾는다.

강주룡이가 뉘기야?

경찰이 부른 것이 제 이름인 줄을 몰라 멍하니 벽만 올려다보던 주룡은 그제야 소스라치며 일어선다.

나, 나요.

일어선 주룡을 물끄러미 보던 사람들이 엉덩이를 꾸물꾸물 움직여 지나갈 자리를 내준다. 발 하나씩 간신히 디딜 자리가 나 주룡은 휘청대며 앞으로 나간다. 경찰이 문을 열어주며 뭐라 빠르게 말을 한다. 주룡이 어찌할 바를 모르고 문 앞에 서 있자 아까 이름을 불러준 조선 사람이 또 말을 옮겨준다.

인제 되었으니 나가라잖소.

허지마는…… 살인죄 고발이라고…….

증거 부족이라요. 사람 죽였다는 증거가 없다, 말입네다.

얼떨떨한 심정으로 경찰서를 나오니 한낮이다. 며칠이나 지났는지 모른다. 너무 오랜만에 본 볕이 눈알을 찌른다.

살아 있구나, 내가…… 살아서 그 수라를 나왔구나.

주룡은 눈을 질끈 감는다. 감은 눈꺼풀 속을 붉히는 햇볕이 익숙해질 때까지 그대로 서 있다가 비칠거리며 걸어 가장 먼저 눈에 띈 민가로 간다. 부끄러운 줄도 모르고 밥을 빈다. 다행히 조선인 가호라 말이 통한다. 그리 야박한 집도 아니어서 보리주먹밥 한 뭉치를 얻는다.

감사합네다. 감사합네다.

주룡은 연거푸 고개를 조아리고 허겁지겁 밥을 입에 욱여넣는다. 잘 씹지도 않은 채 나오지도 않는 침을 모아 억지로 삼킨 보리밥을 몸이 받아낼 리가 없다. 삼키자마자 헛구역질이 나 입을 막는다. 주먹밥을 건네준 여편네는 주룡이 하는 양을 보고 있다가 쯧쯧 혀를 차며 물을 한 바가지 떠다 준다. 주룡은 옷깃을 적시며 단숨에 마셔버린다.

기는 것과 다름없는 느린 걸음으로 주룡은 길을 더듬어 간다. 시가에 가까워질수록 땅이 울렁거리며 올라와 덤비는 것 같은 착각에 자꾸 구역질이 난다.

먼발치에서 시가 안마당을 들여다보던 주룡은 형님과 눈이 마주친다. 형님은 처음에 저와 눈 마주친 사람이 주룡인 줄 모르다가, 주룡이 끈질기게 쳐다보자 그제야 제 작은동서를 알아본다. 한 발짝 가까이 가려는 주룡을 향해 형님은 고개를 세차게 가로젓는다. 시어머니가 나오기라도 할세라 이리저리 눈치를 살피며 연신 고개를 젓는다. 주룡은 그 얼굴에 지치고 두려운 기색이 걸린 것을 알아본다. 시가와의 연은 거기까지인 것이다.

더는 밑질 것도, 받을 빚도 없다.

급히 먹은 밥이 걸린 가슴을 두드리며 주룡은 발길을 돌린다. 사람이 재수가 없으면 물을 먹고도 체해 죽을 수가 있다던데, 나는 어째 죽지를 못하네. 내가 물 먹고 체해 죽은 사람보다는 재수가 좋단 말인가. 그건 아닐 텐데.

사람의 목숨이란 이다지도…….

옥 안에서 하던 생각이 벌레처럼 피어올라 머릿속을 돌아다닌다. 도무지 맺어지지 않는 생각이 떨쳐지지도 않는다. 친정은 그로부터 시오 리 떨어진 동리에 있다.

산바람에 갈 길이 멀다.

황해

아버지는 이런 일을 견딜 수 있는 위인이 아니다.

어릴 때 주룡은 제 아버지가 꽤 우러러볼 만한 인물인 줄만 알았다. 원체 잔정이 적기도 하거니와 딸애인 제 앞에서 유독 점잔을 빼는 게 섭섭도 하지만, 누가 뭐라든 일단은 제 식구가 우선인 사람이다. 아비로서 그거면 족하지 않은가. 시집가기 전만 해도 그런 생각이었다.

친정에 돌아와 지낸 반년간 주룡은 제가 스무 해 넘게 아버지를 오해해왔다는 사실을 서서히 깨달아갔다. 아버지는 제 식구를 위해서가 아니고 밖으로 나돌지를 못해서 얌전히 지낸 것이었다. 햇수로 10년이 된 서간도 생활이 아버지에게는 아직도 낯설었던 것이다. 아버지는 그렇게도 요령이 없는 사람이었다. 그런 주제에 제법 거들먹대며 살던 옛 생활은 좀체 잊지 못해 체면치레를 어찌나 하는지, 서방을 두고 친정에 돌아와 지내는 딸 때문에 어디서 손가락질이라도 당할까 봐 밤낮 전전긍긍이었다.

아, 이 사람은…… 대체 아비 구실도 사내 구실도 시원치가 않구나.

예전 같았다면 주룡은 이런 생각이 너무 불경해 스스로를 나무라고 싶었을 것이다. 그러나 어쩌겠는가. 아버지는 시시한 사내라는 생각을 떨칠 길이 없었다. 제 살같이 아끼는 남편도 가져보고, 독립운동을 한답시고 한 반년간 별의별 사내들 틈바귀에서 지지고 볶아본 주룡이다. 모두 훌륭한 사내라곤 할 수 없으나 적어도 생존력과 행동력은 기본으로 갖추고 있는 사람들.

그러니까 아버지는…… 나를 낳아준 아비가 아니고서야 크게 상대하고 싶지 않은 사람이었겠다.

이런 생각이 옳았음은 주룡이 구치소에서 돌아온 직후 더할 나위 없이 자명해졌다.

강녀야.

주춤거리며 사립문 안으로 들어서는 주룡을 보고 어머니는 들고 있던 채반을 떨어뜨린다.

이거이 사람이냐 귀신이냐. 이 몰골이 머이네?

어머니는 망설임 없이 주룡을 끌어안는다. 주룡은 어머니가 그러는 것이 미안하기도 하고 귀찮기도 하다. 이게 처음도 아니지 않은가, 하는 생각이 든다. 나는 왜 눈물이 안 나지, 몸에 물기가 없어 울지도 못하나 보다. 어머니의 울음소리를 들으면서 주룡은 그런 생각에 잠긴다. 그러다 문득 주룡이 의식하는 것은 저를 안은 어머니의 팔 둘레가 전보다 밭아졌다는 사실이다. 내가 여위었구나. 그 며칠 사이에 여위어 더 볼품이 없어졌겠구나. 너무 가늘어 불도 못 품는 삭정이같이.

어머니가 실컷 울게 기다리다 주룡은 한참 만에 쉰 목소리로 묻는다.

집 안 꼴이 우에 이러오?

어머니 어깨 너머로 건너다보이는 마당에는 썩 많지도 않은 살림이 온통 나와 굴러다니는 참이다.

이사 갑네까?

어머니는 울음소리를 높일 뿐 대답이 없다.

어데로 갑네까, 더 작은 집으루?

눈치를 보아 하니 이사를 가는 것은 확실하다. 그리고 그것은 아마 아버지의 생각이었을 것이다.

아예 딴 동리루?

다른 사람들은 몰라도 어머니는 저를 믿어줬으리라고 주룡은 생각했다. 강녀가 멀쩡한 서방을 잡았을 리 없다고, 만에 하나 잡았다 치더라도 연유가 있어 그랬을 거라고 생각할 사람이다. 그저 꼬박 일주일 억울한 옥살이를 한 딸이 딱하고 아까워 눈물지을 사람.

아버지는 다르다. 아버지의 염려는 주룡과는 상관이 없다. 주룡이나 주룡의 서방이나, 아버지의 안중에는 없다. 아버지가 정 못 견뎌 하는 바는 다른 게 아니고, 사람들이 그 일에 대해 입방아를 찧는 것. 그 일이 사실이든 아니든, 망신이 되는 것.

그러니 중국 경찰에 고발당한 딸을 두고 이사를 가버리는 것은 소스라치도록 아버지다운 생각이다. 딸이 말도 안 통하는 타관에서 무슨 고초를 겪든 면회 한번 오지 않은 것도 그런 연유겠거니, 주룡은 이미 짐작하고 있었다. 별히 분하거나 섭섭한 마음이 들지 않는 것은 아버지가 원래 그런 사람인 것을 알기 때문이리라. 원래 그런 사람더러 왜 그러냐 타박하는 것은 뜻도 값도 없는 일이다.

얼마이나 먼 데루 가고자 하였기로 말을 못 합네까, 통화현 뜨는 거야요?

이런 물음이 의미가 없는 것은 주룡도 안다. 어머니의 울음을 어떻게든 끊어보려는 것이다.

조선…….

어머니가 간신히 내뱉은 두 음절에 주룡은 헛웃음을 뱉고 만다.

조선 다시 가잔다, 느이 아바이가.

서간도 안에서 이주하려는 거였다면 돌아오기 전에 이사를 갔대도 물어물어서든, 어떻게 해서든 갈피를 잡아 따라갈 수 있었을 테지만, 조선이라니. 이건 뭐 일부러 주룡을 따돌리려는 것이 아닌가, 싶을 만큼 먼 길이다.

내래 괜히 왔나 봅네다.

우에 그래 말하니. 이제나저제나 너 오기만 기다렸댔고만.

일없습네다.

어머니 마음이나 편하게 해주자고 괜히 하는 말이 아니다. 실로 아무렇지 않았다. 아버지가 어떤 사람인지 몰랐을 때라면 속상해했을지도 모르지만 이제는 아니다.

출타했다 해 질 녘에야 돌아온 아버지는 집에 주룡이 와 있는 것을 보고도 이렇다 저렇다 말이 없었다. 망신을 떨쳐서 이사를 결심하게 한 딸애가 집에 돌아온 것은 썩 반갑지 않지만, 그럭저럭 제 할 일은 챙겨 할 줄 아는 일손이 하나 더해져 득실이 반반. 어차피 만주를 곧 뜰 것이니 주룡을 데리고 있어도 실상 손해날 것은 없다. 아버지의 그런 셈속을 짐작할 수 있었기에 주룡 역시 아버지에게 별히 반가운 내색은 하지 않았다.

짐을 꾸리다가도, 곧 다 잡을 토끼우리에 꼴을 깔다가도, 개다리소반 앞에 앉아 숟가락을 물고서도, 악몽 끝에 깨어나 숨을 몰아쉬면서도 주룡은 뇌까린다.

내가 죽이지 않았어. 내가 죽인 것이 아니야.

그러나 이따금 주룡마저도 헷갈릴 때가 있다.

내가 죽인 것이 아닌가?

내가 그 애를 죽게 내버려둔 것이 아닌가?

달리 갈 곳이 있어 집으로 돌아오지 않았다면 얼마나 좋았을까, 하는 생각이 이따금 든다. 남편의 명으로 집에 돌아온 뒤 변변히 소식도 듣지 못한 다른 이들에 대한 생각도 떨치기 어렵다. 오가는 어쩌고 있을까? 전빈을 함께 묻었던 다른 동지들은? 백장군은?

그러고 보면 맺었던 인연 어느 하나 온전치 못하다. 아무것도 모르고 도망치듯 평양을 뜨는 부모님 뒤를 따랐던 열네 살 때와 다를 바가 없다. 살았던 집은 남의 것. 부치던 땅도 남의 것. 동지라고 불렀던 이들은 나를 기억이나 하려는가.

다만 서방 묻은 묏자리만이 그대로일 것이다.

그런 생각으로 주룡은 전빈에 대한 생각을 놓지 못한다. 주룡이 간도에 살았었다는 유일한 증거가 거기 묻혀 있다.

육로로 열흘 남짓을 가서 압록강 건너 신의주에서 기차를 타는 여정이다. 대략 10년 전에 밟은 길을 거슬러 내려가는 것이다. 서간도로 이주할 적에 어머니 등에 업혀 갔던 동생은 그 고생이 처음이라 틈만 나면 칭얼대지만 어른들도 피로하여 응석을 다 받아줄 여유가 없다.

꼬박 하루를 기차 안에서 보내고 평양 지나 사리원에서 내린다. 왜 강계도 평양도 아닌 사리원인지 주룡은 알고 싶다. 하지만 그 까닭을 알면 어쩔 것이며, 알고 보니 납득할 수 없는 까닭이라면 또 어쩔 것인가. 제까짓 년이. 주룡은 속 빈 강정처럼 허청허청 아버지 뒤를 따를 뿐이다.

연고 없는 고장이라 염려했으나 뜻밖에 수월히 집을 구한다. 집주인네 농사며 허드렛일을 좀 돕기만 하면 집세도 면해주고 돌아오는 봄에는 땅도 부치게 해준다는 모양이다. 추수철이 코앞이라 소작을 부치기도 애매했던 차에 잘된 셈이다. 여유 나는 대로 품도 팔고 삯바느질도 하고 그러면 네 식구가 어떻게든 입에 풀칠은 하고 살 수 있다. 곧 동생도 제 밥은 제가 벌어먹을 만큼 클 것이다. 생각만으로 마음이 놓인다. 일할 수 있고 일해서 번 것으로 떳떳이 살 수 있다는 생각.

새집 청소를 대강 마치고 짐을 푼 날에 주룡은 간만에 꿈 없이 깊은 잠에 든다.

날 밝기 무섭게 주룡은 아버지를 모시고 집주인네로 간다. 일이 있든 없든 가보기로 약조한 바다. 첫날은 우선 깨밭 김을 매고 배추를 동인다. 별히 손재주가 필요한 일도 아니건만 손이 야물고 날래다 칭찬을 듣고 마는 주룡이다.

주인네는 대대로 천석꾼 집안이라 고장에서 이름이 났는데 근래에 좀 주저앉아 이 정도라 한다. 함께 일한 부인네들이 주룡에게 들려준 이야기다.

부인네들도 대부분 주룡네처럼 주인네로부터 집이나 땅을 빌려 쓰는 처지다. 소작 붙인 집마다 돌아가며 사람 하나씩을 보내 주인네 일을 돌보아주는 식이라 한다. 그렇게 모인 일손들은 대개 주룡 어머니 또래 부인네들이다.

멋모르고 따라온 아버지는 일을 하는 둥 마는 둥 하며 눈만 끔뻑이다 새참 먹을 무렵 집주인의 부름을 받고 가버린다. 간나들이나 하는 일에 사나 하나 섞여 깔쭉거리고 있자니 민망하기도 했을 테지. 주룡은 아버지에게 쓰는 마음을 너그럽게 먹어보고자 한다. 아무렴, 아버지도 아비 구실을 이보다는 잘하려고 애쓰고 있을 것이다. 생각처럼 안 되어서 그렇지.

해 기울기 전 주룡이 집에 당도한다. 종일 집안일을 하고 동생을 돌보고 삯바느질감까지 맡아온 어머니가 피로한 기색으로 주룡을 맞는다.

아바이는?

주룡과 어머니는 동시에 서로에게 묻는다. 어머니는 주룡더러 새벽에 모시고 나간 아버지를 어쨌느냐는 것이고, 주룡은 일찌감치 간 줄로 안 아버지가 왜 집에 없느냐는 것이다. 아버지 없이 저녁상을 봐야 하나 말아야 하나 우왕좌왕하다가 배고프다 보채는 동생만 우선 챙겨 먹인다. 그 상을 치울 즈음에야 아버지가 돌아온다.

강동이 아바이!

별히 아는 사람도 없는 고장에서 어둑해지도록 무엇을 했으랴. 어머니가 한달음에 마중을 나가다가 주춤 물러선다.

이그, 술 냄새.

머인 돈으로 술을 자셨소?

주룡이 목소리를 뾰족하게 하여 끼어든다. 취한 아버지는 평소보다 말수가 많다. 변변치 못한 말주변은 그대로라 듣는 사람이 답답할지언정. 술김에 횡설수설하는 말은 대략 이런 식이다. 집주인이 인사나 하자며 불러다 술을 먹이기에 간단하게 곡주 한 사발 하고 나오려 했는데, 알고 보니 평양 살 적에 아버지와 친하게 지내던 면서기가 주인네와 사돈지간이라서, 남도 아닌데 모질게 일어날 것 없다 싶어 느긋하게 마시다 보니 그럭저럭 연배가 비슷하기도 하고…….

기거이 어데 남이 아니랍데까? 거이다, 고 면서기였나 했던 양반이 우리 식구 패가하여 피양 뜰 적에 손 한번 내밀어주기나 했습네까?

어머니가 주룡의 어깨를 붙든다.

아서라, 사나가 바깥에서 약주 한잔 받아 마시고 올 수도 있지

어인 야단이니.

아버지는 크게 헛기침을 하고 방으로 먼저 들어간다. 주룡도 찬찬히 생각해보니 자기가 과했나 싶어 숨을 고른다. 아버지가 매양 옷깃에 술이나 적시고 다니는 인물도 아닌데 오랜만에 한잔했기로 이렇게 분을 낼 일이었나. 아버지 하나라도 주인네와 좀 연을 터두면 두고두고 덕을 볼지 모르는데.

그렇지만 아버지를 기다리느라 끼니도 거른 어머니는. 주룡이야 주인네 일 거들고 참 한 끼 든든히 먹었지만 종일 동생 돌보고 집 안 단장하고 삯바느질까지 해놓은 어머니는.

아무래도 아버지에게 잘못했다 할 마음은 영 들지 않아서, 주룡은 괜히 해 떨어진 마당을 서성거리다 한참 만에야 방에 들어간다.

조선 겨울이 매워봐야 만주의 그것에는 댈 게 아니다. 사리원으로 이사 온 첫해 겨울에 주룡네 식구는 처음으로 모두 병치레 한 번 없이 겨울을 난다.

사흘 걸러 한 번꼴로 주룡은 주인네에 간다. 겨울이라도 할 일은 얼마든지 있다. 새끼줄 꼬고 시래기 말리고 잔나무 해다 놓고, 강 얼음 깨서 빨래하고 물 길어다 동이 채우고. 일한 삯으로 양식도 얻고 꼬다 남은 새끼줄 자투리 가져다 신도 삼고.

집에 있는 날이면 집안일도 돌보고 어머니 따라서 삯바느질도 한다. 푼돈이지만 쓰지 않고 독하게 모으면 언젠가 우리 식구도 우리 땅 한 뙈기 가질 수 있지 않을까, 그런 꿈으로 가슴을 부풀려본다.

이런 일들로부터 아버지는 한 걸음 물러나 있다. 남정네가 어쩌다 그럴 수도 있지, 하고 넘긴 주인네와의 술자리가 날마다 되풀이된다. 아바이는 머 하는 위인이냐, 낯설고 물선 고장에 식구들 데려다 놨으면 굶지 않게 해야 하는 것 아니냐 대들던 주룡도 이제는 아버지의 태만을 못 본 척한다. 아버지에게 핏대 세울 시간에 바느질 한 땀 더 나가고 물 한 바가지 더 뜨는 게 낫다, 그런 생각이 든다.

아버지의 술친구가 된 주인 양반은 그래도 아버지보다는 훌륭한 사람처럼 보인다. 남에게 모난 마음을 품어본 적도 없는 사람 같다. 곳간에서 인심 난다고 했던가. 머리털 나고 한 순간도 부족함을 느낀 적이 없을 테니 별스러울 것도 없다. 그건 딱히 그 자신의 노력이나 재능 덕이 아니겠으나 그거야말로 주룡과는 상관없는 부분이다. 때마다 품삯 톡톡히 치러주고 섭섭지 않게 대해주는 사람이니 굳이 밉게 생각할 까닭이 없다. 마당에서 일하는 주룡을 두고 아버지가 들으란 듯 욕할 때 집주인이 되레 주룡 역성을 들어준 일도 있다.

간나래 독해가지구야, 언 사나가 저 애를 감당하갔소. 내 딸나지만 가끔은 지독스럽구 겁이 나우.

걱실걱실하니 일 잘허구 야무진 딸나를 괜히 그러시우. 우리 식구였으면 좋갔소.

마당 눈을 치우던 주룡은 부러 썩썩 소리가 더 크게 나도록 싸리비를 휘둘렀다. 내 고생을 내 아비라는 사람보다도 저 사람이 잘 알아주는구나. 괜히 코끝이 시큰해지고 쓸데없는 생각이 들었다. 전빈이도 귀하게 자란 아이니, 나이 먹어 어른이 되었으면 주인 양반처럼 마음씨 고운 영감이 되었겠지.

전빈이는…….

주룡은 고개를 세차게 젓고 생각의 궤도를 수정했다.

저 사람이 우리 아바이였으면 좋겠다.

아니다. 욕심이 과하다. 저런 사람이 아바이가 아니어도 좋으니 지금 같이 사는 영감탱이 꼴이라도 그만 보면 좋겠다.

그런 겨울이 어느덧 기울고 봄이 온다. 주룡네도 약조대로 논 두 마지기, 밭 한 마지기를 받아 부치게 된다.

겨우내 집 안에 박혀 손을 꼼지럭대던 것도 그 나름대로 알뜰한 재미가 있었지만 내 먹을 것 내 손으로 키워내는 농사일에는 댈 게 아니지.

주인네로부터 기대보다 많은 땅을 얻은 것도 신나는 일이다. 올해부터는 동생도 데려다 일을 거들게 해야지. 평생을 빈둥대던 아버지에게 일 거들라 해봐야 무소용일 것이고, 주인집 심부름까지 해가며 그 땅을 다 부치려면 일손이 필요할 터이니.

어드렇게 이 새빨간 아를 무논에 내보낸다니?

논에 물 대는 것부터 가르치려고 새벽부터 동생을 흔들어 깨우는 주룡을 어머니가 만류한다. 동생은 흐응흐응 콧소리로 잠투정을 부리다 이내 울음을 터뜨린다.

열 살도 넘은 사나가 큰 소리로 울면 되겠냐.

주룡이 호통을 친다. 동생은 어머니 가슴팍으로 엉겨 붙고 돌아누운 아버지가 크흠, 헛기침 소리를 낸다.

강동이보다 대가리 하나는 더 작은 아새끼들도 논일 잘만 합데다. 언제 일 다 배워주어 일꾼으로 써먹으랴 그러오?

논일은 더 있다 써먹구 밭매기부터 가르치자야. 응? 밭일부터 배우는 게 맞지 않갔니.

하기야 당장은 데리고 나가봤자 보탬보다야 말썽이 더 많을 게 훤하다. 하지만, 그렇다 쳐도, 언젠가는 일꾼 노릇을 할 아이가 아닌가. 못한다 손사래를 칠 게 아니라 미리 가르쳐두는 것이 낫지 않은가. 아버지같이 제 입 하나 벌이도 변변히 못 하는 사람이 되지는 않게 해야 할 것이 아닌가.

대꾸하고 싶은 말이 입안에 가득 찼다가 한숨이 되어 나온다.

좋도록 하시우. 내래 모르갔으니.

결국 논일도 밭일도 어머니와 주룡의 몫이 된다. 그나마도 집안일을 소홀히 할 수 없어 어머니를 두고 주룡 혼자 들로 나가는 날이 점점 많아진다.

주인집 일손 거드는 것도 빼놓을 수 없는 노릇이다. 그것만이라도 아버지나 동생이 좀 대신해주길 바랐건만 주인네서 꼭 일 잘하는 강녀가 와줬으면 한대서 다 그르쳤다.

똑같이 모를 내고 김을 매도 제 농사가 아니니 흥이 날 리 없다. 주룡은 주인네 일을 돕고서는 매양 제 논에도 달려가보는 버릇이 들었다. 새벽부터 한낮까지 일하고 나면 힘에 부쳐 집에 돌아가는 것이 보통이나, 해가 지도록 저희 집 논밭을 일궈야 직성이 풀렸다. 이른 낮에 주인네 논에서 피 한 줌을 뽑았으면 제 논에서도 똑같이 피 한 줌을 뽑겠다 마음먹은 것이다.

여름이 무덥되 가물지 않아서 풍년이겠고나.

이 생각을 하면 일해도 일해도 곤하지 않다. 땀과 흙 범벅이 되어 맨발로 집까지 돌아가면서 주룡은 땅 부친 값으로 주인네에 바칠 곡식과 저희 집 앞에 남을 재산을 셈해본다. 헤아려도 헤아려도 도무지 질리지 않는다.

이와 같은 봄여름이 쏜살같이 지난다. 해가 점점 짧아지니 같은 일을 해도 어쩐지 몸이 무거워지는 때가 온 것이다. 그래도 가을걷이하고 나면, 한가위 지나면 광목 몇 필 끊어다 새 옷도 짓고 목화솜 채워 겨울 이불도 새로 하고……. 이런 생각을 할 때면 저도 모르게 손발이 빨라진다. 집에 닿아보니 모처럼 아버지도 일찌감치 집에 와 있다. 우렁이 주워 온 걸로 국이나 끓여 먹자며 정주간으로 들어서는 주룡의 뒤통수에 대고 아버지가 한마디 던진다.

야, 강녀야. 니 시집간다.

행주치마에 가득 담아 쥔 우렁이를 와르르 쏟아버리고, 그러다 못해 몇 마리 밟아 깨뜨리기까지 하며 주룡은 정주간에서 도로 나온다.

뉘가 어델 간다구요.

강녀 니 시집간다.

우에 내래 시집을 감메. 머인 말씀이오.

툇마루에 앉아 있던 아버지가 고개를 젓고 방으로 들어가버린다. 어머니가 눈치를 보며 주룡에게 다가온다.

아바이 말씀대루 하라. 얼마이나 고마운 일이네? 늬 서간도에서 소박맞은 사연을 다 듣구서도 일없다 하였단다.

기거이 어드레 소박이 됩네까? 전빈이가 언시에 나를 소박맞혔습네까?

부들부들 떠는 어깨를 어머니가 손으로 감싼다. 전혀 진정되지 않는다. 어머니 손도 차게만 여겨지고 제 피도 식은 듯하여 소름이 죽죽 돋는다.

좋쇠다. 오마이 아바이 명대루 한다 치자요. 내 시집가면 우리 집 일은 뉘가 다 합네까? 오마이 혼차 다 하시려요?

그 걱정을 우에 니가 하네?

나 말구 그 걱정 하는 사람이 또 있슴메?

주룡은 목이 찢어져라 고함을 친다. 닫혔던 방문이 발칵 열리더니 아버지가 방에서 고개만 내밀고 소리를 지른다.

야, 니는 니 앞길이나 염려하라. 암만 젊어빠진 과부 년을 친정에서 죽 끼고 사는 거이 맞다니?

말이 느리고 말수도 적은 아버지, 그래서 체면깨나 차리고 사는 듯이 보이는 아버지가 드물게 흥분하여 험한 말을 하는 꼬락서니를 주룡은 아득한 심정으로 바라본다. 아버지의 말은 거기에서 멈추지 않는다.

망그라진 간나 거둬준다는데 고맙게 여기지는 못할망정 길러준 부모한테 대드는 거이 어데 법도네?

문득 주룡의 머리에는 우렁이들이 떠오른다. 조왕간 바닥을 절박하게 기며 살길을 찾고 있을 것들. 제가 밟아 패각이 깨진 게 몇 마리나 될 것인가. 숨이 아직 붙어 있으나 곧 고약한 냄새를 풍기며 썩어갈 것들. 망가졌다는 것은 그런 것을 말하는 것일 테다.

눈물을 뵈면 지는 듯한 느낌이 든다. 그런 생각으로 주룡은 혀를 깨물어가며 눈물을 참는다.

그래 망그라진 간나 언 집으루 치우고자 하는지나 들어봅세다.

내내 주룡의 어깨를 쥐고 있던 어머니가 억지웃음을 띠고 다정스레 묻는다.

주인댁네서 우리 강녀를 아조 귀얍게 여기시는 거는 니도 알지야?

하지만 그 집은 주인 양반 젊어서 본 아내가 후사도 없이 세상을 떴다고 했는데. 자식이 없는데. 주룡은 애초 부모님의 말뜻을 알아들었으면서도 기가 막혀 재차 묻는다.

시방 아바이랑 형님 아우 하는 이랑 부부연하여 살란 말입네까? 내더러?

징그럽다. 막연히 마음씨 좋은 영감이라 생각했던 주인네가 여태 저에게 잘해준 것이 딸 같아서가 아니라 색싯감으로 점찍어서였다는 것을 알고 나니 자다가도 역한 생각이 들어 벌떡벌떡 일어나곤 한다.

주룡이 주인댁 새 마나님 된다는 소문이 그새 퍼진 모양인지 허드렛일을 함께 돕던 부인네들도 주룡을 슬슬 피한다. 혼자 사는 남정네가 빨랫감은 왜 이렇게 많이 나오냐느니, 무릎인지 허린지가 안 좋다고 한여름에도 불을 때게 만드는 게 유난스럽다느니 함께 주인 영감 욕을 하던 사람들이다. 이제 주룡은 주인네 사람이라 생각하여 말을 조심해야 한다 여기는 것이다.

가을걷이가 끝나면 주룡은 주인네로 옮겨 살기로 얘기가 된 참이다. 썩 마음 내키는 혼인은 아니지만 식도 없이 몸만 덜렁 들어가 살 생각을 하면, 사람이 아니라 재산의 하나가 된 것처럼 한심한 마음이 든다. 헐면 버리고 새것을 구하면 되는 것. 이 집에서 저 집으로 빌려도 주고, 잘 썼다 사례도 하고. 주룡네는 쓰던 땅

뙈기와 집을 거저 받게 된다. 딸을 주인네에 주는 대가로.

부쩍 주인 양반은 주룡을 안방으로 불러들이는 일이 잦아졌다. 제 살림을 더 친근히 여기길 바라는 것일 테다. 기껏해야 안방 바닥을 걸레로 닦아달라는 등 별 거리낄 것 없는 일이지만 주인 영감의 의뭉스러운 속내를 알고 나니 그마저도 하기가 싫다. 주인 양반은 비교적 깔끔한 편이지만 보료 안팎에서 이따금 벌레보다 싫은 것이 집히곤 한다. 구불구불한, 색이 약간 바랜, 늙은이의 음모.

이보 주룡이. 안으로 오라.

여느 때처럼 주인 양반이 주룡을 불러들인다. 돗자리에 고추를 펴 말리던 주룡은 주인네를 향해선 눈길도 주지 않고 행주치마에 손을 털며 자리에서 일어난다.

이것 수습하여 두고 오날은 고만 가보라. 문서는 자네 아바이 전해주면 되네.

안방에 들어선 주룡 앞에는 먹물이 채 마르지 않은 문구가 펼쳐져 있다. 주룡이 엉거주춤 서 있자 주인 양반이 편히 있으라는 듯 문밖으로 나간다. 주룡은 선 채로 주인 양반이 방금 쓴 문서를 내려다본다. 한글과 한문을 섞어 쓴 것이라 제대로 다 읽지는 못하지만 대략의 내용은 짐작할 수 있다. 혼인 증서 겸 양도의 글이다. 주인 양반과 주룡이 부부가 되고, 강씨 집안에 논밭 서너 마지기와 가옥을 증여한다.

그러니까 이 양반이 나 보라고 이래 놓고 나간 것이로구나. 내가 이만큼이나 값을 치러 너를 사는 것이니 앞으로 더 고분고분하라고.

주룡은 한동안 멀거니 그 종이를 내려다본다.

이깟 종이 한 장으로 무얼 어쩌려는 것인가.

옆으로 치워놓고 새 종이를 펼친다. 고작 종이 한 장으로 저의 행방을 좌우할 수 있는 거라면 적어도 제 손으로 정하고 싶은 것이 주룡의 심정이다. 주인 양반이 쓰던 세필 붓을 쥔다. 손이 떨린다.

오마이 보시오

왼손으로 오른 소매를 쥐고 달달 떨며 주룡은 첫 문장을 쓴다. 한 글자 한 글자를 쓰는 데 아주 오래 걸린다. 그러다 보니 문득 불안한 마음이 든다.

편지를 쓴들 어머니가 글을 읽을 줄은 아는지.

어머니가 글을 아는지, 모르는지 생각해본 적도 없다니. 주룡은 손을 거두고 잠시 망설이다 다시 벼루에 붓 끝을 적신다. 어머니가 몰라도 아버지가 읽어주겠지. 어머니 보라 썼으되 결국은 아버지에게 할 말인 것을 알아보겠지.

나 죽었다 여기고 잊어주시오

어머니든 아버지든 글을 읽을 줄 안다손 쳐도 괴발개발 엉망인 글씨라 알아볼지 모르겠다. 제 글씨가 아무리 못났어도 함부로 웃지 않고 가갸거겨를 가르쳐주던 전빈을 문득 떠올리곤 고개를 회회 젓는다. 주인 양반이 언제 들어올지 모른다.

덜 마른 편지를 후후 불어 접고 품에 넣은 다음에야 주인 양반이 시킨 일을 한다. 주인 양반이 쓴 양도서를 접어 손에 곱게 들고 태연한 얼굴로 나온다. 주인네 들일을 하고 돌아온 부인네들이 막 안방에서 나서는 주룡을 보고 저들끼리 수군거리는 것을 애써 모른 체하며 대문간까지 지나쳐 온다.

주룡은 떠날 것이다. 주인이 준 증서 대신 자기가 쓴 편지를 두고 새벽일을 나가는 척 집을 나서 들도 주인네도 아닌 먼 데로 갈 것이다. 주인이 준 증서는 잘게 박박 찢어 가는 길에 흩어놓을 것이다. 아무도 저를 모르는 곳에 가서 아무것도 모르는 낯을 하고 살 것이다. 누구에게도 무엇에게도 마음을 빼앗기지 않을 것이다.

가슴에 번진 먹물을 손으로 가리고 주룡은 집으로 간다.

2부

평양

1

단발 모단 껄 그림이 있거들랑 주룡이 주어.

기계 도는 소리를 건너 누군가의 명랑한 말소리가 들린다. 주룡은 쫑긋 귀를 세우고 그편을 바라본다.

주룡이가 요사이에 고런 것을 모은다잖네?

그럴 줄 알았지. 홍이 형님이다. 오지랖으로는 평양에서 둘째가라면 서러운 사람이지만 그런 점이 밉지 않다. 주룡은 한 손을 들고 장단을 맞춘다.

맞소, 모단 껄 그림, 사진 보는 족족 이 강주룡이 주시라요.

남자 배우 사진도 아니고 그런 것은 우에 모은담?

다른 편에서 들려오는 흰소리를 흘겨보며 주룡은 다시 손을 바삐 놀린다. 오늘 치 작업량을 맞추려면 꾸물거릴 틈이 없다.

말하는 본새를 볼작시니 오라, 네 남자 배우 사진 모으는 게로구나.

형님이 다 줬지 않습네? 어데 오리발입네까?

주룡은 시선을 작업 선반에 박은 채로 동료들의 입담에 귀를 기울인다. 휘발유 롤러 돌아가는 찐득한 냄새에 여공들 키득키득 웃는 소리가 섞인다. 모처럼 화기애애한 분위기에 작업반장이 찬물을 끼얹는다.

조용히들 하라. 조동이들로 일하네?

반장의 말에 일시에 모두 입을 다문다. 기계 도는 소리, 찐 고무 냄새만 진동한다.

주룡이 일하는 장부 1반을 담당하는 남자는 사람을 벌레 잡듯 두들겨 패는 인물이다. 손으로도 패고 손에 잡히는 것 아무것으로든 팬다.

손이나 걸레 자루 따위로 맞으면 아프기는 하지만 적어도 사람답게는 맞는구나, 하는 이상한 생각이 든다. 굽 달다 만 고무신짝 같은 것, 휘발유 바른 롤러 같은 것으로 맞다 보면 이자가 당최 나를 사람으로도 여기지 않는다는 생각에 몸의 아픔보다 마음의 서러움이 더하다.

제 기분이 좋을 때는 여공들이 아무리 입방아를 찧어도 듣는 둥 마는 둥 하지만 제 수가 틀어진 날 같으면 누가 기침만 좀 큰 소리로 해도 잘 걸렸다 하고 달려드는 위인이다. 숫제 생트집을 잡아 제 분이 풀릴 때까지 매질을 하기도 한다.

새 직공이 들어오는 날에는 신고식을 한다.

넉 달 전 주룡이 처음 일을 시작한 날은 홍이 형님의 순번이었다. 홍이 형님은 쓰러져 발목을 밟히고 다음 날 절뚝거리며 출근했다. 제 딴에는 만만찮게 성질이 있다 자부하던 주룡도 눈앞에서 누가 저항도 못 하고 두들겨 맞는 꼴을 보고는 기가 질려 감히 끼어들지 못했다. 쓰러진 홍이 형님을 일으키려는 것조차 다른 여공들에게 만류당했다. 일으켜 세워놓으면 다시 쓰러뜨려 팬다는 것이었다. 작업반장이 식식거리며 밖으로 나가고서야 홍이 형님이 스스로 일어나 몸을 툭툭 털었다.

내래 일없어. 고저 새 직공이 들어왔다구 본뵈기를 한 거이라.

본뵈기요?

저치는 새 직공이 올 적마다 이처럼 아무나 잡고 두들긴단다. 자 보았지, 늬두 까불면 이렇듯 본때를 뵈줄 수가 있다, 이거이지.

말로 하면 알아들을 것을, 멀쩡히 일하던 사람을 이래도 됩네까?

소리 낮추라. 들을라. 네가 한마디 하면 네 말고 기 옆 사람을 팬단다. 다른 직공들이 네를 미워하게 하려구.

사람이 어드렇게 그래할 수가 있답데까?

사람이 아닌가 부다 하라. 그럼 일없어.

물론 작업반장이 매양 사람을 패기만 하는 것은 아니었다. 새로 온 직공에게 유난히 잘해주기도 했다.

재단한 고무를 신발 모양으로 만드는 것이 주룡이 속한 장부의 일이다. 장부 일은 아무리 숙달되고 손이 빠른 사람이라도 하루 마흔 켤레를 해낼까 말까 한다. 고무 공장에 출근한 첫날 주룡은 불량을 빼고 딱 다섯 켤레를 만들었다. 요령을 배우는 데 반나절이 걸렸고 퇴근하기 전까지 죽어라 붙인 게 일곱 켤레, 그중 두 켤레는 돈을 주며 신어달라 사정해도 마다할 꼴. 일일 작업량을 채우는 것은 고사하고 하루 만에 잘리지 않으면 감사할 노릇이었다.

주눅 든 채로 작업물 검수를 기다리고 있노라니 반장이 옆자리 직공들의 작업대에서 멀쩡한 고무신 몇 켤레를 빼다 주룡의 상 위에 두었다.

시방 머입니까?

시비를 따지자는 게 아니라 정말 몰라서, 놀라서 물은 것이었다. 저도 모르게 딸꾹질하듯 튀어 나간 제 말에 주룡이 더 놀라서 입을 가렸다. 반장은 주룡을 위아래로 훑어보더니 헛, 하고 짧게 웃고 작업한 고무화들을 각자의 책상에 다시 돌려놓았다.

퇴근들 하라.

주룡은 눈을 질끈 감았다. 반장이 그냥 좀 잘해주려고 한 것일 수도 있지 않나. 처음이라 못하는 게 당연하니 평균이나 맞추자고 그랬는지도 모르는데. 난체한다구 다른 직공들이 미워하면 어쩌나.

반장이 나가자 다른 직공들이 주룡의 작업대로 우르르 몰려왔다.

잘하였다.

잘했다, 잘했어.

뭘 잘했다는 걸까? 멀거니 서 있는 저의 어깨를 선배 직공들이 감싸고 두드려주는 것에 주룡은 어리둥절해했다.

다음 날은 열 켤레, 그다음 날은 열세 켤레. 조금씩 작업량이 늘어갔지만 하루 작업량 스물다섯 켤레를 맞추기 전까지는 매일 머리통을 한 대씩 맞았다. 어차피 작업량이 적어 급여도 적게 받을 것인데, 벌이라면 그걸로 충분할 텐데, 제깟 놈이 뭔데 사람 머리통을 치고 야단이지? 아파서보다는 분해서, 서러워서 눈물이 핑 돌았다.

한참 뒤에야 선배 직공들이 반장이 왜 그러는지 말해주었다. 바라지도 않았는데 잘해주는 체하고선 끄나풀을 만들려는 수작이 통하지 않아서 그러는 것이었다. 같은 반 직공들끼리 의가 깊은 티를 내면 이간질을 한다고. 주룡은 애초부터 말을 안 들을 것 같으니 기라도 꺾어놓자고 그러는 것이 뻔하다고.

우리 중에는 아무도 그만두지 말아서 충원이 아주 없게끔 하자.

같은 반 여공들의 말에 주룡도 끄덕이고 결코 그만두지 않겠다 결심했다. 그만두는 다른 사람을 잡을 도리는 없겠지만 적어도 나만은 그만두지 말자. 내가 그만두면 새 직공이 들어오고, 새 직공이 들어오면 또 누가 두들겨 맞게 된다. 나 때문에 누군가 맞는 일만은 없게 하자.

처음부터 평양으로 돌아오려던 것은 아니었다. 고무공이 될 줄이야 상상도 못 했다.

일단 집 안의 돈을 주워 모아가지고 나왔지만 멀리 갈 기찻삯은 되지 못했다. 빨리 사리원을 떠나지 못하면 도로 붙잡혀 갈 것이 훤했고, 푼돈이지만 우선 아끼고 보자 하고 기차에 올랐으니 결국은 무임승차였다. 얼마나 달렸을까, 검표원이 돌아다니기에 얼른 내리고 보니 멀리 오지도 못해 평양이었다. 10년 만이었다.

돌아와보니 평양은 별천지였다. 어릴 적에도 평양이란 도시가 홍청거리기로는 조선에서 으뜸가는 도시라는 것을 알고는 있었지만, 간도에서 산기슭을 헤매고 사리원에서 농사만 짓다 대도시로 오니 별안간 눈이 확 넓어지는 것 같은 기분이었다. 화려한 차림으로 신작로를 거니는 기생들, 중산모에 스리피스 정장을 한 모단 뽀이들.

구경거리가 많아 마음이 들뜨기도 하는 한편 앞으로 살길이 막막했다. 젠장, 아직 젊어 내 돈 내가 벌어 쓸 수 있는데 뭐가 걱정이람. 남이 보다 버린 신문을 주워 묵을 곳과 일자리를 알아보았다. 셋방에 먼저 가서 이미 취직했다 거짓말을 해서 주소를 받고, 공장 면접을 가서는 그 집 주소를 써냈다. 제가 한 일이지만 머리가 꽤 잘 돌아갔다 싶어 속으로 쾌재를 불렀다.

첫 몇 달은 얼마간 돈을 모아 서간도로 돌아갈까, 하는 궁리가 없지 않았다. 서방의 무덤이 있고 옛 동지들이 암약하고 있을 만주 땅으로. 그러나 평양 생활에는 뜻밖의 즐거움이 있었다. 일은 고되지만 제 손으로 번 돈을 제 뜻대로 쓰는 재미, 사람들하고 어울리는 재미가 있었다. 철나고 쭉 사람 적은 동리에 살다가 시집을 갔던 주룡으로서는 또래 여자들하고 그렇게 어울려본 경험이 많지 않았다. 처음에는 간도에서 왔다 하니 알게 모르게 텃세를 부리던 사람들이 강계에서 나서 평양에서 자랐다 하니 곧 어릴 적부터 동무였던 양 반가워했다. 꼭 평양을 떠나야 할, 간도로 가야 할 간절한 이유가 떠오르지 않아서 주룡은 머무르기로 했다.

찐 고무 냄새가 밴 보리밥을 한데 모아 각자 싸 온 반찬을 넣고 적당히 비벼 나눈다. 점심은 매양 이런 식이다. 고무 공장 취직을 결심한 까닭은 광고에 식사 제공이라 쓰여 있기도 해서인데 알고 보니 밥만 주고 찬은 각자 간단하게라도 챙겨 와야 하는 것이었다. 고무 냄새 밴 밥이 먹기 싫다고 밥까지 집에서 싸가지고 오는 이들도 적지 않지만 짭짤한 반찬에 비벼버리면 영 못 먹을 정도는 아니다.

금일 일 끝나면 무어를 하려네?

눈을 반짝이며 물어오는 이는 주룡이 들어온 직후에 취직한 삼녀다. 공장 들어온 이력으로야 막내지만 나이는 주룡과 같아서, 반에 손윗사람이 둘밖에 없다. 그중 홍이 형님하고는 성씨가 같으니 친척이 아니냐고 서로 반가워도 하였다. 딸 이름 성히 짓는 부모가 드물다 보니 삼녀라는 이름이 놀림거리는 아니련만 성씨가 홍가인 것은 얄궂은 일이다. 그래도 정도 많고 속이 깊어 저보다 어린 간나들이 홍삼이, 홍삼이, 하고 놀려도 웃을 줄만 아는 애다.

글쎄 극장 구경을 갈고 산보를 가볼고.

극장 구경 어데, 비싸서 가기 좋던?

삼등석 삯이 대략 하루 일당이나 마찬가지니 여공 주제로는 꽤 사치스러운 일이 틀림없다. 주룡도 아직까지는 지난달에 큰맘 먹고 단 한 번 가본 것이 처음이자 마지막이다. 일 마치고 피곤한 채로 가서인지 중간에 곯아떨어졌지만, 난생처음으로 극장에 다녀왔다는 사실이 퍽 마음에 들어 혼자 의기양양하던 참이다. 다음에 갈 때는 남들처럼 찐 계란이며 음료수 같은 것도 사 먹어보고, 절대로 절대로 잠에는 들지 말아야지 하는 다짐과 더불어.

야, 룡이는 밥상 펴 바칠 서방두 거둬 먹일 아새끼두 없으니 신세가 폈다 폈어.

홍이 형님의 말에 모두 입을 다물고 주룡의 눈치를 본다. 일시에 고요해지자 홍이 형님도 아차 싶은지 입을 가린다.

아이 이러시기요? 내 신세 좋은 것 모르는 사람 뉘 있슴메?

주룡이 너스레를 떨고서야 다들 비실비실 웃는다. 모두의 웃는 낯을 한 번씩 살피고서야 주룡은 마음을 놓는다. 그래도 앞으로 취미 이야기는 조심해야지, 아무렴 과부라 제 입만 챙기면 되는 티를 낼 것은 없지. 주룡은 마주 앉은 직공들에게 벙싯, 뜻 없는 웃음을 지어 보이며 온갖 나물이 엉킨 보리밥 마지막 한 술을 입에 꾸아 넣는다. 점심시간 종료를 알리는 벨이 울린다.

다시 시집갈 마음도 없고, 부양할 가족이 없으니 집이니 땅이니 하는 것도 관심 없다. 그저 제 한 몸 재미나게 살면 그만이라는 생각이다. 극장 구경도 하고. 저 커피에도 맛을 들이고. 양장도 맞춰보고. 빼딱구두에 실크 스타킹이니 하는 것도 신어보고. 고무 냄새 나는 보리밥 먹어가며 내가 번 돈, 날 위해 쓰지 않으면 어디에 쓴담.

그러나 당장 여공 봉급으로는 양장도 빼딱구두도 어림없다. 그 잘난 모단 걸 옷 한 벌, 신 한 켤레 맞출 돈이면 월세 한 번을 내고도 남는다. 월세 한 몫을 뚝 자르고 식비며 다달이 필요한 것 사 쓸 돈을 제하면 겨우 오륙 원 남는다. 이삼 원 저축을 하고 그 나머지로 큰맘 먹고 모단 껄 놀이를 하는 것이다.

소위 구여성 차림 그대로 카페에 앉아 있자면 종종 여급들이 저를 본체만체하거나 대놓고 괄시를 하는 것을 느낀다. 저보다 늦게 들어온 사람들의 주문을 먼저 받거나 주문한 음료를 한참 만에야 생각났다는 듯이 갖다주거나 하는 식이다. 그 애들은 돈을 얼마나 벌까. 나도 여급이나 해볼 것을 그랬나. 양장 맞출 날은 요원하니 나도 머리부터 산뜻하니 단발로 잘라볼까. 머리가 단발이면 옷이야 어떻든 모단 껄 시늉은 하는 것처럼 보일 텐데.

이런저런 생각들 속에 작업 종료음이 울린다.

셋방에 들어서면 울적해진다. 몇 해 끼어보지도 못한 서방 생각. 딸 앞세워 팔자 좀 편해보려던 가족들 생각. 그나마 방 주인네 딸아이가 제 방에 와 자는 날에는 적적함이 덜하지만, 막 제사공장에 취직한 그 애가 늦기라도 하면 모단 껄 놀이에 더욱 골몰할 수밖에 없게 된다.

극장은 다음에 가고 오늘은 산보를 하자.

해가 길어져 퇴근 무렵도 밝다. 주룡은 해 질 무렵까지 평양 시내를 쏘다니며 지금 가진 돈으로 살 수 있는 것과 살 수 없는 것을 구별하는 놀이를 하고, 고민에 고민을 거듭하다 신여성 특집으로 꾸며졌다는 잡지책 한 권을 산다.

룡이. 룡이.

아침부터 삼이가 주룡을 애타게 찾는다. 주룡은 짐짓 그 목소리를 못 들은 체한다. 삼이가 작업반장의 눈치를 보다가 주룡의 소매를 잡아끌며 다시 부른다.

야 주룡아, 이쪽을 좀 보아.

부르다 숨넘어가겠고나. 머이네?

내래 룡이 준다구 이것 지니구 왔지래.

홍삼이가 내민 것은 모단 껄 그림들이다. 잡지에서 찢어낸 것 세 장에 철필로 막종이에 그린 것 한 장. 철필 그림의 여자는 길쭉하고 늘씬한 몸에 트위드 양장 치마저고리를 걸친 미인이다. 물론 머리는 단발에 좁은 챙이 달린 해트를 쓰고 있다. 주룡을 기어이 웃게 만든 것은 왼편으로 늘어진 화살표 꼬리에 역시 철필 글씨로 '룡이'라고 적혀 있는 점이다. 주룡은 작업반장 눈에 띄지 않으려고 목소리를 낮추어 삼녀에게 말을 건다.

삼이.

응?

이거이 늬가 그린 거이니?

삼이는 상기된 얼굴로 고개를 주억거린다. 제 그림이 마음에 드는지 어떤지, 어서 말해주기를 바라는 눈치다.

삼이 눈은 옹이구멍인가 부다. 내 어데가 이렇더네?

마음에 없이 비죽거리는 소리부터 내밀자 홍삼이는 단박에 풀이 죽은 얼굴이 된다.

허지만 그림은 참 잘도 그렸구나야. 이런 재주가 있는 줄을 몰라보았다.

삼이의 얼굴에 화색이 돈다.

기거이 내가 잘한 거이 아니구, 내 아끼는 그림 노나주고 싶어 따라 그려본 것이란다.

길쿠나, 나완 닮치 않은 거이 당연타. 기래도 참 잘 그렸네. 나는 탐나는 그림이 있어도 감히 따라 그려볼 생각은 못 해봤단다. 어데 손이 따라주어야지.

삼이는 주룡이 추어주는 말에 얼굴을 붉히면서도 싫은 내색은 않는다. 주룡은 손바닥만 한 그림 넉 장을 모아 쥔 손을 살랑살랑 흔들어 보인다.

좌우간에 고맙다야. 어제 그래 홍이 형님이 대판 광고를 해줬는데 참말 모단 걸 그림을 준 사람은 삼이밖에 없어.

뉘가 내 애기 하네?

홍이 형님이 제 이름 들었다고 부산스레 끼어든다. 주룡은 팔을 뻗어 홍이 형님 자리에 삼이가 준 그림들을 건네준다. 그림 넉 장을 재빠르게 넘겨보던 홍이 형님도 마지막 그림을 보곤 눈이 휘둥그레진다.

이거를 삼이가 그렸니?

주룡과 삼이가 슬쩍 고개를 끄덕이자 홍이 형님은 법석을 떨며 옆 사람에게 그림을 건네고 저도 한 장 그려달라 삼이를 조른다. 삼이 재주를 홍이 형님이 알았으니 같은 반 사람들도 벌써 다 안 것이나 다름없다. 그런 생각을 하며 주룡은 흐뭇하게 웃는다. 과연 주룡의 생각대로 홍이 형님의 야단에 다들 자기도 봬달라며 손을 뻗는다. 작업반장이 순시를 도는 와중에 삼이의 그림은 부지런히 작업 선반들을 넘나들며 맵시를 뽐낸다.

거 살살들 보시라요. 손때 타겠소.

주룡이 점잖게 한마디 한 것을 들었는지 못 들었는지 너도나도 손을 뻗어 삼이 그림 구경에 바쁘다. 주룡까지도 불현듯 마음이 들뜬다. 어느새 저 끝자리까지 갔다가 돌아오는 삼이 그림을 얼른 다시 보려고 주룡은 고개를 쭉 빼고 기다린다. 작업반장에게 걸리면 어쩌나 마음을 졸이면서.

머이 기렇게들 신이 나?

뒷짐을 진 작업반장이 어느덧 주룡 자리 바로 뒤에 와 있다. 주룡은 덜컥 마음이 내려앉는 것을 느끼면서도 괜찮다, 괜찮다, 스스로를 다독인다. 그림을 들키지만 않으면 그만 아닌가. 그도 그렇거니와 그깟 그림 조금 돌려보았다고 제깟 놈이 뭘 어쩌겠는가. 그림은 어느새 주룡의 바로 옆 선반으로 돌아와 있다. 서로 손 한 번 뻗으면 그림을 받을 수 있고, 받은 그림은 얼른 접어 속저고리 밑에 쑤셔 넣으면 그만이다. 그런데 이놈의 작업반장이 주룡 뒤에 서서 꼼짝을 않는다. 주룡은 태연한 척 고무 겉창을 구부려 모양을 잡으면서 등으로는 대동강 줄기 같은 식은땀이 흐르는 것을 느낀다.

손에 쥔 것 나두 촘 보자. 머이가 기래 재미나서 늬들끼리만 보왔네?

걸렸구나. 주룡은 눈앞이 깜깜해져 한숨을 푹 내쉰다. 그림을 손에 감추고 어쩔 줄 몰라 하던 옆자리 어린 여공은 파리하게 질린 얼굴로 주룡 한 번, 반장 한 번 쳐다보고 고개를 조아린다.

잘못했습네다.

뉘가 머이라구 하였네? 재미난 것 노나서 보자는데 사람을 우에 나쁜 놈으로 만드는 거이야.

잘못했습네다.

듣기 싫다. 손에 쥔 것이나 이리 내라.

반장은 달달 떠는 여공의 손을 억지로 펴 삼이의 그림을 빼앗는다. 다들 못 본 척 작업 선반에 고개를 떨구고 있지만 눈으로는 반장이 어쩌는지를 좇고 있다. 반장은 그림 한 장 한 장을 차분히 넘겨 보다가 마지막 장을 보더니 킬킬 웃는다.

강주룡이가 모단 껄이야?

장부 1반에 룡 자가 들어가는 이름 쓰는 이는 주룡밖에 없다. 주룡은 근원을 알 수 없는 수치심을 느끼며 눈을 질끈 감는다. 갑자기 손에 힘이 빠져 일하는 척도 더는 못 한다.

야, 강주룡이 답해보라. 참말 모단 껄이네? 내 모단 껄을 몰라보아 그간 대접이 헐하였다.

비아냥조로 말을 이어가며 반장은 다시 주룡 앞으로 와 선다. 그가 그림 한 장 한 장씩을 차근차근 구겨가는 광경을 보며 주룡은 입술을 깨문다. 제 콧김이 고무 열기보다도 뜨겁게 느껴진다. 반장은 갑작스레 웃음기를 지우고 주룡의 의자를 발로 걷어찬다. 주룡은 작업 선반 아래 나동그라진 채로 발길질을 기다린다. 이게 이렇게 맞을 일인가 싶지만 저치가 언제는 뭐 정당한 사연으로 사람을 팼던가 하는 생각도 든다. 그저 오늘이 내 차례구나 생각하며 참고 맞아줘야지. 아주 제 다리가 아플 만큼 날 걷어차도 신음 소리 한 번 내지 말아야지.

주룡의 예상과 딴판으로 작업반장은 발길질을 않는다. 머리를 감싸고 온몸의 힘을 풀고 있던 주룡이 왜 안 때리지, 하고 눈치를 살피려는 참에 느닷없이 머리채를 잡는다.

모단 껄이면 단발을 하여야지? 아모나 고무 가위 하나 다오.

그 말에 주룡은 각오한 바를 잊고 몸부림을 치며 곡소리를 낸다. 반장은 그제야 재미가 있다는 듯 주룡의 머리를 이리저리 흔든다. 여공들은 모두 겁에 질렸으나 반장이 아무리 가위를 찾아도 내주지 않는다. 반장은 몇 번 더 주룡의 머리채를 쥐고 흔들다가 주룡이 천장을 보게 꽉 잡아당기더니, 귓속말을 하려는 듯이 귀에 바싹 주둥이를 갖다 댄다. 그러곤 다른 직공들도 들으라는 듯 큰 소리로 지껄인다.

강주룡이 모단 껄이면은 나하구 자유연애 한번 하자.

주룡의 얼굴이 분기로 확 달아오른다. 마음 같아선 욕지거리를 시원하게 하고 싶지만 제가 반항하면 동료 직공들까지 해를 입을까 하는 겁이 앞선다.

우에 그러네, 자유연애 좋지 안해? 모단 껄 아니야?

누군가 흐느끼는 소리가 난다. 주룡은 작업 선반들에 가려져 잘 보이지 않는 얼굴들을 올려다본다. 누가 울고 있지. 누군가 입을 막고 울음소리를 작게 하려 애쓰는 소리가 나는데. 대체 누가 나 때문에 울고 있는 거지. 그 생각을 하니 주룡의 눈에도 눈물이 핑 돈다.

야. 머이, 잘했다고, 우니, 응?

반장은 주룡의 이마를 세게 치고 말 사이사이 따귀도 두세 대 연달아 때린다. 그러고서도 부족한지 주룡의 머리통을 바닥에 한 번 탕 찧고 나서야 손을 턴다. 누워 있는 주룡을 상대하느라 엉거주춤 숙이고 있던 허리를 펴더니 숨을 몰아쉰다. 입을 다물고 손을 멈춘 채 이편을 훔쳐보던 직공들은 급히 고개를 숙이고 일하는 척한다. 반장은 혀를 끌끌 차고 큰 소리로 말한다.

좌우간 모단 껄은 학생 아니면 기생이다.

바삐 움직이던 직공들의 손이 멈춘다.

늬들이 학생이니?

조용하다. 반장은 코웃음을 친다.

기럼 느이가 모단 껄 행세하려면 기생밖에 더 있네? 허파에 헛바람들이 가뜩 들어가지고 일은 하는 둥 마는 둥. 뉘기든 모단 껄 되고 싶은 사람은 내게 오라. 모단 껄 만들어주마.

반장이 나간 다음에야 주룡은 허리를 펴고 일어난다. 반장이 아무렇게나 구겨놓은 그림들을 주워서 펴가지고 제 품에 넣는다. 우는 사람은 아마도 삼이겠거니 했는데 일어나서 보니 짐작한 대로다. 저를 달래러 오려는 사람들에게 손을 내저어 보이고 주룡은 다시 작업대 앞에 앉는다. 넘어져 아픈 것은 곧 괜찮아질 것이고, 구겨진 그림은 주인네서 인두를 빌려 펴면 된다. 돼먹지 못한 인간이 한 고약한 말은 잊으면 그만이다.

누가 나더러 모단 껄이 아니라 했다고 내가 정말 모단 껄이 아닌 것은 아니다.

자기가 모단 껄이 아니라는 것, 모단 껄 되고 싶은 심정이 언감생심으로 보이리란 사실은 주룡 자신이 가장 잘 안다. 언제나 그것에 대해서만 생각하고 있으니 도무지 모를 수가 없다.

그렇지만 그것이 반장 때문은 아니다.

반장 같은 것은 모단 껄 되기에 요만큼도 방해가 될 수 없다.

구남성의 박해를 받았으니 이는 도리어 모단 껄 되기의 제일보에 진입한 것이다.

주룡은 그런 생각으로 남은 업무를 버티고, 기어이 집에 가서 울음을 터뜨린다.

2

간도에 살 때 우리 집에서는 토끼를 쳤다. 토끼처럼 기특한 짐승이 세상에 또 없단다.

토끼 좋아, 우리 집도 토끼를 길렀으면.

옥이는 주룡 방향으로 몸을 틀어 누우며 이야기를 조른다. 주룡이 세 들어 사는 옥이네 집은 개를 기른다. 꼬리 짧고 덩치 큰 누렁개. 집 지키라고 키우는 개지만 워낙 온순하여 낯선 이를 보고도 잘 짖지 않는다. 사람을 잘 따르는 것은 옥이와도 닮았다는 것이 주룡의 생각이다.

하도 날래 새끼를 치니 키우기 수월찮다. 똥은 또 우에 기렇게 많이 싸는지. 제 똥 제가 주워 먹는 것은 개하구두 비슷하지.

참말 토끼도 제 똥을 먹소?

아모 똥이나 먹는 것은 아니란다. 영양가가 남은 똥만 먹는다. 이렇게, 이렇게.

주룡은 토끼가 코를 벌름거리는 모양을 제 입으로 흉내 낸다. 옥이는 그게 재미있는지 소리 내서 웃는다.

또?

또 무어.

토끼 얘기 또 해주어.

글쎄 무어가 있으려나. 기래, 옥이 늬 거 아니?

무얼 말이오?

토끼는 외로워서 죽기도 하는 짐승이란다.

거짓말.

참말.

거짓말!

참말이다.

외로워서 죽는다니 순 거짓말이다. 사람도 아니면서.

옥이의 말에 주룡은 픽 웃는다.

사람이 외로워 죽는 것은 되는 말이구?

주룡의 물음에 옥이는 곰곰 생각하다 고개를 젓는다.

사람두 마찬가지, 죽을 만치 외롭다는 거는 기양 하는 소리지. 참으루 외로워서 죽은 이가 있거든 나와보라지.

주룡은 뭐라 대꾸하려다 입을 다문다. 옥이는 외로워본 적이 없을 만하다. 동생들이며 부모하고 함께 지내는 방이 지겨워 셋방으로 건너와 주룡하고 자는 애니, 오히려 지독하게 외로워보고 싶을 것이다. 잠깐 뒤척이던 옥이는 바로 눕더니 선언 조로 말한다.

나두 어서 자라 주룡이 형님처럼 혼차서 살구 싶어.

내래 어데 혼차 살구 있니, 옥이와 살지.

형님은, 기런 말이 아닌 줄 알면서 능청을 부리지.

어서 자라. 내일 공장 늦지 않네?

가기 싫다.

공장 부지런히 다녀야 어른 되지 않간?

다리가 간지라와서 잠이 안 와.

옥이는 이불에 대고 발길질을 여러 번 하고 끙끙 소리를 낸다. 어린애는 어린애다. 나도 어릴 때는 낮에 힘을 다 못 쓰면 팔다리가 가려워서 잠이 안 왔지. 제사 공장에 취직하더니 옥이는 좀 쑤셔서 잠 설치는 날이 부쩍 늘었다. 종일 앉아서 안 하던 일을 하자니 그럴 만도 하지. 한 이불 속에서 사지를 버르적거리는 어린애가 영 성가시지만 주룡은 그런 내색은 않고 가만히 투정을 받아준다. 사리원에 두고 온 제 동생보다도 어린애가 밥벌이를 하느라 공장에 다닌다. 집에선 이 애를 아주 어른으로 취급하고 있는 것이다. 가만히 보면 토끼가 똥 먹는 얘기 따위를 듣고도 웃는 것이 영락없는 어린애건만. 이 애는 애답게 투정을 부릴 데가 이제 나밖에 없는 게지. 그런 생각에 주룡은 연신 이불을 걷어차는 옥이의 배를 가만히 쓸어준다.

잠 안 오면 형님이 또 간도 얘기 해주랴?

옳다, 인제 말이 통하는군. 머일 묻고 그러오? 날래 들려주잖구.

옥이가 노래 한 자락 불러주거든 이바구를 하마.

형님이 먼저 해.

노래를?

이바구를.

주룡이 서간도를 떠나온 해에 백광운이 죽었다. 이 일을 주룡은 사리원에서 평양으로 오는 기차 안에서 처음 알았다. 맞은편에 앉은 주룡의 눈치를 보며 두 남정네가 주고받던 이야기를 엿듣고서였다. 계집이 좀 듣는들 뭘 알겠는가, 하는 것이 그들의 생각이었으리라. 주룡은 순간 차갑고 거대한 손이 제 몸통을 쥔 것처럼 숨이 콱 막혀오는 것을 느꼈다. 그런 표가 나는 것을 앞의 남정네들이 알아볼까 봐 전전긍긍하며 태연을 가장하려 애썼다. 그러나 그들은 주룡의 표정이 심상찮게 변해가는 것을 전혀 알아보지 못했다. 당연하다면 당연한 일이었다. 저희 앞에 앉은 꾀죄죄하고 조그마한 아낙이 남편과 함께 백 장군 휘하에서 활동한 적이 있고, 그 백 장군과 함께 기차를 탄 적도 있으리라는 사실을 그들이 감히 상상이나 할 수 있었으랴.

평양에 와서는 틈날 때마다 지난 신문이며 소문 따위를 캐며 백광운이 어찌 죽었는지를 알아보았다. 통의부가 내부 마찰로 분열하자 상해임시정부 산하로 들어가 임시정부 직할 부대로 개편하고 명칭 또한 참의부로 변경한 것이 그해 6월, 그로부터 석 달 뒤에 통의부의 옛 동료 문학빈이라는 자에게 습격을 당했다고 한다. 남만주에 살던 때를 이따금 떠올리며 막연히, 백 장군 그이는 여전한 활약을 펴고 있겠지 생각하던 지난 한 해가 무람하게 여겨졌다.

비록 주룡 자신은 식견이 짧고 경험 일천한 보통 간나라 잘 모르지만 척 보기에도 비범한 인물이라는 생각이 드는 이였다. 그만한 인물을 잃었으니 독립군에도 큰 손해, 동지들에게는 말할 것도 없는 슬픔이었을 테지. 주룡 또한 그를 동지라고 불렀다. 마음 둘 구석 없던 시절 오라비처럼 의지한 바도 있었다.

뜻이 같아서 동지라는 말을 쓴다지만, 뜻이 같다고 뜻의 그릇까지 같으랴. 그의 뜻에 대면 저의 뜻은 숟가락만도 못하다고 주룡은 여겼다.

그런 그이가 죽고 저는 살아 멀리멀리 도망을 온 것이 영 이상하게만 느껴진다. 이제 간도에 자기를 기억해줄 이가 몇이나 살아남아 있을까, 하는 쓸쓸함 또한 지울 수 없는 것이다.

광운 씨라는 사람이 잘생겼더랬네?

잘생기기로는 우리 전빈이 따를 이가 없었니라.

기래 별히 잘생긴 것도 아닌 사나 얘기를 우에 하오?

내 참 유별난 간나도 다 보갔구나.

기껏 이야기를 들려달라더니 잠에 잔뜩 취한 목소리로 헛소리를 지껄이는 옥이가 미워서 주룡은 홱 돌아눕는다. 이불을 반절가까이 빼앗긴 옥이가 칭얼칭얼 투정을 부린다.

춥다. 이불 주시라요.

춥기는 여름에 머이가 춥네? 배나 잘 덮을 일이지.

어데 여름이래? 낼모레 한가위 아님메?

한 마디 지는 법이 없고나야.

밉다는 듯이 툭툭 쏘아붙이면서도 주룡은 제 몸에 감았던 이불을 도로 펴 옥이 어깨까지 단단히 덮어준다. 옥이가 잠들고는 저도 수마의 무게에 짓눌려 눈을 감는다.

그저 눈을 감았다 뜬 것만 같게 변변찮은 잠을 자고 일어나 옥이를 깨운다. 옥이와 함께 물동이 채우고 밥 짓는 따위 집안일을 좀 돌보고 출근길에 오른다. 옥이가 다니는 제사 공장 기숙사가 주룡의 일터 근처여서 옥이가 아침마다 주룡을 데려다주는 셈이 되었다. 주룡도 그게 좋아 잠을 조금 덜 자고서라도 옥이와 같이 걸어 출근하곤 하는 것이다.

조심히 일하고 오라.

형님두.

짧은 인사를 나누고 옥이는 같은 공장에 나가는 또래 애들에게 달려간다. 요사이 열네댓 살 먹은 여자애들은 옥이처럼 잠사로 취직하는 것이 보통이라는 모양이다.

제사 공장에서는 시집가기 전인 어린 여자들을, 고무 공장에서는 나이도 좀 차고 시집가서 가정도 이룬 여자들을 선호했다. 제사 공장은 직공을 기숙사생으로 뽑는 편이라 돌볼 가정이 있으면 채용이 어렵고, 고무 공장은 물량 상황에 따라 일을 쉬게 할 때도 있어서 공장 일을 부업처럼 여기는 부인네들이 필요한 것이다. 옥이처럼 집에서 출퇴근하는 아이는 옥이네 공장에 손꼽히게 적고 그나마도 아버지 연줄이 인사 책임자하고 어찌어찌 닿아 기숙생으로 들어가지 않고도 취직할 수 있었다고 들었다.

잔업이 없으면 퇴근길도 동행이다. 고무 공장 잔업이 나는 날은 흔치 않고, 주룡이 일 마치고 슬슬 제사 공장 정문까지 옥이를 마중 가는 일이 많다. 앞마당에 옥이 또래 계집애들이 나오고 있으면 끝난 것이고 사람이 없으면 잔업이 있는 것이다. 아직은 해가 길어 잔업이 나도 해 질 무렵까지는 기다려보기도 한다.

옥이는 누에 찌는 열기에 온몸이 푹 젖어 녹진녹진해진 채로 나온다. 저도 고무 찌는 공장에서 일하느라 고생했으면서도 옥이를 보니 안쓰러워, 주룡은 손부채질을 하며 다가간다.

고생했네.

형님두.

돌아가는 길에 옥이는 주룡이 처음 듣는 노래를 부른다.

고거이 먼 가락이냐? 애닯기두 하다.

오날 참 시간에 동무들이 배워준 창곡이지비.

다시 한번 불러보라.

광막한 광야에 달리는 인생아
너 가는 곳 그 어데이냐

쓸쓸한 세상 험악한 고해에

너는 무엇을 찾으려 하느냐

옥이는 고 창곡 노랫말이 머인 뜻인지 다 알갔니?

말 그대루지 머이가 더 있간?

옥이는 아직 아이티를 벗지 못한 새된 소리로 노래를 끝까지 부른다. 평소처럼 우리 옥이 재주 났다, 옥이 노래 가락 좋다 추어줄 것을 기대하며 바라보지만 주룡은 가사를 곱씹느라 사뭇 어두운 표정이다.

창곡 이름이 머이니?

윤심덕이가 부른 〈사의 찬미〉.

아조 슬픈 노래로고나.

기렇지? 윤심덕이는 이 창곡 레코오드를 취입하고선 제 애인하구 심중하였단다.

심중이 머이니?

연애하는 사이끼리 목숨을 버리는 거이래.

옥이는 이웃 사람의 시시한 소문을 전하는 조로 아무렇지 않게 말하지만 그 말의 울림은 주룡의 가슴 깊은 곳에 닿는다. 옥이는 주룡의 생각까지는 모른 채로 제 감상을 늘어놓는다.

얼마이나 서로 깊이 사모하였더래면 같이 세상을 버릴 생각마저 하였을까? 나두 그와 같은 연애 한번 하였으면.

죽을 만치 사모한들, 참말 죽으면 머이가 남네?

주룡은 전빈을 생각하며 말한다. 심상찮은 말을 듣고서야 옥이는 주룡의 굳은 얼굴을 살핀다. 노상 이야기하던 어린 서방을 떠올리고 저리 상심하였구나, 옥이는 짐작한다.

형님은 오날 공장에서 일없었소?

일없었다. 옥이는?

내래 오날두 반장 나리한테 된통 혼났다. 제 수가 틀어지면 일본말로 칙쇼니 바카니 머라 머라 해. 아매도 다 욕인 것 같지마는 알아듣지 못해서 일없다.

대체로 조선인 자본으로 운영되는 고무 공장과 달리 제사 공장은 공장장도 일본인, 관리인도 일본인인 경우가 흔했다. 옥이네 공장도 잠사 애들만 조선인이고 간부급부터는 죄다 일본인이라는 모양이다.

욕봤구나야.

일없대두. 욕 몇 마디 듣는 거야 참말 아모것도 아니오. 니혼고가 촘 되는 아새끼들을 표 나게 예뻐하구 밥도 잘 주구 하는 거이 서럽지. 순 차별 대우다.

실 뽑는 공장 주제에 머인 일본말까지 하라구 야단이네?

내 말이 그 말이오. 어차피 공순이들이라고 무시에 무시를 하면서.

어느덧 집에 닿아 사립 안에 들어선다. 옥이는 일없다고 해놓고도 제 분을 못 이겨 휘딱휘딱 소리가 나게 신을 벗고 주룡의 방으로 들어간다. 이젠 아주 제 방처럼 드나드누나. 주룡은 픽 웃으면서 옥이의 뒤를 따른다.

옥이와의 일상은 전빈과 살던 서간도 시절을 떠올리게 하는 부분이 있다. 피 안 섞인, 저보다 훨씬 어린것을 가족으로 치고 사는 생활이니 비슷하다면 비슷한 것이다. 전빈은 실상 동생뻘, 옥이는 주룡이 시집만 일찍 갔더랬으면 첫애뻘이 되지만, 나이 차이보다는 처음 만날 적에 그 애가 몇 살이었는지가 더 가깝게 와닿는다.

세 든 지 얼마 안 되었을 무렵 주룡은 옥이가 초경을 치르는 것도 보았다. 옥이의 첫 달거리대는 주룡이 건넨 것이다. 마련만 해두고 아직 쓰지 않은 것을 급한 대로 꿔어준 것이었다. 밤에 이부자리에도 피오줌을 지리면 어쩌나 걱정하며 울상 짓는 애더러 괜찮으니 제 방으로 건너와 자라 한 것을 시작으로, 옥이는 주룡의 셋방에 눌어붙다시피 하였다. 순하기는 해도 낯을 조금 가리는 애로구나, 하는 인상이었는데 마음을 터놓고 보니 잃었던 누이를 찾은 양 저를 따르는 게 썩 싫지 않아 주룡도 옥이를 좋아하게 되었다. 나이로 치면 옥이 어머니와 또래면서도 그 딸인 옥이가 더 동무처럼 여겨졌다.

옥이의 모친인 임 씨는 옥이만 할 때 옥이를 낳았다. 첫아이였고 옥이 동생이 될 뻔한 애 둘을 차례로 잃었다. 하나는 낳자마자 죽었고 하나는 태중에서 숨이 끊어진 채로 나왔다. 뒷산에 애기 무덤 두 개가 있다고 했다. 옥이는 여전히 동생이 둘 있다. 죽어서 나온 애를 묻은 지 3년 만에 임 씨는 남자 쌍생아를 낳았다. 바로 그해에 옥이의 할머니, 임 씨의 시어머니가 숨을 거뒀다. 재주도 없고 복도 없는 간나라며 임 씨를 그리도 괄시하더니 손자를 둘이나 본 게 너무 좋아 죽을 때도 벙글벙글 웃고 있었다고 한다.

옥이 할머니가 쓰던 방에 주룡은 세 들어 살고 있다. 주룡이 들어오기 전에도 비슷한 처지의 여공에게 세를 쳤다고 한다. 그 여자는 재가해 나가기까지 이태간 옥이를 제 방에 재워주지 않았다. 양친과 여덟 살 먹은 사내애 둘하고 같은 방을 쓰던 아이, 막 달거리를 시작한 처녀애에게 제 방으로 건너와 자라 하는 주룡의 말이 얼마나 달가웠으랴.

형님께는 미안하지만 형님 잘되야서 나가구는 이 방 아조 내 방으로 쓰면 좋겠고나.

옥이는 버릇처럼 그런 말을 한다. 주룡이 밥풀로 벽에 발라둔 모단 껄 그림들을 손으로 쓸면서다. 주룡의 소망이 그렇듯 옥이도 장차 모단 껄이 되고 싶다. 주룡은 저보다는 옥이가 더 모단 껄의 소질이 있다고 여긴다. 아무렴, 이 애는 어리니까. 무엇이든 될 수 있고 말고.

허지만 내보다야 늬가 먼처 나가지 않갔니?

내 집을 내가 우에 나감메?

아이다. 괜한 소리 하였다.

의아하단 듯이 눈을 굴리던 옥이는 아, 하고 짧은 탄식을 내뱉는다. 제 시집 밑천을 버느라 공장에 다니는 애다. 때에 따라 그건 자랑이 되기도 하고 비관이 되기도 한다. 제 밥벌이는 물론이고 동생들 학비를 보태는 데 자부심을 느끼는 옥이. 새벽같이 일어나 종일 궂은일을 하는 게 고작 시집이나 가고자 하는 것임은 영 시시하다 여기는 옥이.

학교 계속 다니구 싶다.

제사 공장에 다니기 전에 옥이는 1년 남짓 여학교에 다녔다. 가갸거겨를 떼고 나눗셈, 곱셈을 배웠다.

학교 머이가 좋네. 골치 아프니도.

주룡은 평양을 떠나기 전, 그러니까 10년도 더 전을 떠올리며 말한다. 여름에서 가을까지 여학교를 기웃거리다 동무들한테 기별 한마디 못 전하고 간도로 가던 때를.

난 장차 번듯한 모단 껄 되구 싶구 모단 껄이 되어 인텔리 남자하구 자유연애두 하구 싶은데, 춘원 소설만 보아두 길치 않아? 적어두 고보는 나와야 주인공이 되는 거이지. 주인공까지는 몰라두 소학교는 나왔으면.

옥이의 부친은 간나가 많이 배워 무엇에 쓰냐며 학교를 그만두게 하고 옥이의 동생들만 학교에 보냈다. 옥이가 벌어오는 돈으로 동생들이 공부를 하고 있다. 세도 놓고 농사도 짓고 어머니와 딸

둘이나 공장에 다니는 집이니 썩 부족할 게 없지만 악착같이 모아 아들 하나라도 대학까지 보내고자 하는 것이 그네들 뜻이다.

주룡은 옥이가 어떻게 하고 싶은지 안다. 제가 번 돈을 시집 밑천 따위로 쓰는 대신에 공부를 계속하고 싶은 것이다.

형님처럼 혼차서 살구 싶다.

혼차 사는 거이 아니래두 기러네.

옥이는 속으로 무슨 생각을 했는지 분한 듯 서러운 듯 눈썹을 움칠거리고 입을 비죽거리다가 길게 한숨을 내쉬고 주룡의 소매를 제 손으로 쥔다.

형님 좋다.

나두 옥이 좋다.

종생토록 형님하구 살면 좋갔소.

소매를 꼭 쥐고 있는 옥이의 작은 손이 안타깝기도 하고 사랑스럽기도 해서 주룡은 다른 편 손으로 옥이의 어깨를 쓸어준다.

잠결에 끙끙 보채는 옥이 때문에 깬다. 옥이 이마 언저리에 식은땀에 전 잔머리들이 엉겨 있다. 주룡은 주전자에 든 자리끼를 헝겊에 적셔 이마 선을 닦아주고 자리에 눕는다. 그만 꾸고 싶은 꿈을 꾸던 참이다.

요사이 주룡은 간도 시절 꿈을 자주 꾼다. 주룡 자신이 주인공인 활동사진을 보는 것 같다. 서른을 바라보는 지금의 자신이 관객이 되어 어린 자기가 자라가는 모습을 지켜보는 것이다. 앞으로 무슨 일이 벌어질지 똑똑히 아는 채로.

주룡은 말을 건다. 애, 강녀야. 넌 곧 시집을 간다. 몹시도 고운이하고 부부가 된다. 강녀야. 너는 독립운동을 하게 된다. 그런 것 상상이나 해봤니. 서방은 널 집에 돌려보내고 곧 죽는다. 넌 살인범 누명을 쓰고 감옥에도 간다. 하나만 일어나도 기가 막힐 일이 연달아 일어난다. 이 같은 말들을 꿈속의 강녀는 듣지 못한다. 극장에서 관객이 아무리 떠들어봐야 활동사진의 등장인물에게 닿지 않는 것과 마찬가지로.

꿈은 이따금 궤도를 이탈한다. 꿈에서 전빈이 죽지 않는다. 꿈에서 주룡이 시집을 가지 않는다. 꿈에서 열네 살 주룡이 간도에 가지 않고 평양에서 쭉 산다. 집이 망하지 않아서 학교에 계속 다닌다.

이런 꿈은 오래지 않아 끝이 나고 만다. 제 상상력이 그저 그 정도이기 때문이리라고 주룡은 생각한다.

자라서 무엇이 될지 생각해본 적이 없다. 그저 하루하루 살았다. 살아 있기는 고되고도 즐거운 일이었다. 살아 있기만 해도 바빠서 눈코 뜰 새가 없었다. 장차 무엇이 되고 싶은지 생각할 겨를이 없었다. 무엇이 될 수 있는지 가르쳐주는 이도 없었다.

간도에 갈 여비만 모으면 그만두려던 공장 일을 여태 하고 있는 것도, 평양에 계속 머무르게 된 것도 이런 생각과 멀지 않으리

라. 비록 대단한 일은 아닐지 몰라도 주룡은 평생 처음으로 제가 고른 일을 하고 있는 것이다. 머리를 풀고 옷을 벗을지 옷을 벗고 머리를 풀지를 선택하는 것과는 차원이 다른 일이다. 부모를 따라서 이주하고, 시집을 가래서 가고, 서방이 독립군을 한대서 따라가고, 그런 식으로 살아온 주룡에게는 자기가 무엇이 될 것인지를 저 자신이 정하는 경험이 그토록 귀중한 것이다. 고무 공장 직공이 되는 것 말고 다른 선택지가 없었던 것은 일말 서러운 일일지언정.

앞으로 너는 네가 바라는 대로 살았으면 좋겠다.

그런 생각을 하며 주룡은 잠든 옥이의 이마를 다시 한번 쓸어준다. 당차고 명랑하되 조금 덤벙거리는 것. 뭐 하나 별스러울 것 없는 보통 간나. 유행에 관심 많고 배움에 욕심 많은 아이. 어설프게 바라는 것은 많아졌는데 제 뜻대로 할 수 있는 것은 별로 없어서 늘상 조금 찌푸린 얼굴. 잠든 지금마저도 무슨 꿈을 꾸는지 미간이 좁다. 그 얼굴에서 주룡은 강녀를 본다. 제 어린 날의 낯을 본다.

옥이랑 같이 사는 형님이디요?

여느 때처럼 제사 공장 앞에서 옥이를 기다리고 있자니 먼저 나온 여자애 예닐곱이 주룡을 둘러싼다. 저보다 훨씬 어리대도 키는 큰 여자애들이 저를 둘러싸니 주룡은 지은 죄도 없이 주눅이 든다. 부러 어깨를 펴고 고개를 끄덕이니 여자애들은 저희들끼리 수군거리더니 두서없이 질문들을 쏟아낸다.

간도에서 살았댔슴메?

참말 독립운동을 했습네까?

시방두 독립군하고 연이 닿아 있습네까?

주룡은 당황하여 잠깐 말문이 막혔다가 가까스로 정신을 차린다.

느이가 기런 거이를 우에 알고자 하네?

여자애들은 저희들끼리 눈빛을 주고받더니 서로 웃는다. 그 웃는 낯들이 주룡에게는 썩 곱게 보이지 않는다.

우리가 알면 아니 됩네까? 옥이가 허황한 소리를 하는 거인지, 참말 독립군 출신 형님이 있는지를.

평원 고무 공장 다니시디요? 우리 이모랑 같은 공장입네. 한데 우리 이모는 기런 말 못 들었다구 했더랬어.

주룡은 제일 가까이 서 있는 키 큰 여자애의 어깨 너머로 옥이의 작은 모습을 본다. 공장에서 나왔으나 주룡이 제 동료들한테 둘러싸여 있는 것을 보곤 이리로 올지 말지를 망설이는 기색이다. 여자애들은 뭐라 뭐라 계속 떠들고 주룡은 눈으로 옥이의 모습을 계속 좇는다. 옥이는 잠시 머뭇거리다가 공장 앞 빈터를 빙 돌아서 멀리 간다.

형님, 어서 답하시라요. 우리가 어려운 물음 하였습네까?

부대를 떠난 뒤로는 그 안에서 어떤 일을 하고 겪었는지 누구에게도 말하지 않았다. 아무도 묻지 않았고 주룡 자신도 함구해야 한다고 여겼다. 간도에서 멀리 떠나온 마당에, 독립군 부대로 저를 이끈 서방이 세상을 떠난 마당에 더 숨길 것이 있으랴, 하는 마음에 옥이에게만 이야기했던 것들이다. 겁날 것은 없다. 워낙 보잘것없는 처지라 경찰서에 뛰어들어 나 한때 독립군이었소, 하고 자백해도 믿어주지 않을 판. 옥이도 이따금 거짓말이 아닌지 의심하며 이야기를 들어주곤 했다. 얼마간 허풍 취급을 당하여도 상관없다 생각하며 말한 것이었다. 언젠가는 누군가에게 들려주고 싶은 이야기들이기도 했다.

그렇다고 사람들의 입방아에 오르내려도 좋다고 생각한 것은 아니었다. 주룡은 독립군 부대에서의 일들, 저의 행적들이 대단한 애국이라 여기지 않았다. 도리어 부끄러운 면이 많은 이야기라 생각했다. 자신이 어떻게 해서 젊은 과부가 되었는가 하는 사연이기 때문에. 그로 인해 옥고를 치른 것까지는 옥이에게도 말하지 않았다. 다시 떠올리면 어제 일처럼 괴로운 대목이다.

주룡은 잠시 생각에 잠겼다가 가까스로 한마디 한다.

옥이가 머이라고 했는지는 모르갔지마는 옥이 괴롭히지 말라.

계집애들이 웃음을 터뜨린다.

우리가 옥이 괴롭히는 거이로 보이십네까? 우리가 머인 득이 있기로 옥이를 괴롭힙네까? 쥐뿔도 없는 간나를.

그 말이 삐죽하게 주룡의 마음 어딘가를 겨누어온다.

형님이 화내야 옳디요. 옥이가 난체하고 싶은데 지한테는 잘난 거 없으니 형님 팔아먹은 거이라요.

주룡이 대답할 말을 찾지 못해 멍하니 서 있는 사이 여자애들은 저희들끼리 또 숙덕숙덕하더니 기숙사 쪽으로 가버린다.

집에 오는 길 주룡은 근원을 알 길 없는 분을 가누며 여러 번 여자애들의 말을 곱씹는다. 여자애들이 옳을 것이다. 옥이는 눈에 띄고 싶은데 다른 직공들하고 별다를 것 없는 아이. 막연히 눈에 띄고 싶은 점조차도, 다른 계집애들하고 도무지 다르지가 않은 아이. 그런 아이니 주룡이 들려준 얘기를 제 무용담처럼 주워섬겼을 것이다. 그저껜가 나눈 얘기만 해도 그렇다. 독립군 부대의 장군을 이웃 사람마냥 광운 씨라고 부르는 이야기는 멀리서 듣자면 얼마나 그럴싸하고 멋들어진 것인가. 한때 의지하던 인물이 이제 세상에 없는 것이 쓸쓸해 들려준 이야기를 제 허영심 채우느라 자랑스레 떠들고 다니다니. 이 계집애를 어떻게 혼내주지.

사립에 들어서는데 어딘지 이상하다. 개가 안 짖는 거야 새삼스러울 것 없지만 방이 어두운 건 별일이다. 남폿불을 켜두지 않은 것이다. 설마 하고 문을 열어보았는데 방이 비어 있다. 안방으로부터 두런두런 이야기 소리가 들려온다. 옥이의 부친이 옥이에게 뭐라 훈계를 하고 있는 모양이다. 이에 맥이 탁 풀리고 마는 주룡이다. 주룡이 화낼 것을 겁내 이쪽 방으로 오지 않는 어린애를 주룡이 어쩔 것인가.

주룡은 며칠 내내 부지런히 옥이랑 얘기할 기회만 엿본다. 평소엔 늦게 자고 어렵게 일어나던 간나가 저녁상 물리자마자 잔다고 안방에 틀어박히고 날 밝기 무섭게 집을 떠버리니, 한 지붕 이고 사는 것이 무색할 정도다.

옥이네 공장 동료 계집애들의 이야기를 처음 들은 날로부터 하루 이틀가량은, 물론 분을 삭이기 어려웠다. 하지만 그로부터도 얼마간 더 지나고 보니 열 살도 더 어린 아이에게 그런 일로 화를 내는 것이 가당키나 한지 조금 부끄러운 마음이 싹트기도 하는 것이었다. 누군가 제 이야기로 입방아를 찧는 것이 싫다는 생각은 여전하지만, 옥이가 좀 그랬기로 옥이와 이런 식으로 틀어져도 좋은가. 제 지난 이야기며 속이야기를 털어놓을 만큼 가까웠던 애하고 아주 척을 져도 괜찮은가.

보름 가까이 지나 한가위 목전에야 옥이가 먼저 주룡의 방문을 두드린다. 기회를 엿볼 만큼 엿보았고 기다릴 대로 기다렸던 터라 주룡은 이제 애도 타지 않는 터.

올 것이 왔구나, 옥이 요 얄미운 간나.

일부러 뜸을 들이고 짐짓 반가운 내색을 숨기며 문을 연다. 옥이는 주룡의 얼굴을 보자마자 뜻밖의 말을 한다.

형님. 내래 가윗날 지나면 기숙사 들어갑네다.

문고리를 붙들고 멍하니 서 있다가 마른침을 한 번 삼키고서야 주룡은 말을 할 수 있게 된다.

할 말이래 기쁜이네?

옥이는 대답이 없다.

가윗날 하루는 공장이 논다.

주룡은 동리에서 시내로 가는 신작로 길목 위에 서 있다. 차례를 지내고 성묘를 다녀온 옥이가 곧 나타날 것이다.

명절에는 옛 생각을 떨치기 어렵다. 간도에서 차리던 조촐한 차례상. 동리 사람들끼리 없는 살림에 모아 모아 찐 떡. 아껴 먹으려고 감춰뒀던 생률이 나중에야 생각나서 한참 만에 한 입 깨물어보니 먼지 맛이 났던 것, 귀밝이술 한 잔을 얻어먹고 기운이 뻗쳐서 추운 줄도 모르고 종일 집 주위를 빙빙 돌던 것, 꿩도 닭도 아닌 토끼 고기를 가지고 국을 끓여 먹은 것. 그런 일들에 알신알신 끼어 있는 얼굴들. 식구들.

옥이는 물을 발라가며 잔머리 한 가닥 없이 곱게 땋은 머리로 나타난다.

오래 기다렸시요?

아니다. 가자.

아직은 걷기에 쌀쌀하지 않은 날씨지만 주룡은 손이 시린 사람처럼 제 팔끼리 얽어 팔짱을 낀 채로 걷는다. 그 곁에서 고개를 떨구고 손깍지를 꼈다 풀었다 하는 옥이가 보기 싫어 주룡은 자꾸 눈을 돌린다.

오늘의 산보를 제안한 사람은 주룡이다. 기숙사에 들어간다고 앞으로 전혀 볼 일 없는 사이가 될 리는 없겠지만, 옥이가 저와 같이 사는 것이 미안하고 불편하여 기숙사에 들어가려는 것으로 짐작되는 이상은 마지막으로 그럴싸한 추억 하나를 만들어주고 싶다. 이런 게 다 무슨 소용인가 하는 생각도 들지만.

옥이 니 을밀대 가보았네?

아조 어릴 적에 가보고 아니 가보았소.

대동교에 닿도록 말없이 걷다가 다리에 오르니 옥이가 바싹 다가와 주룡의 팔꿈치를 잡는다.

높은 거이 겁나네?

조금은.

배 타련?

아이오. 기대로 가자요.

모처럼 노는 날이어서인지 평양 시내에서 가장 번화한 데를 향해서인지 사람이 퍽 많다. 오금이 얼어 잘 걷지 못하는 옥이를 데리고 인파를 헤치며 걷자니 걸음이 자꾸 처진다. 뒷사람이 성을 내며 앞질러가기 일쑤다. 나쁠 것 없구나. 주룡은 옥이의 속도에 맞추어 느긋하게 걷는다.

대동교는 주룡이 어릴 때는 없던 다리다. 대동강을 걸어서 건너다니 세상 좋아졌구나. 옥이가 별말을 않으니 쓸데없는 생각이 자꾸 든다. 주룡도 을밀대는 어릴 때 가보고 다 커서 가보기는 처음이다. 언제고 마음만 먹으면 갈 수 있겠거니 하다 보니 일이 그렇게 되었다.

제 올라가보려네?

금수산 을밀봉, 못해도 10미터는 될 높은 축대 위에 멋들어진 누대를 한 채 세워둔 것이 을밀대다. 축대 위에 올라가 대동강을 굽어보아야 제대로 구경했다 할 수 있을 것인데 축대 위에 이미 구경꾼이 빽빽하다. 옥이는 주룡의 물음에 고개를 설레설레 젓는다.

예서 보아도 참 좋시요.

하기사 높은 데가 무서워서 다리 건너기도 쉽지 않은 애니 축대까지 올라갈 것은 없겠구나. 주룡은 걷느라 돋은 땀을 손부채로 식히며 축대 주변을 천천히 걷는다. 다리 위에서 바싹 붙어 있었던 것이 거짓말 같게도 옥이는 한두 걸음 떨어져 뒤를 따른다.

먹고 싶은 것 있네?

주룡은 옥이가 듣지 못할까 봐 목청을 높여서 묻는다. 옥이의 대답은 조금 늦다.

커피 한잔 먹어보고 싶소.

카페에서 옥이는 주룡이 커피를 처음 마셨을 때와 똑같은 표정을 짓는다. 마주 앉아 천천히 담소라도 나눌 생각이었건만 옥이가 약 들이켜듯 홀랑 마셔버려서 앉자마자 일어나야 할 판이다.

커피값을 치를 때도 옥이는 처음 주룡이 그랬던 것처럼 사색이 된다.

짐짓 덤덤하게 옥이에게 이것저것 알려주고 이까짓 정도는 여유가 있다는 듯 커피값을 치르는 주룡도 처음 커피를 마신 건 불과 몇 달 전이고 옥이보다 겨우 두세 잔 많은 커피를 마셔보았을 따름이다. 그런 것은 옥이에게 들키지 않은 채로 그저 우러를 수 있는 형님이고 싶다. 그건 옥이가 동무들 사이에서 눈에 띄고 싶은 허영하고 크게 다른 마음도 아닐 것이다. 이런 생각을 조금 더 일찍 하고, 내 마음이 이러하노라 옥이에게 더 일찍 말할 수 있었다면.

배를 타고 강을 건너 동리로 돌아간다. 집에 닿아 털레털레 제 방으로 돌아가려는 옥이를 돌려세운다.

오날만은 같이 자자.

옥이는 머뭇거리며 방에 들어온다. 주룡은 보자기로 싸두었던 물건을 꺼내 옥이 앞에서 편다.

한번 신어보라.

옥이 발이 몇 문인지 잘 모르는 채로 이만하면 신겠거니 하고 제 발보다 조금 작은 것을 집어 온 것이다. 옥이는 가만히 그것을 보다가 일어나서 선선히 발에 꿴다.

꼭 맞네.

옥이의 말이다. 꼭 맞기는, 뒤여밈이 터지도록 잡아당겨 억지로 뒤꿈치를 욱여넣고는. 앞으로 더 클 것을 생각해서라도 조금 큰 신을 고를 것을 그랬구나. 주룡은 이 말을 소리 내서 하지 못하고 삼킨다. 시집갈 때 어머니가 해준 신 생각이 문득 난다. 언제 어디다 두고 왔는지도 잊었지만 발에 남지도 않게 모자라지도 않게 꼭 맞던 신. 왜 주책없이 그 생각이 이제 난담. 욱욱 올라오는 목울음을 연신 삼키며 주룡은 스스로를 다그친다.

형님 미안해.

머이가 미안하니.

형님 이바구 함부로 하고 다닌 거이랑, 제때 미안하다 못 한 거이랑…….

미안하면 무르려니? 기숙사 들어가는 거.

이미 약조한 거를 어드렇게 무르오.

기래. 해본 말이다. 일없어.

주룡은 한숨을 쉬며 이부자리를 편다. 옥이는 우물쭈물 따라 앉는다.

형님, 나 아조 가는 거 아이오.

안다. 일찍 눕자.

미안해.

머이가 자꾸 미안하다구 야단이래.

주룡은 자리에 벌렁 드러눕는다.

옥이 곡조나 한 자락 듣자.

옥이는 망설이는 듯하더니 윤심덕의 노래를 부른다. 울음소리에 가락이 요동친다.

쓸쓸한 세상 험악한 고해에 너는 무엇을 찾으려…….

옥이는 노래를 끝까지 부르지 못한다.

잠결에 주룡은 옥이가 일어나는 기척을 느낀다. 부러 뒤척여 옥이에게 등을 보이고, 옥이가 아주 나가기까지 잠든 척한다. 옥이는 조금 꾸물거리다가 이불을 끌어 주룡의 어깨를 단단히 덮어주고 나간다. 주룡은 도로 돌아누워 옥이가 누웠던 자리를 더듬는다. 희미하게 꺼져 있던 요가 주룡의 손길을 따라 펴진다.

또 동무를 하나 잃었네.

이상할 만큼 아무렇지 않은 가슴을 주룡은 어루만진다. 윗가슴에서 돋아난 뼈들이 선명하게 손에 집힌다. 우리처럼 생긴 뼈 안에 뭔가 갇혀 있다는 생각이 든다.

3

라가아돌 로으집 者 는않 지하일

이웃 공장 담벼락에 가로로 길게 쓴 걸개가 걸려 있다. 주룡은 출근길에 잠시 멈춰 서서 글씨를 띄엄띄엄 읽는다.

일…… 하지…… 않…… 는…… 자, 집…… 으로…….

하나 마나 한 말을 뭐 하러 저렇게 크게 써놓았나. 곰곰이 생각자니 요사이 파업 바람이 불어 공장 지대 곳곳에 노는 업장이 적지 않다. 파업 인파를 겨누어 쓴 말이로구나. 주룡은 그제야 납득하고 고개를 끄덕인다.

파업한 다른 공장 직공들은 집으로 가지 않는다. 제 공장 근처에 진을 치고 요구 사항을 목 놓아 외치는 게 일이다. 주룡도 그렇거니와, 주룡의 동료들 중에는 아직 노동조합에 가입한 이가 없다. 이따금 노동조합 소식 따위가 화제에 오르는 일은 있지만 관리인들 눈치에 흐지부지 중단되고 만다.

하고한 날 파업이래니 공장에 모다가 아니 돌아 녹이 슬어 어데 쓰간? 뉘간 나가서 기계를 촘 돌려주어야 돌아가도 할 일이 있지.

아침에 본 걸개 글귀 이야기를 하니 홍이 형님이 핀잔 조로 말을 얹는다. 홍이 형님은 파업이나 노조 활동 따위를 썩 달가워하지 않는 사람 가운데 하나다.

그치들 다 공장에 일이 없기로 그러는 거이야. 우리 공장만 하여도 예넌 그, 대공황이라나? 기 풀에 일이 퍽 줄지 않았네. 뉘기는 한 달 내리 출근하고 뉘기는 주 이삼 회만 출근하여 돈 같지도 않은 돈 받고. 공장이 아조 놀기도 일쑤고. 애초 일도 없나니 파업하면 봉급 한 푼도 안 줘도 되어서 공장주들은 노났겠고나야.

가만 듣자니 홍이 형님의 말이 다 맞는 것 같다. 파업이고 뭐고 하나 마나 한 수작에 다들 진을 빼고 있는 게 아닌가 하는 생각이 든다. 그렇지만 역시나 홍이 형님도 공장 경영진에 불만이 있는 것은 마찬가지 아닌가.

기러면 홍이 형님 같으면 어드렇게 할라구?

내래 공장주라믄 싹 자르구 직공 새로 뽑아 일 갈치지.

참 공장주 타고났다, 타고났어.

장부 최고참인 홍이 형님이야 숙련공 중의 숙련공이라 큰 걱정이 없겠지만 경력이 일이 년 될까 말까 한 애기 직공들은 입장이 다르다. 다른 공장들도 사정이 다 마찬가지니 이직을 생각할 수도 없다. 그나마 배합부나 롤러부 등 다른 부서나 관리직에 근무하는 남직공들은 매일 출근이 보장되어 있고 남자라고, 가장들이라고 쉬이 자르지도 않지만, 장부에서 일하는 여자들은 홍이 형님 말처럼 얼마든지 갈아치울 수가 있다. 전이라면 소곤소곤 이야기꽃을 피워가며 일했을 직공들이 정말 해고당할까 봐 겁이라도 나는 듯이 숨을 죽이고 작업에 몰두한다. 노상 시빗거리를 찾아다니던 작업반장조차 요새는 잠자코 제 할 일만 한다.

어김없이 단축 근무다. 이달 들어서는 점심도 주지 않고 집으로 돌려보내는 일이 아예 당연한 것처럼 되었다. 웬일인고 싶은 점이 있다면 평소에는 코빼기도 안 비치던 공장장이 퇴근 전 몸소 들르더니, 직공들을 한데 모아놓고 훈시를 한 것이다. 임금 감하를 선언할 때도 직접 공장에 오지는 않았던 위인이다. 기왕 일찍 끝난 거 집에 돌아가서 집안일이라도 착실하게 돌보고 싶은 여공들에게는 영 귀찮고 짜증 나는 짓일 수밖에 없는데 그 내용은 더욱 황당한 것이었다. 직공들끼리 세 사람 이상 몰려다니는 것이 적발되면 앞으로 불이익이 있을 거라는 반협박.

머인 흰소리네? 서넛이서 팔짱 끼고 다니면 경찰에 고발이라도 할라구? 공장 문간 나서면 내 자유지.

아침에는 말 안 듣는 사람 다 자르고 새로 뽑아야 한다던 홍이 형님이 제일 큰 소리로 투덜댄다. 자기가 한 말처럼 주룡과 삼이의 옆구리에 보란 듯이 제 팔을 낀 채다. 삼이의 품에는 젖먹이까지 딸려 있으니 머릿수로 치면 네 사람이다.

하다못해 변소에 가더래도 두셋씩 같이 다니누만 제깟 놈이 머인데 이러라저러라 하느냐 말이야.

셋씩이나 몰려다니면 우리 공장에두 노조 생길라는가 아조 염려가 되시는 모양이지.

주룡은 부러 목소리를 돋우어 비아냥거린다. 삼삼오오 무리를 지어 퇴근하던 여공들이 주룡의 말을 듣고 웃음을 터뜨린다.

한데 참말 우리 공장은 파업 안 하는 기야?

우에 우리 공장까지 파업을 한다니?

고저 피양의 고무 공장 직공이라믄 전원이 파업에 참여하여 단결된 뜻을 모아 어쩌구, 그러더라마는.

삼이가 어떤 목소리를 그럴싸하게 흉내 내어 말한다. 공장 지대 빈터에서 아침마다 집회가 있다. 그쪽으로부터 들려오는 목소리가 꼭 그런 내용이다.

딴 공장 파업할 적에 우리 공장만 일하면 이득이 아니니? 가뜩이나 임금 감하되는 마당에 하루라도 더 바지란하게 나가서 일을 하여야지.

아닙네다. 공장주들의 뜻에 고분고분 따르는 것보다야 우리의 요구를 공장주들이 듣게 하는 것이 종내에는 더욱 이득이지요.

홍이 형님의 말에 뒤에서 누군가 불쑥 끼어든다. 행색을 보니 근처에서 노숙 농성을 벌이는 노동조합원인 듯하다. 지치고 초라한 몰골이지만 눈만은 형형하여 조금은 미친 사람 같기도 하고, 어쩐지 저항할 수 없는 힘이 있어 보인다.

우리의 요구라는 것이 메인데요? 내 언시에 그쪽이 말하는 우리에 들어갔습데까?

홍이 형님은 경계하며 주룡과 삼이에게 낀 제 팔에 힘을 준다.

노동하는 사람들끼리는 다 노동하는 우리들이지요. 공장주에게 머이 바란 적이 전연 없습네까?

내래 돈 제때 잘 쳐주고 손찌검 안 하면 일없습네다.

우리의 요구가 그와 같습네다. 임금 안정과 노동자의 인격 대우가 우선이고요. 유급 출산휴가, 즉 애 낳아 몸 풀 동안에 집에서 쉬면서도 봉급을 받는 것 또한 우리의 요구에 포함되어 있습네다.

말을 건네온 이는 삼이 품에 안긴 애를 바라보며 말한다. 삼이는 애를 들쳐 안고 묻는다.

애 낳는 기는 내 가정의 일인데, 가정에서 일두 안 하구 어드렇게 돈을 받습네까?

기거이 당연한 권리인데 여태 우리가 모른 거입네다.

야, 가자. 인제 보니 순 사기꾼 같다야.

홍이 형님이 마소의 재갈을 끌듯 팔짱 낀 양팔을 끌어당긴다. 주룡도 삼이도 움직일 생각이 없다. 파업단 단원은 빙긋 웃는다.

단축 근무 하셨지요? 저를 따라오시라요. 기거이 어드렇게 우리의 권리인지, 우리가 총파업으로 머이를 요구하는지 소상히 설명해드릴게니.

천막 안에는 대략 오륙십 명이나 되는 사람이 먼저 들어와 앉아 있다. 드문드문 남직공도 끼어 있으나 한 손으로 꼽을 만큼이고 나머지는 죄 주룡과 같은 여공들이다. 흰 저고리 검정 치마를 입은 고무 공장 직공들이 늘어놓은 주먹밥같이 앉아 기다리고 있는 것이다. 주룡은 문득 작업반장이 여기 와 있는 것을 상상하고는 진저리를 친다.

나 소피보고 싶소.

홍이 형님이 엉덩이를 뒤로 슬슬 빼며 말한다. 주룡 일행을 데려온 파업단원이 홍이 형님의 소맷부리를 잡는다.

변소 어데 있는지 알랴드릴 터이니 같이 가십세다.

아닙네다. 들어갔쇠다.

혼자 빠져나갈 궁리였는지 홍이 형님은 내키지 않는 얼굴로 앉는다. 얼마나 많은 사람이 밟고 뭉갰는지 다 헐어 맨바닥이 들여다보이는 돗자리에 주룡은 마음이 쓰인다. 홍이 형님이 앉을 자리의 흙먼지를 손으로 쓸어내고 있자니 사람들이 손뼉을 쳐댄다. 나무 궤짝을 엎어 임시로 만든 연단에 누군가 올라간 것이다.

반갑습네다, 동지들! 피양노동총동맹의 고무공 강덕삼이올세다.

느닷없이 동지들이라는 말을 들은 순간 주룡의 가슴이 찌릿하니 울려온다. 동지라는 말을 얼마 만에 듣는 것인지 가물가물하다.

금일 이 자리에는 우리 파업단에 막 가입한 동지도 있고, 이미 파업단 교육에 몇 번이구 참여하여 수없이 들었던 이야기를 다시 듣고자 오신 동지도 있고, 안즉은 우리 총파업에 동참할 의사가 없는 분도 계십네다. 동맹에 가입할 의사가 없으신 분들이라도 일없습네다. 금일은 고저 총파업이 어드런 의미가 있는지만 알고 돌아가셔도 족합네다. 우리는 이미 총파업을 예고하였고, 피양 시내 고무 공장 이천삼백 동지의 결의를 모아 행사할 일자가 정해져 있습네다.

평양에서 고무공업에 종사하는 여자가 이천삼백 명이나 된단 말인가. 주룡은 그 수만 듣고도 뜻 없이 심장이 퉁탕거리는 것을 느낀다.

금일 새내기 파업단 교육을 듣고 마음이 동하는 분들은 즉석에서 가입 원서에 지장 찍어 내시라요. 가입하지 않아두 좋쇠다. 예까지 오는 거이두 큰 결의와 용기가 따르는 일이었을 게이니 이미 우리는 모두 동지입네다. 노동하는 모두가 동지입네다.

강덕삼은 다시 한번 큰 박수를 받으며 연단에서 내려가고 둥근 안경을 쓴 남자가 이어 연단에 오른다. 안경쟁이는 쑥스러운지 안경다리를 만지작대며 두리번거린다. 본래는 검정이었겠으나 오래 입어 잿빛으로 바랜 두루마기를 입고 있다. 강덕삼이 저와 같은 고무 공장 여직공이어서 친근한 한편으로 힘 있는 어조 때문에 어쩐지 우러르게 되는 면이 있었다면 다음으로 나온 남자는 인텔리 같으면서도 입을 떼기도 전부터 벌써 어수룩해 보이는 것이 재미있다. 다른 파업단원들이 큰 종이를 한 장씩 뒤로 넘겨 보이는 걸개를 연단 곁에 끌어다 놓는다. 어릴 적에 학교에서나 보던 것이다. 반가워서 주룡은 홍이 형님의 옆구리를 팔꿈치로 쿡 찌른다. 죽을상을 하고 앉은 홍이 형님은 주룡의 팔을 밉살스럽단 듯이 쳐내지만 아까처럼 빠져나갈 눈치만 보고 있지는 않다. 그런 홍이 형님 때문에 웃음이 나려는 것을 꾹 참으며 주룡은 다른 편에 앉은 삼이에게 눈길을 준다. 홍이 형님 좀 보라고 귀띔해 주려는데 삼이가 전에 없이 진지한 얼굴로 앞을 바라보고 있다.

예넌 세계 경제 대공황을 시작으로 말문을 연 남자는 걸개 종이를 몇 장 넘겨 파업단의 노동조건 개선 요구안에 대한 이야기를 시작한다. 주룡과 동료들을 여기 데려온 단원의 말대로 요구안에는 출산휴가 이야기까지 포함되어 있다. 중간중간 주룡은 홍이 형님과 삼이의 안색을 살핀다. 삼이의 눈에는 눈물이 고여 있다. 저고리를 걷어 칭얼대는 젖먹이에게 몸을 물리면서도 삼이는 앞의 연단으로부터 눈을 떼지 않는다. 천막 안에는 삼이처럼 애를 안고 있는 여자들이 열 명도 더 있다.

교육이 끝나자 파업단 간부들이 신규 가입 희망자에게 가입 원서를 돌린다. 삼이가 번쩍 손을 든다. 시원하게 지장을 찍고 내친 김에 가입 소감 발표까지 한다. 애를 안은 삼이가 나가서 연단에 서자 다른 사람들이 섰을 때보다 더 큰 박수가 나온다.

내래 여태 애를 낳아서 일을 못 나가면 돈 못 받는 것을 당연한 이치로 여겼습네다. 허지만 금일 교육을 배우고 알았습네다. 만일 공장주가 출산 후 유급휴가를 보장하였더래면, 나의 가정은 갓 애 낳아 죽니 사니 하는 나를 일터로 내몰지 않았을 거이고, 기러면 내래 한층 강건한 몸으로 복귀하여 더욱 근면하게 근로할 수 있었을 거입네다.

박수 소리에 삼이는 조금 쑥스러워하며 말을 멈춘다. 삼이의 볼에 눈물이 줄줄 흐른다. 삼이는 애를 낳고부터 자주 울게 되었다. 박수가 그치자 삼이는 애를 들어 힘 있게 안는다.

금일 조합에서 배워준 바로는 우리 파업단의 요구에서 열예닐곱 번째나 되어야 출산휴가 이야기가 나옵네다. 내래 이거이 좀 섭섭한 거 말구는 다 내 마음만 같아서 아조 유익한 배움이었습네다. 내 둘째 낳을 때는 틀림없이 유급휴가를 받을 거입니다.

혼례를 치르고 거의 곧장 취직했다는 삼이는 한동안 애가 안 선다고 고민이 많았다. 달거리가 원체 고르지 않아서 애가 잘 안 드나 보다 하는 것이 홍이 형님의 말이었고 애는 가져본 적 없지만 주룡도 그 말에 고개를 끄덕였다. 비위가 약한 삼이가 어쩌다 찐 고무 냄새가 역하다고 헛구역질이라도 할라치면 드디어, 하는 눈치로 모두 바라보고 삼이는 고개를 살래살래 젓기 일쑤. 이대로 계속 애가 안 서면 첩이라도 들이니 마니 한다며 삼이는 웃기도 했다. 그 집안 꼬라지에 첩이 가당키나 한가? 주룡은 이렇게 말하는 대신 답답한 가슴을 탕탕 쳤다.

삼이네서 돈을 버는 사람은 삼이밖에 없다. 삼이 남편 손위아래 누이들은 전부 출가외인이 되었고, 삼이의 남편은 끝에 아들이라고 노모를 모시는데, 딱히 집안일을 하는 것도 아니면서 나가 돈을 벌 궁리도 하지 않았다. 지참금 조로 친정에 돈을 제법 쥐여주었다 하여서 내가 그래도 형편이 좀 괜찮은 집구석으로 가는구나, 안심했던 삼이는 혼인을 치르고서야 그 돈이 이 집의 마지막 밑을 구석이었음을 알았다. 소 한 마리 살 돈보다 헐한 값을 가지고 저를 산 것이다. 새끼도 치고 일도 해줄 소 비슷한 것을.

혼례 치르고 며칠 내내 이제 어쩌나 하다가 공장에 나오니 차라리 살 것 같았다고 삼이는 말했다. 집구석에서 아무것도 하지 않는 시모에게, 남편에게 새 모이처럼 쪼이는 것보다야, 나와서 일도 하고 또래들하고 사귀고 하는 게 훨씬 나았다.

돈 벌고 집안일 하는 것으로 제 할 도리는 다 하고 있다고 여기는 중에 애 못 낳는다고 시모에게 혼이 났다. 애는 당연히 낳을 생각이었으면서도 기가 막히고 서러워지지 않을 도리가 없었다. 한 반년을 그렇게 들볶다가 시집온 지 1년 넘어갈 즈음부터는 남편도 첩 소리를 아무렇지 않게 하더라고 삼이는 웃으면서 말했다. 그러면 내가 벌어다 준 돈으로 새 여자를 사 올 셈인가? 마음대로들 하지. 왜 내가 잘못해서, 내가 부족해서 하는 수 없이 그러는 것처럼 말하는 걸까. 원래부터 그렇게 하고 싶었던 것을 슬쩍 내 탓으로 떠넘기는 이유가 뭘까.

달거리가 멈춘 지 넉 달 만에야 삼이는 이번엔 혹시, 하는 마음을 품었다. 가깝게 지내는 주룡과 홍이 형님한테만 말하려고 했는데 홍이 형님한테 말하니 온 공장에 소문이 났다. 홍이 형님은 삼이의 배를 더듬어보고 단단하다, 이번엔 틀림이 없다 기운을 북돋아주었다. 공장 일 하랴 집안일 하랴 애가 잘 버텨줄까 걱정된다 하니 손을 꼭 잡고 그랬다.

어마이가 고무 공장 일하는 것을 아니까네 아새끼두 고무처럼 찐득하게 잘 달라붙어 있을 거이니라. 우리 아새끼들도 다 그랬어.

일곱 달이나 되어서야 배가 좀 눈에 띄게 불러왔다. 그전까지는 노상 하던 대로 쥐어박고 시비를 걸기도 하던 작업반장조차 이때부터는 손을 사리기 시작했다. 삼이 애가 혹여 잘못되기라도 하면 제 탓이 될까 봐 겁이 났던 모양이다.

만삭이 되어서도 삼이는 공장이 노는 날을 빼고는 빠짐없이 출근부에 도장을 찍었다. 산달이 무르익으면서 작업량이 한두 켤레 비는 날이 이따금 있었다. 그런 날은 동료 직공들이 돌아가면서 벌충을 해주었다. 그런 날이 별히 많은 것은 아니었다.

출근하자마자 양수가 터져 집으로 갔던 삼이는 사흘 만에 반쪽이 되어 돌아왔다. 갓 낳은 애를 안고서였다. 하루라도 일찍 출근하고 싶었는데 밤을 꼴딱 새워가면서 애를 낳고 보니 까무러치듯 잠들어서, 깨어나지를 못해서 별수 없이 쉬었다고 했다. 온 뼈마디가 쇠를 물고 있는 어금니처럼 시리다면서도 한 팔에는 애를 끼고 한 팔로는 고무형을 잘도 주물렀다. 집에서 애를 보자면 돈 버는 사람이 없어 곤란하고, 갓난애를 두고 일하러 오자니 시모도 남편도 믿을 수가 없어서 데리고 왔다고 했다. 기가 막히는 노릇이었지만 홍이 형님은 삼이 같은 처지에 놓인 사람은 얼마든지 있다고 했다. 삼이도 삼이고 애기가 잘못되면 어쩌나 하니까 홍이 형님은 고개를 저었다. 팔자소관이라고.

해를 넘겨 삼이 애는 이제 두 살이다.

어쩌다 바라보면 삼이는 늘 울고 있었다. 눈이 마주치면 도리질을 쳤다. 애닯고 서러워 우는 게 아니고 애 낳을 때 하도 찌푸려 눈물샘이 고장 난 것 같다고 했다. 이 애는 간나니까 하나 더 낳자고 남편이 그러더라고 삼이는 웃으면서 말했다. 웃는 얼굴에서 눈물이 줄줄 흘렀다.

다음 날도 단축 근무다. 주룡은 삼이하고 애기해서 장부 직공들 몇 명을 더 데리고 파업단 천막에 찾아간다. 홍이 형님도 툴툴대고 꾸물거리면서도 기어이 따라와 천막 안에 들어온다. 천막 안은 전날보다 더욱 붐빈다. 주룡의 일행처럼, 전날 왔던 직공들이 제 동료들을 더 데려와서 그런 것이다.

단축 근무 하는 공장이 이래 많습네까? 이는 노조운동 하라, 파업하라 부채질해주는 거이 아니구 머입네까?

전날처럼 연단에 올라 자기소개를 한 뒤 강덕삼이 던진 농담에 좌중이 크게 웃는다.

이날로 하여 주룡은 단축 근무를 하는 날이나 아예 공장이 쉬는 날이면 매양 파업단 본부에 간다. 별히 약속하지 않고도 같은 공장 직공들을 천막 안에서 마주치곤 한다. 거의 날마다 들르면서도 아직까지 가입 원서는 내지 못했다. 진작 첫날부터 지장을 찍은 삼이나 주룡의 손에 이끌려온 동료들, 심지어 처음엔 칠색

팔색을 하던 홍이 형님까지도 가입 원서를 낸 마당에, 주룡만은 아직까지 망설이고 있다. 그 망설임이 어디에서 오는지 주룡도 모른다. 파업단 교육을 들을 때 마음이 뜨거워지고 들뜨는 것까지는 좋지만, 그런 마음으로 엄벙덤벙 덤벼도 좋은 일인가, 자꾸 저를 돌아보게 된다.

총파업 대회가 사흘 앞으로 다가온 날, 공장장이 또 와서 특별 훈시를 한다. 근래에 우리 공장 근로 직공들이 불량한 사상에 감염이 된 것인지도 모른다는 제보가 있다, 우리 공장에는 그런 일이 전연 없게끔 특별 조치를 취할 것이다. 대략 이런 조의 말이다.

아조 별 흰소리를 다 듣갔고나. 변소에서 자빠져 대가리부터 똥통에나 박히라지.

공장 정문을 나서면서 주룡이 던진 말에 삼이가 웃지 않는다. 삼이가 맞장구치며 웃을 것을 바란 주룡은 삼이의 팔을 붙들고 부러 명랑한 조로 떠든다.

특별 조치가 다 머이라니? 고작해야 금일처럼 훈시나 촘 하여 직공들 겁주는 거이 전부지 않네.

내내 낯빛이 어둡던 삼이는 주룡의 손아귀에서 제 팔을 살며시 뺀다.

룡아. 내래 오늘 파업단 탈퇴한다구 하러 가는 거이야.

갑즉스레 기거이 먼 말이야?

내래 엇그즈께 남편한테 기랬어. 파업단 하여 더 잘 살 길 찾구

자 한다구. 맨 단축 근무인데 낮에 어데 갔다가 저녁에나 기어들어오니냐구 하기에 할 수 없이 말했다. 기러니까는 이이가 신문에서 파업 가즈구 이래저래 떠드는 기를 모르냐구 길길이 뛰는 거이야.

무식한 작자로다. 야, 배운 우리가 봐주자.

주룡이 짐짓 익살을 부리지만 삼이는 끝내 눈물을 흘리기 시작한다. 걸핏하면 울곤 하는 애지만 이 눈물은 그것들과 다르다는 것을 주룡은 알아본다.

공장주 특별 조치라는 것은 어제 이미 단행하였다. 어즈께 집에 공장 사무 보는 이들이 와서 이 집 여편두 파업에 가담할 거냐구 물어보드라. 파업에 가담하면 해고라구 하니까는 남편이 파업만 했단 보라 이혼을 할 거이다, 으름장을 놓지 않간.

주룡은 펑펑 우는 삼이가 안타까운 한편, 방금 들은 이야기에 헛웃음이 나는 걸 참기 어렵다.

기거이 먼 말이니. 기래, 차라리 이혼하라. 느 집에 사람 구실하는 사람이 삼이 네 말고 또 있네? 이혼이 뉘기 득인데 기러니?

이혼하면 내 애를 빼앗길까 봐 무섭다. 파업하다 이혼당한 여자라구 손가락질받을 것도 무섭구야.

별걱정을 다 한다, 하려다가 주룡은 입을 다문다. 그러는 저도 젊은 과부 년이라 사람들이 숙덕거릴 것이 겁나 감히 눈에 띄는 일은 하지 못하는 처지. 달랠 말을 찾느라 고심하는 동안 삼이는 울음을 잘 그치지 못한다.

가입한 지 달포도 아니 되얀 거이 탈퇴한다구 하난 것두 부끄럽지마는 내래 돈 버는 것두 가정 때문인데 내 권리 중하다고 가정을 지키지 못하면 어쩌나 하여 겁이 났다. 우터하니. 우터하면 좋갔니.

야, 정신 차리라. 너 머이를 잘못했다구 이리 울어. 나 보라. 날 보아.

주룡은 삼이의 양어깨를 단단히 쥔다. 삼이는 우느라 자꾸 감기는 눈꺼풀에 힘을 주어 주룡을 마주 본다.

네 나가면 내 들어갈란다. 그럼 되지 않간. 네 대신으루 내래 노동운동 아조 끝장을 볼라니.

한 사람 나가구 한 사람 들어가는 거이 머 기렇게 큰 차이가 있니?

차이가 크다. 내래 보통 단원이 되지 아니할 거이간. 삼이 니, 내 우에 계속 가입 미뤘는디 모르갔어? 내래 일생을 걸 결심이라야 가입하는 거이 마땅하다 여겨서 여즉 가입 안 한 거이야. 기런데 니가 나간다니 내가 들어가지 않구 배기갔니. 내 니 때문에 조합 들어가는 거이구, 니가 나 가입시킨 거이다.

삼이가 울음을 그쳐간다. 주룡은 저 스스로도 무슨 소리인지 모를 궤변을 신나게 주워섬긴다.

네 한 사람 나가구 내 한 사람 가입하는 거이 아이디. 내래 일당백 일당천 할 거이니까네, 삼이 네 덕에 파업단에 백 명 보탬 되구 천 명 보탬이 된 거이다. 알갔어?

뭘 알겠다는 것인지 삼이는 고개를 끄덕인다. 끄덕이면서도 어안이 벙벙한 얼굴이다. 기세를 몰아 주룡은 삼이 손목을 붙들고 파업단 농성장으로 데려간다.

가입 원서 한 장, 탈퇴서 한 장 날래 주시기요.

가입이면 가입이고 탈퇴면 탈퇴지 두 서식을 동시에 달라는 주룡의 말에 파업단 간부가 갸웃거린다. 가입 원서에 서명하고 지장을 찍으면서도 주룡은 계속 삼이의 안색을 살핀다. 삼이도 어찌어찌 탈퇴서에 지장을 찍고는 주룡이 하는 양을 보고 있던 참이다. 주룡은 가입 원서를 펄럭펄럭 흔들어 보이며 씩 웃는다.

이날의 조합원 교육에는 인근 제사 공장 노동조합 지부장이라는 아이가 나와서 연대 발언이라는 것을 한다. 주룡은 삼이 손을 붙들고 옥이 생각을 하며 교육을 듣는다. 지부장이라고 해봐야 옥이보다 두 살이나 더 먹었을까 싶은 새파란 아이다.

대다수 공장주가 조선 사람인 고무공 업계와 다르게 우리 제사 업종은 대부분이 일제의 자본으로 되야 있습네다. 즉 우리 제사업계의 노동자들은 절대다수 간나라는 점, 기것두 어린 간나라는 점에 더하여 촘만 봉기할라치면 일제 경찰들이 감시하고 압박하는 삼중고 속에 이렇다 할 저항을 펴기가 어려운 실정입네다. 아모리 어리다 하여도 내 노동의 가치를 아는 어엿한 노동자들인 우리를 모다 등신으로 여기는 듯이, 지난달보다 더 부리고 돈을 덜 주고, 학교 교육을 배워주며 기숙을 친다며 데려다 놓고는 교육비, 기숙비로 돈을 떼먹곤 쥐똥이 섞인 밥을 줍네다. 손 무좀이 걸리고 영양부족으루 병동에 입원한 동무들이 수십 수백이고만, 어차피 시집가면 잠사는 관두구 고무공 될 거이 아니냐며 헐하게 대접하는 것도 저들의 수법입네다. 우리 일에는 어차피 숙련공이 필요 없으니 쓰고 버리면 고만이다 이 말이디요.

고무공 이야기가 나오자 좌중에서 박수가 터져 나온다. 손뼉을 칠 이야기인지 헷갈려 하며 주룡도 손뼉을 딱딱 부딪친다.

기렇소. 우리도 우리가 장차 고무공 될 수가 훤하다는 것을 잘들 알고 있습네다. 공녀가 커서 공녀 되지 않구 머이가 되갔습메. 기러매 이 자리 계신 동지들, 형님들이 바로 우리의 미래입네다. 형님들의 승리가 바루 우리의 승리인 고로 우리 잠사 동지들도 형님들의 총파업을 힘 모아 뜻 모아 지지하고자 합네다.

다시 한번 큰 박수와 환호가 터져 나온다. 주룡도 이번에는 열광적으로 손뼉을 친다. 곧 시집이나 가면 알맞을 처녀애라고만 여긴 것이 부끄럽다. 제 처지와 입장을 일찌감치 알고 먼저 권리를 찾아 나선 면에서는 저보다 훨씬 큰사람이라는 생각마저 든다. 힘들지 않냐고 물을 때마다 매양 일없다고만 하던 옥이 생각도 지울 수 없다. 여태껏 자기가 무엇을 망설였는지 모르겠다. 제 온열과 성을 다 바쳐 파업에 참여하는 것이 삼이를 위하는 길이고 옥이를 위하는 길이며 저 자신을 위한 길인 것을 왜 몰랐을까.

이어 신입 조합원이 결의 발언을 발표할 차례가 된다. 주룡은 양손을 번쩍 들다 못해 아예 벌떡 일어나서는 나오라 지시하기도 전에 앞으로 성큼성큼 나간다.

반갑습네다, 동지들. 평원 고무 공장 장부공 강주룡이 인사 드립네다. 내래 차기 평양고무직공조합의 장이 되려구 가입했습네다.

순간 고요해졌다가 일순간에 웃음과 박수 소리가 터져 나온다. 웃고 있는 그들 사이에서 삼이의 얼굴이 유독 환하게 보인다. 주룡은 쑥스러우면서도 의기양양해져 말을 이어간다.

기실은 내래 모단 껄이 되는 거이 꿈이었습네다. 아이디, 안즉도 모단 껄 되구자 하는 꿈은 저버리지 못했시요. 기래도 인제는 파업단에서 선봉이 되는 거이 나의 바람입네다.

저건 뭐 하는 물건이냐, 하는 조로 웃음소리가 더욱 커진다. 나잇살은 집어먹곤 철이 덜 나서 허풍 떠는 여편네, 또는 앞에 나서서 좀 웃겨보자고 나온 사람으로 보이리라.

우에 웃으십네까들? 근로하는 고무 직공은 모단 껄 못 하란 법이 있습데? 내 일 막 시작하였을 적에 우리 반장이 내 머리채 잡구 뚜드려 패면서 그랬습네다. 모단 껄은 학생 아이면 기생이라고. 모단 껄 할라면 저하구 자유연애 한번 하자구 드런 소리까지 하였습네다.

내 배운 것이라군 예서 배워준 교육밖에 없는 무지랭이지마는 교육 배워놓으니 알겠습데다. 여직공은 하찮구 모단 껄은 귀한 것이 아이라는 것. 다 같은, 사람이라는 것. 고무공이 모단 껄 꿈을 꾸든 말든, 관리자가 그따우로 날 대해서는 아니 되았다는 것.

좌중은 고요해진다. 누군가 손뼉을 치기 시작한다. 조용히 시작된 박수 소리가 점점 커진다. 주룡은 박수 소리가 잠잠해질 때까지 기다리며 목으로 올라오는 울음의 기미를 누른다.

금일 내래 가입하고 내 이웃하여 일하는 내 동지, 내 동무가 탈퇴하게 되었습네다. 연고를 아십네까, 동지들. 우리 공장주가 동무의 가정으로 사람을 보내 파업단을 나오지 않걸랑 이혼을 당하게끔 수작을 부렸다구 합데다.

우리도 기랬소.

우리도 당했습네다.

곳곳에서 말들이 솟는다. 주룡은 삼이가 울먹이는 것을 본다.

생각거니 저들은 우리를 사람으로 여기지 않는 거이 분명합네다. 우리가 사람인 것을, 그것도 저들보다 강한 힘을 가진 사람들인 것을 우리 손으로 보여주자면 저 강덕삼이 형님이 말씀하신 바와 같이 우리의 단결된 뜻을 총파업으로 보여주어야 됩네다. 내래 이레인가 여드레인가 조합원 교육 배워놓은 거이 다인 햇병아리지마는 감히 힘주어 다시 말하고자 합네다. 총파업 선봉에 이 강주룡이가 설 것입네다.

내 동지, 내 동무, 나 자신을 위하여 죽고자 싸울 것입네다.

4

총파업 대회는 축제와 같이 치러진다. 멋 부려 쓴 걸개를 줄지어 서서 들고 공장 지대를 행진하고, 어느 동리에서 지고 온 것인지 북과 꽹과리에 옷까지 사당패처럼 차려입은 조합원들이 연신 흥을 돋운다. 인력거는 또 어디서 난 것인가. 행진 대오 곳곳마다 파업단 간부들이 자전차 인력거 위에 올라 구호를 외친다.

고무 직공 요구 앞에 공장주는 자진하라
이천 직공 하나 되어 파업 투쟁 승리하자
일하지 않는 자 먹지도 말라
자본가여 먹지도 말라

주룡은 얼른 인력거 앞으로 달려가 묻는다.

시방 외친 구호가 머인 뜻임메?

기실은 야소쟁이들이 보는 성서에 있는 말이랍데다. 일을 한만큼 권리가 있다는 거이지.

알려주어 감사합네다.

주룡은 제 공장 근처에 달려 있던 걸개의 말을 떠올린다. 일하지 않는 자 집으로 돌아가라, 이제 보니 공장주, 자본가가 그 말을 훔쳐가려 한 게로구나. 정말로 일하지 않는 자는 저 자신이면서 파렴치하게도.

〈국제가〉를 부릅시다, 동지들.

국제국제 국제가, 하는 선창을 시작으로 조합원 교육에서 배운 〈국제가〉를 부르며 행진이 계속된다.

일어나라 저주로 인 맞은 주리고 종 된 자 세계
우리의 피가 끓어넘쳐 결사전을 하게 하네
억제의 세상 뿌리 빼고 새 세계를 세우자
짓밟혀 천대받은 자 모든 것의 주인이 되리

조합원 교육에서 배울 적에는 많아야 예순 명이 잘 모르고 웅얼웅얼 입속말로 부르던 노래를 이제 수백 명이 다 외워서 부르니 절로 가슴이 뜨거워진다. 이 수많은 사람들이 다 함께 입을 모아 같은 노랫말을 부른다는 것이, 노래를 부르는 동안만은 한뜻이 된다는 것이 벅차고 감격스러워 눈물이 날 것만 같다. 〈국제가〉는 조선만이 아니라 전 세계의 모든 노동자들이 부르는 노래라고 했다. 이 노래를 부를 때만은 작은 나라의 작은 공장의 보잘것없는 여자 직공 하나가 아니라, 세계 모든 노동자와 어깨동무를 한, 그들 모두와 마찬가지로 위대한, 평등한 한 사람이 된 것 같은 실감이 든다.

다음 노래는 〈고무 공장 큰아기〉다. 간혹 〈국제가〉를 다 외지 못한 사람은 있을지라도 〈고무 공장 큰아기〉를 모르는 사람은 없다. 평양 사람이라면 삼척동자라도 다 부르는 노래다.

이른 새벽 통근차 고동 소리에
고무 공장 큰아기 벤또밥 싼다
하루 종일 쭈그리고 신발 붙일 제
얼굴 예쁜 색시라야 예쁘게 붙인다나

끝내 눈물이 터져 흐른다. 설움에서 나는 눈물이 아니라서 부끄럽지도 않다. 울고 있는 사람이 주룡뿐인 것도 아니다.

공장 지대를 다 돌고 출발지였던 빈터에 다시 집결한다. 강덕삼을 비롯한 평양노동총동맹 고무지회의 간부들이 연단에 올라 인사를 한다. 파업 선전지가 돈다. 등사기로도 찍고 손으로도 쓴 종이에는 총파업 첫날부터 어제까지 시내 공장 십여 곳의 천오백 직공들이 파업에 참여하였음을 치하하는 말과 주요 구호들, 스무 개 조항 요구안이 쓰여 있다.

주룡은 짜릿한 승리의 예감에 도취된다. 오늘 모인 직공이 대략 천 명이라는데, 막말로 이 사람들이 공장주들을 한 대씩 쥐어

박기만 해도 대가리가 깨지지 않고 배기겠는가. 엉뚱한 공상을 하며 킥킥 웃기까지 한다.

대회 해산 이후 집으로 돌아가는 걸음도 기껍다. 교섭이 진행되어도 공장주들이 요구안을 수용하는 데까지 얼마나 걸릴지 모르고 그때까지는 꼼짝없이 무수입으로 버텨야 하겠지만 요구안이 수용되기만 하면 그 후로는 훨씬 일하기가 좋아질 것이니 상관없다. 그리 오래 걸리지도 않을 것이다.

집에 들어서니 못 보던 사람이 사립간에 서 있다. 테 굵은 안경에 반소매 와이셔츠, 멜빵바지, 검붉은 색 에나멜 구두. 시내에서 길을 잃어 예까지 왔나? 아무리 보아도 옥이네 집하곤 어울리지 않는 행색이라 주룡은 고개를 갸웃거린다. 옥이 아버지 아는 사람인가? 낯선 사람을 보고도 짖지 않는 옥이네 개는 눈을 뒤룩뒤룩 굴리며 마당을 빙빙 돌고 있다.

저 말씀 좀 여쭙시다. 강주룡 씨 만나러 왔는데 집 주소가 여기가 맞소?

집으로 들어가려던 주룡은 남자의 부름에 멈춰 선다.

강주룡이 머인 일로 찾소?

남자는 쥐고 있던 종잇조각과 집과 주룡을 번갈아 한 번씩 쳐다보고 말한다.

평양노동총동맹 고무 공장 파업에 참여한다고 들었는데…….

경찰이오?

주룡이 경계하며 묻자 남자는 난처해하며 웃는다.

경찰보다는, 뭐랄까. 강주룡 씨를 모시고 싶어서 온 것이 맞기는 한데. 체포는 아니고.

내가 강주룡이오.

주룡은 퉁명스럽게 내뱉는다. 자기소개를 이렇게 불친절하게 해보기는 또 처음인 듯하다. 남자는 주룡의 얼굴을 얼마간 뚫어져라 바라보다가 너털웃음을 짓는다.

이름만 듣고 영락없이 남직공인 줄 알았건만.

그짝 함자는 얼마이나 잘났기로 남의 이름 듣고 웃으시기요?

주룡이 쏘아붙이자 남자는 웃음을 그치고 목을 가다듬는다.

실례했소. 나 정달헌이라는 사람이오. 조선공산당에서 노동조합 연구합니다.

노동조합은 기양 하는 거이지, 연구하는 게 아니지 않습네까?

주룡이 미심쩍어하며 대꾸하자 정달헌은 이름을 들었을 때보다 더욱 큰 소리로 웃음을 터뜨린다.

옳소. 하여간 이름도 성품도 걸작이군요. 듣던 대로요.

남의 이름 웃음거리 삼지 마시기요. 두루 주에 용 룡 자입네다. 내 한 몸으로 이 세상 다 안아주는 용이 되라는 이름입네다.

언젠가 전빈이 들려준 이름 풀이를 떠올리며 주룡은 말한다. 달헌은 다시 한번 헛기침을 하며 목을 가다듬는다.

미안하오. 용건은 이게 아닌데.

일없으니까네 용건이나 날래 말씀하시구 가주시기요. 뉘기 볼까 무서우니도.

아, 그렇군요. 남편분이 보시면 오해를 살 수도 있겠군.

주룡은 눈을 희게 뜨고 달헌을 노려본다. 이 새끼가 잘도 남 속 긁는 소리만 골라서 하누나. 인텔리처럼 차려입었기에 호기심에 말 몇 마디 섞어보고자 한 내가 잘못했다. 내 죄다.

어데서 머인 이바구를 듣고 왔는가는 몰라두 내래 그짝하구는 더 할 말이 없는 것 같소.

이봐요, 곤란하기는 나도 마찬가집니다. 아직 노조 없는 공장에 조직할 만한 걸출한 인물이 있다기에 만나보려고 왔더니 웬 아주마이가 있으니 난들 당황 안 했겠소?

그래 밸 볼 일 없는 아주마이하구 말장난 놀 시간에, 거 가서 노조 연구나 하시라요.

방으로 쓱 들어가버리는 주룡의 뒷모습을 달헌은 엉거주춤 바라본다.

노조 연구 말고 이제 결성하려고 온 거요. 강주룡 씨를 모시고.

나는 이미 소속된 단체가 있으니 일없시요. 딴 데 가서 알아보시라요.

닫힌 방문을 사이에 두고 달헌과 주룡은 한마디씩 주고받는다. 이윽고 조용해진다. 갔나, 하고 방문을 슬쩍 열어보니 아무도 없다. 옥이네 식구들이 그 꼴을 못 봐서 다행이다 싶은 한편, 하도 느닷없고 뜬금없는 일이어서 누구 증인 될 사람이 한 명쯤은 있었으면 좋았으련만 하는 생각도 든다.

잠들 때까지 주룡은 낮에 제 속을 뒤집어놓고 간 인텔리 남자에 대한 분을 삭이지 못하고 씨근거린다. 더 그럴싸한 말로 코를 아주 납작하게 만들어줄 수는 없었을까? 아무렴, 세 치 혀로 인텔리와 겨루어 이기는 건 쉬운 일이 아닐 터이다.

대회 이후 주룡은 하루 한 번씩 꼬박꼬박 파업단 본부에 들른다. 상황 돌아가는 이야기를 듣고 집으로 돌아오는 것이 일과가 되었다.

일간지, 주간지를 막론하고 총파업을 비판하는 기사가 실린다. 대회 날의 열기가 무색하게 모두 지쳐가는 기색이 역력하다.

아직까지 파업에 대하여 이렇다 할 응답을 보내고 있지 않은 공장주들에 대한 비판 연설회가 예정되었다가 경찰의 개입으로 무산된다. 경찰의 움직임에 파업단 본부는 큰 압박감을 느끼는 듯하다. 여러 징조들이 패색을 그리고 있다.

그래도 주룡은 아직 승리를 믿고 있다.

본래 고무공업은 조선인 자본으로 이루어진 것이 보통이며 경찰은 일제의 이해관계로 움직이는 고로 이전까지는 노동조합 활동 등에 대한 이렇다 할 방해가 없었다고 한다. 경찰이 고무 직공

총파업을 주목하는 것은 이것이 단일 업종의 노동쟁의를 넘어 평양의, 조선의 모든 노동자들을 단결시킬 여지가 있는 움직임이라 파악했기 때문이다.

이제 파업에 참여하는 직공은 이천 명에 이른다.

삼이처럼 파업하다 이혼당할 처지에 놓인 부인네들이 무수하지만 그네들도 좀처럼 총파업 열기에서 달아나려 하지 않는다. 인근 다른 업종 통근 직공들이 집에서 만들어 온 먹거리를 파업단 본부에 가져다주고 저희들끼리 출연한 헌금도 전해주고 한다.

신문지상의 비판 의견 같은 것은 큰 의미가 없다. 그런 것은 어차피 책상에나 앉아 펜대나 굴릴 줄 아는 놈이 갈겨놓은 것이다. 총파업 행진 당시 지나가던 이들이 행진 대오를 향해 보내온 박수와 함성 소리가 아직도 귓전에 남아 있다.

작은 뜻을 모아서 큰 것을 만들어낼 수 있다고 주룡은 믿는다. 총파업 승리를 믿는다.

집 앞에 또 달현이 찾아와 선 것은 처음 왔던 총파업 대회 날로부터 사나흘이나 되었을 무렵이다. 이번에는 주룡이 먼저 가서 말을 붙인다.

내래 그짝이 한다는 활동에는 전연 관심 없다고 제대루 전하였던 것 같시다마는.

우리가 그날 무슨 대화를 제대로 했다고 그러시오?

달헌은 얇은 책자로 제 얼굴에 부채질을 하며 한숨을 푹 내쉰다. 8월이다. 이 더위에 여기에서 얼마나 기다린 걸까. 주룡은 약해지려는 마음을 다잡으며 다시 쏘아붙인다.

집 앞까지 아녀자 쫓아대니라구 뉘가 그럽데까. 길쎄 집 주소는 어드렇게 알았습네까? 뉘가 말해줬든 간에, 그치가 집 주소는 알려주군 과부 년이라군 말 안 해줍데까?

그래, 왜 진작에 그 얘기부터 안 했소? 그랬으면 내 바로 사과했을 것인데. 늦었지만 미안합니다. 예의를 갖추려다 도리어 큰 실례를 범했소.

미안하다는데 뭐라고 하면 좋을지 모르겠어서 말문이 막힌다. 주룡이 어찌할 바를 모르는 사이 달헌이 말을 잇는다.

현 파업단에서 교육 진행하고 있는 사람하고 조직 연이 있소. 강주룡이라고, 넉살 좋고 배짱 좋고. 일단 첫 결의 발언에서 아주 자연스럽게 다른 단원들더러 동지라고 하는 사람이라고 하더군.

주소는 가입 원서를 보고 알았겠구나. 주룡은 납득하여 고개를 끄덕인다. 미심쩍고 불쾌한 마음이 아주 가신 것은 아니지만 추어주는 소리를 듣는 것은 썩 나쁘지 않다.

그쪽은 고무공이니까 당연히 여자인 것을 알겠지 하며 말해준 것 같고, 난 이름만 듣고 강주룡 씨가 남자분이려니 하였소. 이건 정말이지 내 잘못이오. 미안하오.

그만하면 되얐습네다. 허나 참말 곤란하니 집 앞으로 찾아오는 것은 고만두시라요. 과부 년이 사나 끌어들인다고 동리에 소문날까 봐 겁남메.

저하고 같이 활동해주겠다고 약조해주시기 전까지는 별도리 없지요, 찾아와 사정할 수밖에.

피양 고무공 가운데 인물이 나밖에 없답데까? 이미 번듯한 조합이 있구 총파업두 진행 중인데 머이러 나한테 이러십네까?

이번 스트라이크는 실패할 것이오. 이후를 준비해야 합니다. 게다가, 주룡 씨한테만 이러는 것은 물론 아니오. 각지에서 다른 직공들에게도 조직 사업이 이뤄지고 있소. 그러나 일단 나는 주룡 씨가 마음에 들었습니다. 애초에 결의 발언을 할 때 평양 고무직공들의 노동조합에서 장이 되겠노라 선언했다고 듣기도 하였고. 이 정도면 대답이 되겠소?

주룡은 달현이 줄줄 늘어놓은 말 중에서 오로지 첫 한 마디만을 제대로 듣는다.

우리 총파업이 실패할 거이라는 게 머인 말입네까?

놀라서 덤비는 주룡을 향해 달현은 양손과 눈썹을 치켜 보인다.

경찰 때문이오. 요구안만 두고 보자면 부분적으로나마 승리의 여지가 있지만 이번 파업 쟁의에 연루된 간부진은 대부분 구속될 것이고…….

주룡의 두 주먹은 갈 곳을 모르고 부르르 떤다.

파업에 가담한 것만으로 옥고를 치르다니 당치 않습네다.

현행 파업단에는 단체권이 보장되어 있지 않소. 그래서 요구안 마지막 조항에 단체권이 언급되어 있는 것이고. 물론 말이 안 되는 것이지요. 단체권은 남이 주는 게 아니니까. 그렇지만 그것을 근거로 투옥하는 것은 얼마든지 가능한 일입니다.

기래도 간부 형님들 가운데 그만한 각오도 없이 파업한 이는 없을 게라우요.

대승적인 차원에서 이번 파업에 대한 미련을 거두고 요구안 일부 수용에라도 만족해야 합니다.

듣기 싫소.

이후를 준비해야 한다는 것은 개별 업장의 조직력을 강화하여서…….

듣기 싫다지 않네!

주룡은 버럭 소리를 지르곤 누가 보았을까 봐 주변을 두리번거린다. 농번기 한낮이고 하여 동리의 집들은 대개 비어 있다.

입에다 신짝 처넣어버리기 전에 썩 꺼지라.

달헌은 죽일 듯이 노려보는 주룡을 멀거니 쳐다보다가 어깨를 으쓱 추킨다.

그 기개를 높이 산다 이겁니다. 두고 보시오.

뭘 두고 보라는 걸까? 제 말이 맞는지 아닌지를? 아니면 내가 정말 저의 조직에 들어갈지 아닌지를? 무엇이든 간에 생각하고 싶지도 않은 일이다. 주룡은 달현의 빤빤한 낯짝, 뺀질뺀질한 경성 말씨 따위를 떠올리며 진저리를 친다.

일단 달현의 예언 일부는 맞았다. 파업단 본부에 들이닥친 경찰들이 저항하지도 않는 파업단 간부들을 모질게 두들겨 패며 연행했다는 소식을 주룡은 그다음 날에야 들었다. 그래도 아직 덕삼이 형님이 있다. 강덕삼 형님은 피신하여 상공협회와 교섭을 준비하고 있다. 상공협회의 인사들은 비록 부르주아지들이지만 배움이 있어 요구안 수용에 적극적이라고 들었다.

파업 공장별로 한 명씩 대표를 선발하여 총 열두 명의 교섭단원이 추려졌다. 형평성 따위를 고려한 것인지 강덕삼을 비롯한 총파업 임원진은 일단 이 교섭단에서 제외되었다. 파업단 간부급이 아닌 와중에 그래도 글을 읽을 줄 아는 사람, 공장에서 직급이 좀 높은 사람 위주로 선발하다 보니 대부분 남자 직공이었다. 평양상공협회 대표단과 총파업 교섭위원단은 파업단 요구안 일부가 수용된 타협안을 내놓았다. 고무 공장 공장주 모임에서 내놓은 임금 감하율과 파업단 요구안 제1조 '임금 감하 절대 반대'를 조율하여 임금 감하율을 기존 1할 7푼에서 1할로 낮추고, 요구안 스무 개 조항 가운데 열 개 조항 전면 수용, 나머지는 불수용 또는 일부 수용하기로 했다. 이만하면 대승리는 아니라도 패배 또한 아니다. 파업단 내부에서는 이 타협안에 대한 찬반 의견이 갈렸다. 주룡은 반대 입장에 가까웠다. 교섭단이 성급하게 타협안에 동의한 것은 대다수 보통 직급 여직공의 처지를 몰라서 그런 것이라는 게 주룡의 의견이었다. 요구안 일부 수용에라도 만족해야 한다는 정달헌의 말이 어른어른 떠올랐다. 헛소리. 우리가 얼마나 열심히 싸웠는데.

교섭 회의 바로 다음 날 경찰에서 통고가 왔다. 상공협회와의 타협안 대신 경찰에서 작성한 조정안을 수용하라는 것이었다.

다시 한번 긴급히 대회가 열린다. 잔치와도 같았던 첫날의 분위기는 온데간데없이 공세적이고 격렬한 구호들이 연창된다. 어이없게 개입하여 말도 안 되는 조정안을 내놓은 경찰과 그 조정안에 무조건 동의하는 파렴치한 공장주들에 대한 비판에 더하여, 상공협회 타협안을 거의 저항 없이 수용한 무능한 교섭위원단에 대한 불신임을 선언하는 것이 대회의 목적이다.

어두운색으로 들끓는 타르처럼 모두들 침통함 가운데 격렬한 분노를 품고 있음을 주룡은 안다. 저 자신부터가 그렇기 때문에 모를 수가 없다.

긴급 대회 이후 임시 대회가 날마다 열린다. 파업단 세력이 큰 공장은 아예 자기들 공장을 점거하고 옥쇄 파업을 선언하기도 하지만 경찰의 진압으로 오래 지속하지는 못한다.

이 같은 과정 속에 주룡은 마른 얼굴을 거친 손으로 비비며 연신 중얼거린다.

개판이고나야.

9월 초에 파업단이 스스로 쟁의 중단을 선언한다. 해산 대회를 열기로 하지만 경찰의 방해로 그 또한 무산된다. 밖으로는 그와 같은 경찰의 탄압이, 안으로는 파업단 임원진과 교섭 주체들, 일반 단원들의 갈등이 최고조로 무르익은 시점에서 한 달에 걸친 총파업이 마무리된다.

공장주 단체인 평양고무동업회 측에서는 경찰이 제안한 조정안에 무조건 찬성했다. 경찰 개입으로 마련된 조정안은 기존 요구안에도, 타협안에도 한참 못 미치는 기준으로 작성된 것이다. 한 달간 평양의 고무 직공 이천삼백 명이 참여해 육십여 명이 검거되고 파업 참여 인원 중 1할에 해당하는 이백여 명이 완전 해고된 대가로는 모자라다. 약소하기 짝이 없다.

한 달여 만에 공장에 돌아온 주룡은 햇수로 4년 넘게 하던 작업을 그새 까먹은 듯이 작업대를 만지작거리기만 한다. 고개를 들어 주위를 둘러보면 동료들도 저처럼 헛헛한 얼굴을 하고 있다.

작업반장도 넋이 나간 사람처럼 이편에서 저편으로 왔다 갔다 할 뿐이다. 주룡은 행진 중에나 파업단 본부 근처에서 그의 얼굴을 몇 번 본 적이 있다. 차마 동지라고 부르고 싶지 않은 이가 나와 같은 대오에 속해 있을 때 어떻게 하면 좋은지 주룡은 배운 적이 없다. 달려가서 뒤통수를 때리고 감히 네놈이 여기가 어디라고 기어 나오느냐고 따지고 싶은 동시에 한편으로는 저 사람도 노동하는 한 사람이라는 것을 생각하게 되어 이루 말할 수 없는 혼란을 느꼈다. 출근한 지금은 더하다. 기대 이하의 패배로 끝난 파업 후의 허망함을 저 사람도 함께 느끼고 있다는 것을 가까이에서 보고 있자니 꿈인지 생시인지 영 분간이 되지 않는다. 다만 각 공장에서 선출된 교섭단원들이 저 사람과 같은 남자였지, 하는 생각이 들자 이것에 대해서만큼은 제대로 화가 난다. 주룡의 공장에서 교섭단원으로 선출된 사람은 배합부와 롤러부를 겸하는 남직공이었다. 눈앞에 없는 그 사람보다는 늘 마주하던 작업반장의 얼굴이 실감 나게 얄밉다.

무슨 정신으로 일을 했는지 모르는 채로 퇴근하는 주룡 앞에 얄밉기로 둘째가라면 서러울 위인이 나타난다.

간만이오.

가던 길 가시라요.

주룡 씨 보러 왔는데요. 이게 내 길이란 말이오.

주룡은 대꾸도 않고 집으로 가는 길을 내처 걷는다. 그 뒤를 달현이 쫄래쫄래 따른다. 한참 걷던 주룡은 분통을 터뜨리며 돌아선다.

사나들이래 우에 그 모양입네까?

무엇 말입니까?

고무 공장 직공 9할이 여자인데 남자들이 타협안 잘못 맨들어 가지구래 우리 파업 다 망했습네다. 상공협회구 교섭단이구 사나들끼리 만나서 짝짜꿍이 아주 잘 맞았갔지요. 평시에도 우리 여공들보담은 사람 같은 대우를 받고 사이까네 몰랐을 거입네다. 나머지 우리들이 얼마이나 절박한 심정으루 쟁의를 하구 있는지.

화난 건 알겠지만 말은 바로 하십시다. 금번 스트라이크가 어그러진 결정적인 원인은 경찰 개입이지 교섭단의 잘못은 아닙니다. 역량도 경험도 부족해서 교섭 역할을 잘해내지는 못한 것 같지만 그들도 쟁의 주체라는 것을 잊어서는 안 된단 말입니다. 이상하게도 금번 스트라이크는 내부 갈등이 강해요. 경찰보다도 교섭단 대표에 대한 원망이 더 뚜렷한 것 같고, 주룡 씨 역시 그런 심정인 것 같군요.

무심한 얼굴로 냉정하게 제 의견을 정리해 전하는 달현이 얄미워서 주룡은 제 가슴을 퍽퍽 두드린다.

참 똑똑하여 좋갔습네다. 달헌 씨가 전번에 금번 파업 아이 되니 손 떼라 했디요. 본인 말대루 되야서 속이 시원하십네까?

속이 시원한 것처럼 보이오? 나는 실패를 일찌감치 각오하고 있었을 뿐입니다. 다음 싸움을 준비해야 하니까. 이봐요. 나도 이 길에 내 평생을 바치기로 맘먹은 사람입니다. 주룡 씨가 믿든 안 믿든 금번 스트라이크의 실패가 나에게도 뼈아픈 일이란 말입니다.

주룡은 다음 싸움이라는 말의 울림에 귀를 기울인다.

그렇지, 다음이 있다.

총파업이 한 번 실패했다고 세상이 결딴난 것도 아니다. 또 싸우면 된다. 이길 때까지 덤비면 된다. 다만 모두 지쳐서 다음을 이야기할 여력이 없을 뿐이다. 지금은. 아직은. 그러나 곧.

다음 싸움이라구요?

주룡은 태연한 척 묻지만 목소리의 떨림이 잘 감춰지지 않는다.

그렇소. 지난번에도 말했지요? 개별 업장의 조직력을 강화하는 방향으로 전술을 고쳐야 한다고.

기래서 나한테 바라는 게 머입네까?

이제야 말이 통한다는 듯 달헌은 씩 웃는다.

우리 평양적색노동조합 결성준비위원회에 들어와주시오.

5

주룡을 처음 만나고 돌아온 날 달헌은 제 일지에 이렇게 기록했다.

싸우려고 태어난 사람 같다.

주룡을 만나면 만날수록, 첫인상이 옳았다는 달헌의 생각은 더욱 강해졌다. 총파업 후 첫 출근 날, 세 번째로 주룡을 찾아갔던 때가 특히 그랬다.

피양적색노동…… 메이라구요?

평양적색노동조합 결성준비위원회라고 했습니다.

머인 이름이 기래? 사람은 이름 길면 명 짧다구 하던데.

주룡이 무심코 험한 말을 하곤 스스로가 더 놀라서 입을 합 소리 나게 닫는다. 달헌의 말에 땍땍 쏘아붙이는 버릇이 입에 배고만 것이다. 달헌은 껄껄 웃는다.

준비위원회 수명은 짧아야 좋지요. 실지 조합을 가능한 한 빨리 띄우는 게 목표니까.

그거이 머이 하는 단체입네까?

우리의 목표는 노동조합운동을 통해 노동자들을 계몽하고 사회주의혁명을 앞당기는 것입니다.

주룡은 눈을 가늘게 뜨고 다시 묻는다.

기거이…… 독립군 같은 거입네까?

질문이 너무 광범위하군요. 비슷하다면 비슷하다고도 할 수 있겠지만 우리의 목표는 조선의 광복이 아닙니다. 물론 사회주의자로서 나 또한 조선의 독립을 바라고 노동 해방의 일환으로서도 일제 제국주의자들을 몰아내는 것이 우선되겠지마는 사회주의혁명이란…….

말이 깁네다.

독립군은 아니고 노동해방운동을 하는 단체라는 것입니다.

어찌 되얐든 해방이란 말이디요.

……그렇지요.

주룡은 곰곰 생각에 잠겼다가 한풀 누그러진 어조로 말한다.

가만 듣자 하네 달헌 씨 나쁜 사람 같지는 않습네다. 피양적색…… 기것 내 한번 잘 생각해보갔시요.

고맙소. 내일 또 오지요. 가입 의사를 확답하기 전까지는 매일이라도 만나러 올 거요.

주룡은 손을 흔들며 돌아서더니 몇 발짝 걷다가 다시 돌아본다.

한데 나같이 입 사나운 간나를 머이 하러 이래 자꾸 만나러 옵네까? 달헌 씨는 화도 안 납네까? 달헌 씨 같은 인텔리하구 나 같은 고무 직공이 대거리한다고 하면 사람들이 웃습네다.

사람들 눈이 그리 신경 쓰입니까? 삼고초려라는 고사도 있지 않습니까?

문자 쓰지 마시라요. 내 배운 것 없어 못 알아들으니.

달헌은 웃으면서 양어깨와 손을 으쓱 추켜든다. 저게 뭐 하는 거지, 생각하며 주룡은 다시 돌아서 집으로 간다.

약속대로 달헌은 또 퇴근 시간에 맞추어 주룡을 만나러 온다. 전날이야 부아부터 치밀어서 누가 보든 말든 있는 소리 없는 소리를 다 했지만 혹시 홍이 형님처럼 입 가벼운 사람이 웬 인텔리 남자가 저하고 같이 있는 꼴을 보면 무슨 소문이 날까 봐 두려워 주룡은 달헌을 끌고 인적이 드문 길까지 걷는다.

알았시니까 인제 고만 오시라요.

알았다구요? 우리 조직에 들어와주겠다, 그런 말로 받아도 되겠소?

원래도 빙글빙글 웃는 낯인 달헌의 얼굴이 눈에 띄게 밝아진다. 저렇게까지 달가워할 일인가. 주룡은 쑥스러워져서 무르고 싶은 마음마저 든다.

맞습네다. 내래 어즈께 집에 가서 골똘하니 생각하여보네, 우리 공장에두 제대로 된 조합을 만들려면 도움이 필요하갔습데. 하구서 또 생각하여볼작시니 요전번에는 실례가 많았습네다.

아니오. 아닙니다. 고맙소. 정말 고맙소.

얼싸안기라도 할 듯이 감격하고 고마워하는 달헌을 보니 또 기분이 묘해지는 주룡이다. 이까짓 여공 하나가 뭐라고 그 모진 말들을 다 견디고 기뻐하는가. 만약 내가 이 사람의 기대만큼 대단한 사람이 아닌 것을 끝내 들키고 나면 이 사람 나에게 얼마나 실망하려나. 달헌에게 말한 바와 같이 충분히 숙고하여 내린 결정인데도 재차 삼차 생각해보아야 할 것 같은 불안한 마음이 든다.

주룡의 속내가 어떻든 달헌이 신바람이 난 것은 분명하다. 주룡을 포섭한 것으로 벌써 적색노동조합 발기가 끝난 것이나 마찬가지인 양 기세가 등등해져서는 내친김에 주룡을 조선공산당 평양 임시 당사에까지 데리고 간다.

이때껏 주룡이 들어가본 양식 건물은 몇 되지 않는다. 공장, 기차역, 커피 하우스, 극장…… 중국 감옥도 그러고 보니 공구리 쳐서 만든 양식 건물이었던가. 당은 뭐고 당사는 또 뭔가. 당사라는 곳에 들어가며 주룡은 똑같이 평양에 사는 사람인데도 달헌과 저의 세상이 완전히 다르다는 것을 느낀다.

생전 처음으로 세미나라는 것에 참여한다. 콜론타이라는 로씨야 여자의 책을 읽은 젊은 회원들이 토론이라는 것을 한다. 잠자코 듣던 달헌이 한마디씩 얹을 때마다 회원들이 선망과 동경의 눈길을 던지는 것을 주룡은 금세 눈치챈다. 모르려야 모를 수가 없는 열광적인 눈빛들이다.

정달헌이라는 이가 기리두 대단한 사람입네까?

넌지시 묻자 옆 사람은 정색을 한다.

처음 와서 모르시나 봅네다. 정달헌 동지는 조선노동당 청년들의 별 같은 사람입네다. 당의 추천으로 로씨야 모스크바공산대학까지 다녀온 에리뜨라요. 작년에 귀국하여 얼마 전까지래 함흥에 있었답데다.

인텔리 중의 인텔리였구나. 별안간 기가 죽은 주룡은 좀 전에 나눠 받은 자료지에 눈을 떨군다. 그러는 주룡을 알아본 건지 그저 골려주려는 건지 달헌이 주룡을 지목한다.

다음으로는 이 자리 유일한 여성 동지인 강주룡 씨의 의견도 들어보고 싶군요.

네? 저 멋이냐 일단, 내래 책을 읽디 아니하얐습네다만…….

주룡이 당황하여 손사래를 치지만 달헌은 쉽게 물러나지 않는다.

자료지를 열심히 보시던데요? 꼭 세미나 주제에 대한 이야기가 아니어도 좋소. 참석 소감 같은 거라도.

그럼…….

주룡은 목을 가다듬고 묻는다.

시방 정달헌 동…… 달헌 씨가 말한 대루 이 자리에 여성은 나 한 사람뿐입네다. 하여 내래 예 모이신 분들께 한마디 여쭈려 합네다. 결혼하신 분이 계십네까?

열예닐곱 남짓한 남자들 가운데 서넛을 빼고 모두 손을 든다.

여러분은 자기 부인이 자기와 같은 사상을 가졌으리라구 보십네까?

손을 든 사람끼리 서로 마주 본다. 난데없이 나타난 여자가 뜻 모를 물음을 연거푸 던지는 것이 썩 유쾌하진 않은 것이 분명하다. 달헌만은 상글상글 웃고 있다.

자료지를 보고 문득 궁금해진 것을 물어본 것이니 마음 쓰지들 마시라요. 실례했습네다. 한데 생각한 것보담두 대답들이 시원찮습네다. 비록 짧은 생각이지마는 내래 여러분의 배우자들은 여러분과 같은 사상을 가졌으리라구 생각하지 않습네다. 해가 저문 시방 이 시각에 여러분은 이 자리에 있구 그네들은 가정을 지키구 있는 탓입네다. 내처 한마디 덧붙이자면 여러분은 그네들의 사상이 어떤지 궁금해본 적두 없을 거입네다. 내심 아녀자의 무학무식이 당연하구, 여러분이 공산자인가 공산주의자인가 하는 거이니 부인도 도매금으루 공산 부인인 거이 당연하다 여기시디요. 이 말이 옳지 않다면 시비 가려주시라요. 틀렸다 하신들 여러분이 부인에겐 이런 배움의 기회를 주지 않고 혼차서 예 와 있는 것은 변하지 않습네다. 부인들께선 아일 적부터 배운 법도대루 남편에게 순종하여 집을 지키고 있는 거이 아닙네까.

쥐 죽은 듯 고요해진다. 달현이 손뼉을 친다. 눈치를 보던 젊은 회원들도 마지못한 기색으로 달현을 따라서 손뼉을 부딪친다.

옳은 말씀이오. 더구나 오늘은 여성 저술가가 여성 노동에 대해 쓴 글을 읽었는데 정작 이 자리에 그 당사자가 한 사람밖에 없다는 것은 우리가 크게 반성해야 할 일입니다. 더구나 이 평양의 노동운동 지형이 직공 9할 이상 여성인 고무공업 위주로 구성되어가는 이상은 앞으로 여성 당사자들에 대한 깊은 연구와 이해가 더욱, 더더욱 필요하게 될 것이고.

주룡이 말할 때는 미심쩍고 불쾌한 기색을 숨기지 못하던 회원들이 달현의 말에는 고개를 끄덕인다. 이에 슬그머니 짜증이 나려 하는 것을 꾹 참으며 주룡도 달현에게 박수를 보낸다.

일단 그러면 우리 동지들, 가정부터 의식화하는 것을 당장의 목표로 두고 다음 세미나에는 부인들을 모시고 오는 것으로 해봅시다.

세미나가 끝난 후 달현이 주룡을 집까지 바래다준다. 늦게까지 붙들어두어 미안하다는 것이다. 가는 길이 영 조용하기만 하면 오히려 어색해서 주룡은 아무 소리나 나오는 대로 지껄이고 본다.

금일 세미나라는 것은 아조 유익하고 재미가 있었습네다.

마침 오늘의 테마가 콜론타이인 것이 난 좋았습니다. 주룡 씨에게도 적잖은 영감을 주리라고 봅니다. 내 욕심을 조금 보태어 말씀드리자면 주룡 씨야말로 조선의 콜론타이가 되기를 바라는 마음입니다.

별말씀을 다 하십네다.

얼굴을 붉히며 고개를 돌린 주룡은 길 저편을 지나가던 남자 하나가 저와 달현을 손가락질하는 꼴을 본다.

저, 저 망할 간나 새끼가.

손가락질을 한 남자는 제 옆의 여자와 뭐라 수군수군하더니 자지러지게 웃으며 멀리 가버린다. 누가 보아도 번듯하게 차려입은 인텔리 남자하고 초라하디초라한 여공하고 동행하는 것이 우습다 이거지. 차림새를 보아 하니 그러는 저는 기생을 끼고 걷는 주제에 누가 누굴 손가락질하는가. 돌연히 분이 솟는 것을 참지 못하고 주룡은 돌아서서 큰 소리로 욕지거리를 한다.

야, 이 개 먹이로도 시원찮을 새…….

달현은 놀라서 주룡의 입을 막는다. 놀라기는 갑자기 입을 틀어막힌 주룡이 배는 더 놀란 참이다. 주룡이 팔꿈치로 제 옆구리를 치고서야 달헌은 주룡을 놓아준다.

이거이 머인 짓입네까.

주룡이 따지고 들자 달헌은 아픈 옆구리를 쓸며 답한다.

미안합니다. 그렇지만 주룡 씨가 그런 욕을 하는 것은 듣기가 싫어서 그랬소.

저짝이 먼처 모욕을 하였는데 내래 욕 좀 하면 어드렇습네까?

그런 욕을 할 줄 안다는 것은 그런 욕을 들으며 살아온 사람이라는 것이 아닙니까. 나는 욕설은 듣는 쪽보다 하는 쪽의 품위와 관련이 있다고 생각합니다. 주룡 씨는 어떻습니까?

주룡은 잠시 말을 잃는다. 어느 정도는 달헌의 말이 옳다. 방금 한 욕은 주룡이 언젠가 들어보았던 욕이다. 그런 욕을 들으며 살았다는 것을 이런 식으로 드러내는 일이 어디가 잘못되었다는 것인지는 알기 어렵다.

달헌 씨 말은 반은 료해가 되고 또 절반은 아니 됩네다.

그게 뭐 어떻다고 그러시오. 자기 자신을 다 이해하는 것도 어렵지 않습니까?

주룡은 소매며 치맛자락을 팡팡 소리 나게 털며 대꾸한다.

기런 말씀이 특히 그러합네다.

주중 저녁에 한 번씩 세미나 참관을 하고 일요일마다 당사 건물에 들른다. 달헌과 마주치는 일은 손에 꼽게 드문 일이다. 그렇게 바쁘고 중요한 인물인 줄 알았더라면 조금 더 사근사근히 대해줄 것을 그랬나. 애초 그렇게 바쁜 사람이 뭐 하러 나 같은 걸 포섭하자고 서너 번씩 찾아왔나. 당사에 와서는 종이 한 뭉치를 내려놓고 다른 종이 한 뭉치를 또 집어서는 궁둥이도 못 붙이고 나가는 달헌을 보며 주룡은 생각한다.

첫 세미나에서 듣거나 한 말들보다는 집에 돌아가는 길에 일어난 일이 자주 떠오른다. 기생을 동반한 남자가 저를 향해 손가락질을 했던 것. 말마따나 사는 내내 손가락질을 받을까, 막연한 두려움을 품고 살아왔으나 실로 손가락질을 받은 것은 처음이 아니었나 싶은 생각이다. 일면 그것은 달헌의 탓이다. 허름한 차림의 여자 하나가 홀로 걷고 있는 것은 누구의 이목도 끌지 못하는 일이다. 혼자 있을 때 주룡은 그 자리에 있기는 하나 누구의 눈에도 보이지 않는 흙먼지 같은 것이다. 흙먼지는 흰 빨래 같은 데에 앉아야 비로소 눈에 띈다. 보는 사람의 눈살을 찌푸리게 한다. 달헌이 그런 것이다. 희고 고고한 두루마기 같은 인간이 괜히 내 곁에 서가지고 가만히 있던 나를 손가락질받게 한 것이다.

그래서 어쩌자는 것인가, 왜 나를 바래다주었느냐고 달헌에게 따지기라도 할 셈인가. 이처럼 항의하는 소리가 속에서 불쑥 솟는다. 생면부지 남에게 함부로 손가락질을 한 그 사람은 잘못이 없나. 그도 그렇거니와 나를 가리킨 그 손, 다른 손으로는 기생의 허리를 감싸고 있지 않았던가. 그런 인간의 손가락질을 받았기로 내가 이렇게 괴로워하고 공연히 달헌을 탓하는 것이 마땅한 일인가.

그 인간이 주룡을 가리키고 지나간 것은 단 몇 초 사이에 일어난 일이다. 어쩌면 주룡은 그것을 알지 못한 채로 지나칠 수도 있었다. 알아버린 바람에 그 단 몇 초의 모욕에 대하여 몇 날이고 몇 밤이고 생각하는 것이다.

기래 바쁘시요?

급히 들어와서는 또 서둘러 나가려는 달헌에게 주룡이 넌지시 말을 건다. 책을 보는 척, 고개는 여전히 앞으로 고정한 채다.

《붉은 사랑》. 콜론타이를 읽고 있군요.

달헌이 다가와 책 표지를 보고 알은체를 한다. 주룡은 그제야 잘 눈에 들어오지도 않던 책을 덮어버린다.

잘 지냈소?

늘 같디요. 잘 지내구 못 지내구가 있답네까.

많이 배우고 계십니까?

주룡은 그 말에 그간 달헌이 참석하지 않았던 세미나들을 돌이켜본다. 이상한 것을 이상하다, 궁금한 것을 궁금하다 말하면 어쩐지 빤히 쳐다보는 사람들. 배움 짧은 간나가 그럼 그렇지, 하는 듯한 눈길들.

시방까지 배운 바론 노동자가 으뜸이구 근본 되는 계급인데 실지로는 에리뜨들이 계도와 계몽의 대상으로 보구 있다. 이거이 최근 나의 불만입네다.

훌륭합니다.

진심인지 추어주느라 하는 빈말인지 모를 칭찬을 남기고 나가려는 달헌을 주룡이 다시 한번 붙든다.

달헌 씨 어데 가는디 압네다.

그래요? 나 어디 가는데요?

홍남 조질 공장 조직화 의식화 사업 겸하구 있다지요. 피양하구 홍남하구 오가면서.

달헌은 주룡을 물끄러미 쳐다보다가 한참 만에 입을 뗀다.

맞소. 숨긴 것은 아니지만 딱히 말씀드린 적도 없는 것 같군요. 후임자에게 인계를 마치고 아예 평양으로 건너오려는 중입니다.

홍남 조선 질소 비료 공장은 조선의 모든 산별 공장 가운데 가장 큰 사업장이다. 일제 자본이 투입된 정도가 아니라 아예 일본 정부의 주도로 건립된 기업이다. 그것은 경찰의 감시가 가장 심한 곳이라는 의미이기도 하다. 달헌 등 공산대학 출신 엘리트들이 여럿 투입되어 조직화에 힘쓰고 있지만 들인 노력에 비하여 사업의 성과가 뚜렷하지 않다는 것이 중론이다.

내 생각하여볼 시에 조질 공장 사업이 안되는 거이는 댁들이 다 인텔리 에리뜨라서입네다.

달헌이 헛웃음을 친다.

되고 안되고는 두고 볼 일이지요? 오늘은 말씀이 조금 지나치십니다.

내친김이니 내래 할 말이나 시원하니 다 하구 갈랍네다. 경찰 감시 삼엄하구 기런 거이는 문제가 아니 됩네다. 댁들 같은 인텔리들이 속으로는 쁘로레따리아 계급을 무시하면서 저희들이 가르쳐야 하는 족속으로 여기는 거이 제일의 문제입네다. 허지만 조질 공장 노동자들은 대개가 남성이겠디요? 그들도 속으로는 달현씨네들을 무시하고 있을 거입네다. 저의 손으로는 땀 흘려 먼들 일구어본 적두 없으면서 실지로 노동하는 주체들에게 감 놓아라 배 놓아라…….

거기까지 하시오. 알아들었습니다.

늘상 웃는 낯이던 달헌의 얼굴이 딱딱하게 굳는다. 주룡은 멈추지 않는다.

내 말 안즉 안 끝났습네다. 말해보시기요. 나한테 접근한 것두 첨부터 간판이 필요했던 거이 아닙네까? 무식한 여공들이 에리뜨 남성의 말을 고분고분 듣기보담은 거부하는 색을 뵈일까 봐 그럴싸한 꼭두각시 하나 앞세우는 전술을 친 것이지요?

그 무슨 피해의식입니까?

그짝이나 말씀 가려 하시라요. 내래 진정으루 느낀 대로만 말한 거입네다.

주룡 씨.

뱁새가 황새 따라갈라다 다리짝이 찢어진다구 당신 같은 인텔리들하고 어울려 다니기가 나 세상 부끄러워 못 견디갔습네다.

주룡 씨!

얼마이나 내 처지가 우습습네까? 이 꼴을 하구선 피양의 내로라하는 인텔리들이 내 동지라구 나 혼차 들떠서는, 당신을 비롯하야 그 인텔리들은 내 같은 것 동지로 생각이나 하는지 마는지 알지두 못하구서…….

주룡의 말을 막는 달헌의 목소리는 그 어느 때보다도 차갑다.

그쯤하시오. 알았다고 했잖습니까.

머이를 알았단 말입네까?

주룡 씨 말이 다 맞습니다. 나 주룡 씨 이용하고 있습니다. 처음부터 이용하려고 접근했습니다. 됐습니까?

주룡은 말문이 막혀 달헌을 그저 바라본다. 막연히 생각해오던 것들을 부러 가시 돋친 말들로 한 것은 주룡이 먼저였지만, 그것을 달헌의 입으로 다시 듣자니 새삼 충격이 커서 귀에 웡웡거리는 이명이 울린다.

주룡 씨 같은 사람, 필요합니다. 주룡 씨가 필요합니다. 주룡 씨가 아니면 안 됩니다. 주룡 씨가 나를 대신할 수 없는 것과 마찬가지로 주룡 씨의 몫을 내가 대신할 수 없습니다. 그게 어디가 잘못된 일입니까? 무엇이 문제란 말입니까. 주룡 씨도 이용하면 됩니다. 나를, 내 조직을 얼마든지 이용하라 이겁니다.

달헌은 한숨을 푹 내쉬고 한층 누그러진 어조로 말을 이어간다.

주룡 씨 이미 잘하고 있다고 들었습니다. 내가 부재중인 동안에도 모임에 빠짐없이 출석하고 토론에도 적극적으로 임하고 있다고. 기만적인 말처럼 들리겠으나 나는 아무리 하고 싶어도 주룡 씨처럼은 할 수 없습니다. 여성 고무 직공의 당사자성을 흉내내거나 빼앗을 수 없습니다. 하지만 주룡 씨는 얼마든지 나의 몫을 가져갈 수 있지요. 사상이니 이론이니 하는 것은 배워가면 되는 것이니까.

내내 주룡의 눈에 고여 있던 눈물이 이때 흐르기 시작한다. 달헌은 주룡의 눈물에 적잖이 당황한다. 늘 주룡이 악다구니를 쓰거나 핀잔 주는 것만 보아온 탓이다. 주룡은 고개를 돌리고 안타까운 듯이 달헌이 뇌까린다.

왜 울고 그러시오. 내가 잘못했습니다. 울지 마십시오.

어찌할 바를 몰라 하는 달헌을 등지고 옷고름으로 눈을 가린 채 주룡은 답한다.

운다고 우습게 보지 마시라요. 내 말로 달헌 씨 이길 수가 없어서 분해서 우는 거이지 다른 뜻 없습네다.

우습지 않습니다. 내가 이겼다고 생각하지도 않습니다. 당신 아주 탁월한 사람입니다. 싸우려고 태어난 사람 같습니다. 본때를 보여주시오. 나 따위 것 우습게 여겨버리시오. 알겠소?

여전히 달헌을 등진 채로 주룡은 고개를 끄덕인다.

6

세미나며 회원 교육이며 빠짐없이 참석하면서 주룡은 평양에서 일하고 있는 사람들의 다양한 꼴과 모양을 본다. 계절이 지나는 동안에 다른 적색노조 준비위원들과도 한층 가까워진다. 어쩐지 배움 짧은 저를 속으로 무시하고 있지 않을까, 혼자 마음의 벽을 두고 있던 사람들도 알고 보면 직공이고 경비수이고 운전수, 미장이다. 달헌 같은 인텔리, 엘리트가 또 없는 것은 아니지만 주룡과 같은 노동자 출신 회원들이 더 많다. 고보까지 다니다가 학비가 모자라 그만두고 생활 전선에 뛰어든 이가 있는가 하면 아직 까막눈이라 교육을 귀로만 듣는 자도 있다. 주룡은 누구도 함부로 평가하지 않기로 다짐했다. 더 배웠다고 잘난 것이 아니고 덜 배웠다고 못난 것이 아니다. 저 자신부터가 더 이상은 그런 식으로 평가받지 않기를 주룡은 원했다.

한편으로는 꾸준히 공장 동료들을 설득해 공장 내에서도 노동조합 준비회를 조직하는 데 매진하는 주룡이다. 평원 공장 전체 직공의 과반에 해당하는 쉰 명가량이 노동조합이 결성되면 가입하기로 했다. 대부분은 지난 총파업 당시 현장에 나와보았던 이

들이고, 그 나머지도 삼이처럼 마음으로나마 함께하고 싶었던 이들이다. 푼돈이나마 일정한 돈을 봉급에서 출연하여 조합 설립에 보태기로 약조한다. 작은 조직이라서인지 비밀 유지가 어렵지 않다.

회사에서는 노상 그렇듯 무식한 여공들이 저희들끼리 시시덕대는 것으로 생각하고 무시하겠지. 우리는 아주 조용히 그러나 뜨겁게 변혁을 준비하고 있는데. 난방을 거의 끊어서 얼음 창고처럼 된 겨울의 공장 안에서 주룡은 웃는다. 채 식지 않은 고무형을 만지는 동안에만 잠시나마 손이 녹기 때문에 오히려 겨울에는 작업량이 조금 늘어난다.

초겨울부터 쭉 부재중이던 달헌은 2월로 아주 평양에 돌아왔다 한다. 적색노동조합 발기도 이제 초읽기에 들어간다.

이것 받으시라요.

주룡이 달헌에게 내민 것은 공장 동료들과 십시일반으로 모은 그 돈이다. 달헌은 달리 묻지도 않고 덥석 봉투를 받는다.

잘 쓰겠습니다.

머인지 묻기도 아니하십네까?

어떤 돈인지 알면 사양하고 싶을 것이고, 사양하면 화를 내실 것 같아서.

주룡은 픽 웃는다. 달헌이 바쁘기 전에는 대동교 인근에서 지게꾼 노릇을 하며 활동비를 벌었다는 이야기를 다른 회원들로부터 들었다. 제 손으로 노동하지 않는 인텔리라고 비난한 것이 부끄럽기도 했고 요새같이 바쁠 때는 돈 벌 틈 없이 쓸 곳만 많을 것 같다는 짐작도 있었다.

앞으루 더 힘써 조직하라구 드리는 게입네다.

아무렴 내가 그것을 모르겠소. 감사합니다.

이상하게도 이 돈을 주면서 주룡은 더 떳떳해지는 것 같은 기분이 든다. 정달헌이라는 사람은 같은 조직을 준비하는 동지인 동시에 저를 가르치는 선생 같은 존재이기도 했기에 어딘지 계속 빚지는 듯한 가려운 마음이 들어왔던 것이다. 활동 자금을 지원하는 것으로 마침내 이 사람과 동등해진 것 같은 생각이 든다. 그 돈이 결국에는 주룡 자신이 속한 조직을 단단히 만드는 것에 쓰일 것을 알면서도.

한데 언시까지 그 낮간지라운 경성 말씨 쓸 거임메? 작년에 피양 왔음 인제 피양말 쓸 때두 되지 않았습네까?

달헌은 봉투를 만지작거리며 난처한 듯 웃는다. 주룡으로서는 처음 보는 표정이다.

나 함남 출신이오. 주룡 씨보다 내 방언이 더 심합니다.

주룡은 깔깔 소리가 나게 웃는다.

우에 그러십네까, 함남 말씨 한번 써보시기요.

싫소. 이래 뵈어도 인텔리 아닙니까, 인텔리.

저더러 인텔리 까짓것 무시해버리랄 때는 언제고 제가 제 입으로 인텔리를 자처한담. 주룡은 더욱 크게 웃는다.

4월에 마침내 적색노동조합 결성 결의대회가 열린다. 스무 명 남짓이 모여 조촐하게 벌인 자리지만 마음만은 총파업 때와 다름없이 뜨겁다. 결성의 뜻을 담은 결의문을 읽고 모임 구성원이 돌아가면서 한마디씩 발언하고 〈국제가〉를 부른다. 회합은 한밤에 시작해서 새벽에 끝난다.

앞으로는 이처럼 야음 중에 움직이는 일에 익숙해져야 할 것입니다. 우리 조직은 경찰의 예의 주시 대상일 수밖에 없으니까. 제국이 두려워하는 것은 총포가 아니오. 그것은 저들이 더 많이 가지고 있을 테니까. 저들이 겁내는 것은 사상의 전염이지요. 노동계급 모두가 주인의식을 갖는 것만큼 무서운 일이 있겠습니까?

집까지 바래다주면서 달현이 말한다. 앞으로는, 이라는 말을 주룡은 곰곰 생각한다. 주룡을 포섭하려고 찾아오던 때 달현이 했던 말, 다음 싸움이라는 말을 생각한다.

인제 어드렇게 됩네까? 다시 파업에 들어갑네까? 우리 공장 동지들은 준비가 다 되어 있습네다. 일전 임금 감하를 원래 수준으로 회복하는 것을 파업 제목으로 하면 되겠습네까?

달현은 고개를 젓는다.

격발을 시켜줄 방아쇠와 같은 것이 있어야 합니다. 2년 전 대공황이 이듬해 임금 감하 통보를, 그 1할 7푼 임금 감하 통보가 평양 시내 이천삼백 고무공의 총파업을 이끌어냈듯이 말이지요. 이것은 역사입니다. 역사가 만들어져가는 과정입니다.

방아쇠라는 말을 들은 주룡의 뇌리에 불현듯 진짜 방아쇠에 손가락을 걸었던 때가 떠오른다. 제 손으로 사람을 해치는 것이 무서워서 당기기를 망설이는 사이, 상대방이 제 동지를 다치게 했던 때. 방아쇠는 제때 당겨야 한다는 것을 배운 때.

주룡은 안달이 나서 손바닥이 축축해지는 것을 느낀다. 양손을 마주 비비며 달헌의 다음 말을 기다린다.

그리고 그것은 머지않은 일이라고 나는 감히 예견합니다. 또한 우리가 만들어갈 투쟁 역시, 누군가의 해방을 앞당길 방아쇠가 될 것이라고.

달헌의 말은 틀린 적이 없다. 이번에도 그렇다. 기회는 도적같이 찾아왔다. 어서 싸우고 싶다, 언제 투쟁을 시작하면 되냐, 하고 안달을 냈던 것이 무안할 만큼.

5월 중순 평양 고무 공장 공장주들의 연합체인 평양고무동업회에서 재차 임금 감하를 결의한다. 다만 예년 총파업의 주체였던 고무공총연맹의 반대가 두려워 실질적인 감하 시점을 언제로 할지는 재협의를 거치기로 한다. 이것이 신문에 실린 직후 주룡이 다니는 평원 고무 공장에서 즉시 임금 감하를 선언한다. 우스운 노릇이다. 평원 공장은 평양 시내 고무 공장 중에서도 규모가 작은 편이고, 평원 공장 공장주는 평양고무동업회에 소속되어 있지 도 않다. 그러나 주룡은 이것을 기회로 삼아야 한다는 사실을 재빠르게 깨닫는다.

당장 금월부터 임금을 감하한다는 공장 측의 일방적인 통보를 받은 그날, 주룡은 동료 직공들과 긴급 회의를 가지고 즉각 농성에 돌입한다. 동료들과 모아 달현에게 건넸던 돈이 고스란히 돌아와 농성단 천막을 차릴 자금이 된다. 공장 인근에 본부를 차리고 담화문을 작성해 공장 지대 곳곳에 게시한다.

평원 공장의 파업 소식은 각 공장에도 빠르게 전파된다. 고무동업회 소속 공장주가 있는 공장들에서는 연대의 의미로 태업을 벌인다. 파업 사흘 차가 넘어가면서 평원 공장 직공조합은 구호를 '임금 감하 절대 반대'에서 '결사반대'로 고친다. 구호에서 단 두 글자가 바뀌었을 뿐이지만 각오 또한 새로워지는 듯한 생각에 주룡은 벅찬 가슴을 문지른다. 처음부터 구호는 이것이었어야 한다는 생각도 든다.

달현이 나타난 것은 파업이 나흘에서 닷새째로 넘어가던 새벽의 일이다.

연대 방문 왔소.

주룡은 천막을 걷고 들어오는 후줄근한 남자를 잠시 알아보지 못하다가 그가 말하는 품을 보고서야 반가움을 드러낸다.

달현 씨.

수색을 피하기 위함인지 생업 때문인지, 지게꾼 노릇을 하던 차림 그대로 달현이 나타난 것이다. 좀처럼 농성장을 떠나지 못해 주룡 또한 행색이 말이 아니지만, 늘상 세련된 차림이던 달현의 허름한 모습이 어쩐지 달가워 웃음이 난다. 그러고 보니 며칠간 웃어본 적이 없다는 생각이 뒤늦게 든다. 달현과 만나는 것이 썩 흉도 아니건만 주룡은 주변의 눈치를 살핀다. 당번 삼아 남아 있던 동지 서넛이 한데 모여 눈을 붙이고 있다.

좀 어떻습니까. 싸우고 싶어 몸살을 앓더니.

내래 언시에 싸우구 싶다 했습네까. 세상에 싸우기 좋아하는 이가 있답데까? 싸우구 싶다는 거이 순 거짓입네다. 싸움이 좋은 거이 아이라 이기구 싶은 거입네다.

주룡 씨답습니다.

주룡은 달현을 돗자리에 앉히고 저도 곁에 앉는다. 달현은 내려놓은 지게를 제 옆으로 끌어 기대며 묻는다.

그래, 힘든 것은 없소?

머이가 힘들겠습네까. 이기려구 하난 거이를.

무섭지는 않습니까?

뉘기 하나 죽지는 않을까 무섭습네다. 내 목숨이 꺼지는 것두 무섭구, 다른 이가 죽는 것도 무섭습네다. 사람이 죽는 거를 아무렇지 않게 여기는 놈들이 무섭습네다.

달현은 대답하지 않는다. 주룡은 부러 명랑하게 말을 잇는다.

기렇대두 기실은 내래 무서울 거이 없는 간나임메. 왜냐, 겪을 일은 이미 다 겪었다 여기기 때문입네다. 남편을 먼처 잃었구요, 식구와는 연을 끊었구요, 길게는 아니디만 옥에두 갔다 와본 바가 있습네다. 고생이란 고생은 벌써 다 해보았는데 내래 무엇이 무섭겠습네까. 이보다 더 심한 꼴을 당하랴 합네다.

가만히 듣고 있던 달현이 그제야 입을 연다.

주룡 씨. 사람은 소진되기도 하는 것입니다. 자신을 아끼시오. 아껴야 제때에, 쓸 곳에 쓸 수 있습니다.

내 걱정일랑 마시구 달현 씨 몸 챙기시라요.

평양에 있는 모든 단체가 주룡 씨와 평원 공장 투쟁을 지켜보고 있소. 주룡 씨 개인이나 마흔아홉 명 직공 당사자만의 승패가 아닙니다. 나는 이 싸움이 우리 적색노동조합의 첫 번째 승리가 될 것을 의심치 않습니다.

염려 놓으시라요.

달현은 일어나 다시 지게를 진다. 천막을 나서기 직전 달현은 머뭇거리다 다시 돌아서서 단 한 마디를 남긴다.

다치지 마시오.

달현이 나가며 살짝 열었다 닫는 출입구 틈으로 아직 어두운 바깥이 보인다. 5월 하순인데도 바람이 차다. 주룡은 문득 쓸쓸함을 느낀다. 쓸쓸함이 도리어 정신을 맑게 한다. 농성을 시작한 이후 거의 한숨도 제대로 자지 못했지만 의식은 그 어느 때보다도 깨어 있는 듯이 느껴진다. 큰 종이를 꺼내고 붓을 들어 새로운 담화문을 작성한다.

공장주는 농성단의 연이은 교섭 요청에 경찰 호출로 화답한다. 담벼락에 붙이려고 쓴 글이 무용지물이 된다.

종전까지 개별 공장 단위의 파업에 경찰이 개입하는 것은 공장주가 일본인인 경우에나 있는 일이었다. 재산 보호 차원에서 출동하는 그런 경우와 지금 이 상황은 본질적으로 다른 것이다. 이 자리에 나와 있는 경찰들은 겨우 조선인 공장주의 조그마한 공장 하나를 지켜주려는 것이 아니다. 아무리 작은 움직임이라도 노동운동이니까 일단 진압하고 보려는 것이다.

공장 정문 앞에 대기 중인 경찰은 줄잡아 백여 명에 이른다. 겨우 마흔아홉 명, 그것도 절반가량은 애를 끼고 있어서 거동도 쉽지 않은 여직공들과 맞서자고 두 배수에 달하는 경찰 병력을 동원한 것이다.

매일 하던 대로 주룡은 앞서서 걸어 나간다. 농성단 천막에서 공장까지는 엎어지면 코 닿을 거리다. 주춤주춤 저를 뒤따르는 동지들을 안심시키려고 주룡은 짐짓 전혀 두렵지 않은 척한다. 돌아보지 않아도 소리로 알 수 있다. 겁먹은 토끼 떼처럼 뭉쳐 있던 동지들이 저를 따라, 한 박자 늦게, 주춤주춤 앞으로 걸어오는 것을.

경찰들과 삼사 보 떨어진 거리에서 주룡은 멈추어 돌아선다.

연좌합세다.

주룡의 지시대로 조합원들은 6열 종대로 늘어앉는다. 경찰들을 등지고 서 있는 주룡은 앉아 있는 이들의 얼굴색으로 분위기를 짐작할 수밖에 없다. 다행히 경찰들이 총을 들고 있지는 않다. 의식하지 않으려 애썼으나 어쩔 수 없이 곁눈질하고 만 것이다. 총 대신 곤봉을 든 경찰 백 명을 등지고 주룡은 다리에 굳게 힘을 준다.

게시할 수 없게 된 담화문을 구호 삼아 동지들과 함께 연창한다. 담화문을 거의 끝까지 읽었을 즈음부터 등 뒤에서는 경찰 상급자가 일본말로 떠드는 소리, 백 명의 경찰이 일제히 발을 구르고 각을 맞추는 소리가 들린다. 등줄기며 오금에 식은땀이 돋지만 주룡은 태연한 척 집회를 마무리한다. 다행히 경찰들은 농성단 천막까지 따라오지는 않는다.

동지들. 오날은 줄 아조 잘두 맞추어 앉으시더네요. 경찰들 본으루 기런 거인가?

천막으로 돌아오자마자 주룡이 던진 농지거리에 몇몇이 웃는다. 약식 집회를 치르는 한두 시간 사이 해쓱하니 혼이 달아난 얼굴들이다. 경찰 개입이야 예상했던 일들 가운데 하나지만 과연, 경찰 백 명이라는 말을 귀로 듣는 것과 경찰 백 명을 직접 대면하는 것은 다르다. 동지들의 기세가 꺾일까 봐 주룡은 목소리를 높인다.

우리는 죄가 없구 공장주는 빽이 없시다. 머신 말인지 아시기요? 경찰이 일단 겁주느라 출동은 하였으나 우릴 체포할 핑계는 없다, 이거입네다. 만일 우리 공장주가 일본 사람이라두 되었댔으면 우린 투쟁 첫날에 이미 다 감옥 갔을 거입네다. 동지들, 이 강주룡이 말이 옳습네까, 그릅네까?

옳습네다!

다행히 동지들도 투쟁 시작 후 경찰을 처음 보아서 조금 놀랐을 뿐, 투쟁 의지를 상실한 것 같지는 않다. 그러나 일단 경찰이 개입한 이상은 충돌이 예고된 것이나 다름없다. 그 시기가 언제가 될 것인가가 문제일 뿐. 아무도 다치지 않기를 주룡은 바란다. 많은 사람이 다치고 난 후에야 힘들게 승리를 거둘 수도 있다. 누구 하나 다치지 않고 승리하는 것이 최선이겠지만 이를 바라는 것은 싸우지 않고 이기고 싶은 것이나 다름없다. 최악은 많은 사람을 다치게 하고 임금 감하도 끝내 막지 못하는 것이다. 이미 싸움을 시작한 이상 최악만은 막아야 한다.

그러나 더 무엇이 나빠지겠는가. 이미 싸움은 시작되었는데.

주룡은 아직까지도 떨리는 팔들을 제 양손으로 감싸 붙든다.

경찰 출동 첫날과 같은 대치가 며칠간 지루하게 이어진다. 무리하게 공장 진입을 시도하지 않는 이상 경찰들은 무력을 행사하지 않는다. 우리가 너무 몸을 사리는 건가? 주룡은 끝없이 자문한다. 그러는 동안에 동지들은 시시각각 지쳐가고 있다. 날마다 '임금 감하 결사반대'의 구호를 들고 교섭을 목 놓아 요구하지만 공장주는 응답하지 않는다. 다소간 피를 보는 한이 있더라도 일단의 결의를 보여줄 행동이 필요한 시점이 아닌지.

고민하며 천막 곁을 서성이는 주룡의 눈에 웬 여자가 달려오는 것이 보인다. 공장 조합원인가, 하고 보니 적색노동조합의 일원이다. 소식을 전하러 오는 것은 짐작이 되지만 낭보인지 비보인지는 알기 어렵다. 불길한 예감으로 뛰는 가슴을 가누며 주룡도 달려나가 동지를 맞는다.

강 동지, 큰일이 났시요.

여자는 멘 목으로 거친 숨을 내뿜으며 말한다.

정나기 동지가 체포되었습네다.

나기는 달헌의 이명이다. 바깥에서 누가 들을세라 조합 내부에서 암호처럼 사용하는 이름이다. 순간 거대한 손이 제 온몸을 세게 쥐는 듯한 고통을 주룡은 느낀다. 머리와 가슴이 동시에 아파오고 숨이 턱 막히는 것이다. 이 고통이 그리 낯설지도 않은 것을 다행으로 여겨야 할까. 주룡은 가까스로 말을 고른다.

알갔습네다. 동지도 우선 피신하시라요.

우리는 아직은 일없습네다. 정나기 동지를 비롯하야 일단 잡혀간 이들은 죄 조선공산당 출신자입네다. 고저 강 동지는 농성단을 뜨지 못하시니 뉘기라도 날래 상황을 알려드려야 할 것 같아왔습네다.

해두 몸조심하시라요.

강 동지가 더 염려됩네다.

혼자 남은 주룡은 귀와 눈이 울리는 충격 속에 비틀비틀 천막 안으로 들어간다. 공장 조합원들이 비좁은 천막 안에 옹기종기 모여 앉아 있다. 잠시 집에 들르러 간 이를 빼고 줄잡아 서른 명가량이다. 조합원들은 이제 좀처럼 집에 가지 않는다. 혼자 집에 가는 길에 수상한 남자가 뒤를 밟는 일을 겪었다는 이가 한둘이 아니었다. 집에 다녀올 일이 있을 때면 근처 사는 사람들끼리 조를 이루어 움직이는 규칙 같은 것이 생겼다. 심야에 천막에 남는 당번조 또한 열 명가량으로 늘었다. 조합원들이 자발적으로 남기로 한 것이다.

천막에 들어서는 자신을 일시에 바라보는 조합원들의 얼굴이, 그 개개의 얼굴들이 잘 구분되지 않아서 주룡은 눈을 세게 감았다가 뜬다.

동지들, 내래…….

주룡은 다음 말을 다 생각하지 않은 채로 입을 연다. 목이 메어서 목소리가 뒤집힌다.

결단이 필요한 때라구 여깁네다.

모두 조용히 주룡의 말을 기다린다. 주룡은 필사적으로 냉정을 되찾으려 애쓰며 말한다.

뉘기 몸 상할까 봐 겁이 나 여지께니 하던 대루 하고자 하는 마음이었디만은…….

가까스로 주룡은 말을 맺는다.

내래 금일로부터 곡기를 끊고 아사 투쟁을 시작하렵네다.

아사 투쟁은 주룡이 종전부터 최후 수단 중 하나로 각오하고 있던 것이다. 달현의 체포 소식이 도리어 망설임을 깨뜨릴 격발장치가 되었다. 이 싸움을 더 오래 끌어서는 안 된다는 판단이 생겼고, 죽으면 죽었지 포기하지는 않겠다는 각오는 오래전부터 이미 있었다.

결의를 일단 입 밖에 내고 보니 마음이 가라앉는다. 동지들은 주룡을 물끄러미 바라볼 뿐 가타부타 말이 없다. 주룡은 다시 한 번 차분하게 제 생각을 정리하여 말한다.

쟁의의 대표로서 내래, 패배하느니 차라리 굶어 죽기를 결의합네다. 금일 밤으루 공장에 잠입하여 아사 투쟁을 선포할 거이니 동지들은 각지 노동단체며 타 공장 동지들에게 내 소식을 전하여 주시라요. 경찰들두 며칠 우릴 지켜보구서 방심했을 게라 나 하나 공장 들어가는 거는 일두 아닐 거외다.

내래 따르갔소.

홍이 형님이 손을 든다.

나두 하갔시요.

어드렇게 형님 혼차 아사하거니 두갔습네까, 나두 갑네다.

이쪽저쪽에서 죽순처럼 불쑥불쑥 손들이 솟는다.

안 할 사람이 손을 드시요. 이래서는 끝이 없갔소.

누군가의 목소리에 다시 천막 안이 고요해진다. 주룡은 감격스러우면서도 미안한 마음에 손사래를 친다.

다들 한다구 따라 하시지는 마시라요. 아사 투쟁에 가담한 사람 말구두 무사히 남아 이후 싸움할 동지두 필요합네다.

죽으려거들랑 같이 죽읍세다.

주룡의 말에 누군가 화답하고 누가 먼저랄 것 없이 손뼉을 치기 시작한다. 주룡은 눈물을 참기 위해 목을 가다듬는다.

기러면 우리 조직의 전술을 인제부터 아사 동맹으로 하여 이 쟁의의 끝장을 봅세다. 동지들, 함께해주어서 고맙습네다.

박수 소리는 오랫동안 끊이지 않는다.

집에 다녀온 조합원들의 동의를 구해 마흔아홉 명의 파업단 전원이 아사 동맹에 참여하기로 한다.

경찰은 정문만 지킨다. 그마저도 심야에는 절반가량만 남고, 그들끼리도 교대로 눈을 붙인다. 조합원들은 조를 나누어 잠입을 시도하기로 작전을 세운다. 주룡을 비롯하여 몸집이 작은 선발대가 개구멍으로 먼저 들어가서 후문을 개방하는 것이 일단의 목표다. 일부러 시간 간격을 두고 몇 사람씩 천막을 떠나 공장에서 먼 곳까지 갔다가 돌아오기로 이야기를 해둔다. 눈에 띄지 않게 후문 앞에 너무 많은 사람이 몰리지 않도록 주의해야 한다는 당부도 잊지 않는다.

주룡을 포함한 선발대 세 사람은 어렵지 않게 개구멍을 통과해 공장 담 안에 진입한다. 문득 주룡은 간도에 살던 시절 토끼장 구석에 생겼던 굴을 생각한다. 아무리 헤아려도 머릿수가 부족해 어디가 잘못되었나 보니 나무로 만든 우리 밑에 웅덩이처럼 파놓은 굴이 있었다. 주룡의 손이 겨우 들락거릴 정도였다. 주룡은 그 틈으로 몸집 작은 토끼들이 달아난 거라 생각했고 어머니와 아버지는 족제비 같은 것이 들이닥쳐 토끼를 물어간 것이라고 했다. 애초에 그런 곳에 그렇게 빨리 구멍이 생긴 이유가 뭐겠냐는 것이다. 그렇지만 정말 길짐승이 물어간 거라면 피얼룩이 남았겠지. 토끼처럼 예민한 짐승은, 더구나 집토끼는 우리 안에 들어온 포식자를 보기만 해도 놀라서 죽을 수도 있는데. 주룡은 여전히 제 생각이 옳다고 여긴다. 그래야만 한다고 생각한다. 아무리 약한 짐승이라도 제 살길은 찾아낼 줄 아는 것이 마땅하다.

후문을 여는 것도 큰일이 아니다. 전원이 잠입하기까지 대략 한 시간가량이 걸린다. 공장 안에 무사히 들어온 조합원들은 정문 밖에 서 있는 경찰들의 눈에 띌세라 담벼락에 붙어 조심조심 이동한다. 후문을 도로 걸어 잠근 선발조도 담장 양옆으로 갈라져 정문까지 살금살금 걸어간다. 주룡은 뛰는 가슴을 문지르며 슬쩍 정문 바깥을 내다본다. 경찰들은 정문에서 열서너 걸음은 떨어진 곳에 자리를 잡고 있지만, 겁이 나기도 하거니와 워낙 사위가 어두워 실제보다 가깝게 느껴진다. 주룡은 그늘져서 잘 보이지 않는 반대편 동지에게 손짓을 해 보인다.

공장 정문은 대략 트럭 두 대 정도가 동시에 드나들 수 있는 넓은 폭 대문과 사람이 드나들게 난 쪽문 하나로 되어 있다. 평시에 큰 대문은 닫혀 있다. 주룡의 신호를 받고 반대편에 서 있던 동지가 조용히 쪽문을 닫아 잠근다. 끼익하는 쇳소리에 모두 가슴이 철렁 내려앉는다. 그 뒤로는 내내 고요하다. 들키지 않은 듯하다. 선발조는 다시 담벼락을 더듬어 그늘만 밟아가며 공장 건물 안으로 들어간다.

기계가 돌지 않는 지금 같은 때조차도 공장 안에서는 역한 찐 고무 냄새, 독하게 배합된 약품 냄새, 롤러에 바르는 휘발유 냄새가 한데 섞여 이루 말할 수 없는 악취가 난다. 어두워서 오히려 한층 더 고약한 것 같기도 하다. 불을 밝히기가 곤란해서 주룡은 조합원 한 사람 한 사람 손을 잡고 목소리를 듣는 것으로 인원을 가늠한다. 앞사람 어깨에 한 손을 얹어 한 줄로 선 조합원들은 주룡에게 손을 잡힐 때 조용히 제 이름을 말해준다. 주룡은 저를 빼고 마흔여덟을 헤아린 뒤 마지막으로 제 이름을 부른다.

모두 무사히 들어온 것 같습네다.

주룡은 조합원들을 둥글게 모아 세우고 목소리를 낮추어 말한다. 어깨를 바투 겹치고 선 동지들이 한 사람의 발밑에서 뻗어 나온 여러 개의 그림자처럼 보인다.

인제부터 아사 동맹으루 우리, 투쟁을 다시 시작하여봅세다.

7

날이 밝아 공장 앞마당에 조합원 전원이 도열하기까지 경찰은 눈치채지 못한다. 전날 밤 숨죽여가며 잠입한 것이 민망할 지경이다. 주룡은 조합원들에게 등을 보이고 정문을 향해 외친다.

평원 공장 공장주와 경찰은 들으라.

평원 공장 공장주와 경찰은 들으라.

주룡의 말을 나머지 조합원들이 다시 한번 큰 소리로 입을 모아 외친다. 그제야 경찰들은 조합원들이 천막을 비우고 공장에 들어왔다는 사실을 눈치챈다. 상급자로 보이는 이 하나가 뭐라 일본말로 구호를 붙이자 공장 밖 빈터를 향해 서 있던 경찰들이 일제히 돌아선다. 주룡은 기가 질리는 것을 감추려 애쓰며 다시 목소리를 높인다.

금일로 우리 평원 공장 고무직공조합은,

주룡은 다른 조합원들이 따라 하기 좋도록 말을 한 번 접는다. 조합원들 또한 경찰의 움직임을 보고 있으면서도 목소리에 흔들림이 없다. 여러 사람의 목소리이기 때문에 떨림이 쉽게 드러나지 않는 것일지도 모른다.

공장주가 교섭으로 우리 요구를 들어주지 않으면,

상급자의 구령에 따라 경찰들은 한 보 한 보 전진해온다. 일부러 마당 한가운데에 자리를 잡고 있지만 가까이 다가오는 경찰들이 겁나는 것은 어쩔 수 없다.

동맹하여 아사할 것을 결의하노라.

동맹하여 아사할 것을 결의하노라.

주룡은 조합원들이 제 말을 다 따라 하고 난 후 잠시 숨을 고른다.

공장주는 즉각 임금 감하를 취소하고 교섭에 나서라.

마지막 말을 따라 하는 조합원들의 목소리는 이전보다 불분명하다.

주룡은 조합원들을 들여보내고 마지막으로 들어가 문을 잠근다. 조합원들도 작업대며 공구들을 밀고 끌어다 버팀목으로 삼는다. 사방 흩어져서 출입구를 막은 작업대 위에 앉거나 기대기도 한다.

아무 일 없이 밤이 온다.

전날 공장에 잠입하느라 힘을 빼고 종일 굶은 사람들은 지쳐 꾸벅꾸벅 졸기 시작한다. 주룡도 몸이 말을 듣지 않아 바닥에 걸터앉는다. 아사 동맹도 오래가지는 못하겠다, 하는 허튼 생각이 든다.

밖에서 기합 소리 같기도 하고 함성 소리 같기도 한 괴성이 들려온다. 가까이에서 나는 소리다.

올 것이 왔구나.

조합원들은 겁에 질려 서로의 손을 잡는다. 더러 경찰들의 기척을 듣고도 깨지 못한 옆 사람을 깨워 일으키기도 한다. 주룡은 외친다.

노래를 부릅세다. 〈고무 공장 큰아기〉.

이른 새벽 통근차…… 하는 첫 소절이 끝나기도 전에 문밖에서 둔탁한 것이 부딪쳐오는 소리가 들린다. 기대어 있던 사람들의 등이 쿵쿵 울린다. 사람들은 울며 서로를 껴안는다. 사람이 홀수라 주룡에겐 껴안을 짝이 없다.

어둠 속에서 유리창 깨지는 소리가 난다. 모서리까지 꼼꼼하게 깨느라 곤봉이 창틀 안으로 들락거리는 것을 주룡은 아득하면서도 분한 심정으로 바라본다. 남폿불이 창문 안팎으로 들어왔다 빠졌다 한다. 주룡은 다시 한번 외친다.

동지들. 서루 팔짱을 끼구 자리에 누웁세다.

사람들은 겁에 질린 채면서도 주룡의 말에 그대로 따른다. 창틀에 경찰들의 검은 발이 걸린다. 남포를 든 경찰들은 출입구에 누워 있는 사람들을 두들겨 패 몰아내고 버팀들을 치워 문을 연다. 홀로 가운데에 선 채로 주룡은 사람들이 아닌 경찰을 향해 부르짖는다.

저항하지 않난 이들에게 곤봉을 휘두르지 말라. 우리는 죄가 없다.

동시에 세 명이나 되는 경찰이 주룡에게 달려든다. 몸을 비틀어 빠져나가려는 주룡의 사지를 쥐고 번쩍 들어 밖으로 나간다. 주룡은 가까스로 빠져나와 바닥에 덜퍽 엎어진다.

찢어지는 듯한 비명 소리들로 공장 안은 아비규환이다. 억지로 팔짱을 풀고 누구는 머리채를 쥐고 누구는 겨드랑이를 잡고, 또 누군가는 짐처럼 떼메서 바깥에 내동댕이친다. 주룡은 기어서 달아나려다 다시 붙들린다. 들려 나가는 와중에 옷이 벗겨져 속살이 드러나거나 말거나 경찰은 아랑곳 않고 사람들을 고무신짝 출하하듯 밖으로 떠다 나른다. 가만히 누워 버티는 여자 마흔아홉 명을 제압하려고 무장한 경찰 백 명이 들이닥친 상황이다. 억울하고 기가 막혀서 주룡은 몸이 제 몸처럼 느껴지지 않는다.

이 씹어 먹어도 시원찮을 새끼들아.

주룡은 흐느끼며 악을 쓴다. 얼굴은 흙과 눈물로 범벅이 되고 입안에서도 모래알이 씹힌다.

정문 밖에 내동댕이쳐진 사람들은 누가 먼저랄 것 없이 다시 공장 안으로 뛰어든다. 몇 번이고 경찰들에게 밀려 나오면서도 계속 달려든다. 주룡은 일어나 더러워진 얼굴을 닦고 사람들에게 외친다.

동지들. 파업단 천막으로 가시라요. 우선 몸을 아끼자요.

사람들은 울며 계속 공장으로 뛰어들 뿐 주룡의 말을 귀담아 듣지 않는다. 주룡은 정문 앞에 엎드러진 한 사람 한 사람의 귀에 일단 물러나라는 말을 속삭여준다. 불행 중 다행이라고 해야 할지, 경찰의 목적은 일단 체포가 아니라 공장 사수인 것으로 보인다. 그러나 이 이상 사태를 끌었다간 경찰이 태도를 어떻게 바꿀지 모른다.

주룡은 농성장을 돌아본다. 경찰들이 천막을 철거하고 있다. 또다시 아득하게 눈앞이 무너진다.

이 잡놈의 아새끼, 덕이 놓으라.

홍이 형님이 악다구니를 쓰며 덕이라는 애를 잡고 있는 경찰에게 매달린다. 덕이와 홍이 형님은 동시에 정문 밖으로 내동댕이쳐진다.

주룡은 달려가 홍이 형님의 팔을 부축해 일으켜 세워주고 집으로 가 있으라 말한다. 홍이 형님은 공장을, 주룡을, 농성장 천막을 번갈아 바라보고 눈물이 고인 얼굴로 일어선다. 홍이 형님은 집으로 가는 대신 저처럼 밖으로 내쳐진 사람들을 일으켜 세워 집으로 가자고 말한다. 주룡이 하는 것과 같이.

꼬박 한 시간 넘게 싸운 끝에 모든 사람이 밖으로 밀려 나온다. 이윽고 경찰들도 진을 정비해 다시 정문 앞으로 나온다. 망연히 공장 앞을 맴돌던 사람들은 경찰을 피해 주춤주춤 물러나더니 이윽고 뿔뿔이 흩어진다.

끝이다.

주룡 또한 공장을 등지고 달아나면서 악문 턱으로부터 배어 나오는 시고 짠 침을 삼킨다. 목이 부어 잘 넘어가지 않는다.

8

주룡은 정처 없이 밤 깊은 평양 시내를 헤맨다. 파업단 천막을 치면서 셋방을 뺐다. 달헌을 비롯한 적색조합 동지들이 붙잡혀 간 마당에 임시 당사 사무실에 갈 수도 없다. 천막이 철거되는 꼴은 제 눈으로 직접 보았다. 조합원 대부분이 집안의 반대를 무릅쓰고 투쟁에 매달린 터라 그들 신세를 질 수도 없다.

도망쳐.

도망쳐야 해.

지금이야말로 간도로 달아나기에 더할 나위 없는 때인지도 모른다는 생각이 뇌리를 스친다. 부질없는 생각이다. 그저 갈 곳이 있기를 바라는 마음, 그 갈 곳이 멀고 가기 험할수록 차라리 나은 마음, 그 마음이 스스로를 속이는 것이다.

그렇지만, 그러면, 나는, 이제 무얼 하면 되나.

배가 고프다.

주룡은 헛, 하고 날숨을 모아 내뱉는다. 어제는 아사 투쟁을 결의해놓고 이제 와서 배가 고프다고?

하지만 정말로 배가 빈 것을 어쩌란 말인가. 아무도 모르는 사이에 저 혼자 곡기를 끊은들 누가 알아준단 말인가. 너무 주려 대동강 모래라도 배불리 퍼먹고 죽고 싶은 심정을 어쩌면 좋단 말인가.

죽고 싶은 심정이라.

그래 죽자. 죽어버리자.

그 생각에 도리어 마음이 편해진다. 아, 그렇구나. 죽으면 되는구나. 한껏 날카로워졌던 머리가 한풀 가라앉고 천만 갈래로 찢어지던 가슴이 다시 붙는 듯한 생각이 든다. 그저께 아사를 결심하였을 때는 마음이 이렇게 편하지 않았는데, 어째서일까.

어떻게 죽을까?

어두운 신작로를 띄엄띄엄 가로등이 굽어 비추고 있다. 주룡은 전심전력으로 눈물을 참으며 걷는다. 아직 아무것도 하지 않고 그저 죽으리라는 구상을 품었을 뿐인데 제가 아는 온갖 얼굴들이 망령처럼 달려든다. 주룡은 그 모든 얼굴들 앞에 고개를 젓는다. 내버려둬. 나를 내버려둬. 잘 살게 도와주지 않았으면서, 그만 사는 것마저 못 하게 하지는 마.

포목점 문을 두드려 주인을 깨운다.

참말 급해서 기러오. 광목 한 필만 파시라요.

포목점 주인은 눈을 비벼가며 일제 광목 한 필을 골라준다. 튼

튼하고 품질 좋다 추어올리기를 잊지 않는다. 주룡은 가진 돈을 전부 털어 그것과 바꾼다. 천 끝을 잡아당겨 충분히 튼튼한가를 재보면서 주룡은 포목점을 나선다. 혹시라도 죽기에 실패할까 봐.

어디에서 죽을까?

눈앞에는 대동강이 보인다. 강에서는 목매 죽을 수 없다. 하자면야 대동교에라도 목을 매면 그만이지만 새벽에도 행인이 제법 있어 뜻대로 잘되지 않을 것이다. 강이 아니면 산. 주룡은 뒤돌아 금수산을 본다. 걷는다. 깊은 밤인데도 행인들이 적지 않다. 기생을 끼고 가는 남자를 둘이나 본다. 헛웃음을 치면서 한편으로는 더 인적이 드문 데로 가야겠다는 생각을 한다.

적당해 보이는 나무를 골라 일목 한끝을 걸어 넘긴다. 만개한 벚나무 가지에 제 시체가 대롱대롱 걸려 있을 꼴을 생각하니 눈물도 나고 웃음도 난다. 기왕 죽는 것 아름다운 곳에서 죽고 싶다는 것은 자기의 마지막 허영이라 여기기로 한다. 걸려 있는 일목이 기저귀 빨래를 넌 것도 같아서 그리 보기 좋지만은 않다. 끝을 묶어 매듭을 지으면서 주룡은 생각한다.

기왕 죽는 것, 내가 죽는 것은 평원 고무 공장 공장주의 횡포 때문이라고 사람들에게 알려야 할 텐데.

유서를 쓰자니 지필이 없다. 돈이라곤 아까 일목 한 필을 사는 데 쓴 그것이 전부다.

모르겠다.

주룡은 마디를 팡팡 잡아당겨보고 거기에 머리를 끼워본다. 매듭을 너무 길게 잡은 탓에 무릎을 꿇어도 천 끝이 느슨하게 남아 말려든다. 어이가 없어서 주룡은 배가 울리도록 웃는다.

어떻게 이다지도 약한 인간인가, 나는. 얼마나 겁이 많은 인간인가, 나는.

한숨을 쉬며 머리를 뺀 다음 주룡은 매듭을 푼다. 길이를 조절해 다시 매달리려던 생각이 마디를 푸는 도중에 바뀐다.

여기서 유서도 없이 죽으면 세상 사람들이 뭐라고 생각할까. 내 이름이나 알까. 내가 뭐 하다 죽은 년인지 사람들이 알 게 뭐람.

궁리 끝에 주룡은 일목을 다시 감아 옆구리에 낀다.

평양에서 가장 아름다운 곳에서 죽자. 평양 제일의 명승에서, 내가 왜 죽으려는지 사람들에게 내 입으로 외치고, 사람들이 보는 앞에서 당당하게 죽자.

문득 떠오른 〈국제가〉의 후렴구가 도무지 머리에서 떨쳐지지 않는다.

깊은 새벽 주룡은 아무도 없는 을밀봉을 더듬어 올라가 축대 위에 선다. 일전에 옥이와 왔을 때는 축대까지는 오르지 못했던 것이 문득 떠오른다.

을밀대 지붕으로 기어오르는 데는 또 다른 궁리가 필요하다. 주룡은 일목을 이리 휘감고 저리 휘감고 해보다가, 제힘으로 던질 수 있을 만한 돌덩이 하나를 골라 일목 끝에 묶는다. 돌덩이가 지붕에 단단히 걸리도록 힘껏 던진다. 한 번으로는 잘되지 않아서 여러 번 다시 던진다. 일목이 팽팽하게 걸린 다음에는 다시 매듭을 만들어 그네 뛰듯 체중을 실어 매달려본다. 그러다 또 헛웃음을 치고 마는 주룡이다.

오르다 떨어져 죽는다 해도 그건 내 뜻대로 되는 것인데, 이제 와서 죽는 것이 무서운가.

아무려나 주룡은 일목에 매달려 을밀대 벽을 디뎌 올라간다. 누군가 따라서 올라오기라도 할까 봐 긴긴 일목을 제 팔로 감아올린다.

사위가 밝아온다. 아찔하다. 굴러떨어지면 크게 다치겠거니 하는 생각을 하는 와중에도 자꾸 눈이 감긴다. 파업단 꾸리고 제대로 자본 기억이 별로 없다. 아사 투쟁을 결의한 날부터는 숫제 한숨도 못 잤다. 허공의 바람이 시리다. 주룡은 감아올린 일목을 제 몸에 감는다.

저기 사람이다. 사람이 있다.

깜빡 잠들었다 눈을 뜬 주룡은 구경꾼 여남은 명이 축대 위에서 저를 바라보고 있는 광경을 본다. 그들 뒤로 을밀봉을 부지런히 올라오는 또 다른 이들이 개미처럼 작게 보인다. 아침 산보를 나온 사람들이 저를 보고 놀란 모양이다.

날은 어느덧 밝아 있고 제 이마에는 땀이 송골송골 맺혀 있다. 주룡은 몸을 칭칭 동였던 일목을 풀고 자리에서 일어난다. 구경꾼들이 어어, 하고 가슴 졸여 탄식하는 소리가 들려온다. 소방대를 부르네 경찰을 부르네, 소란을 피우며 축대를 내려가는 사람도 보인다.

존경하는 인민 여러분. 내래 평원 고무 공장의 고무 직공 강주룡입네다.

주룡의 입을 통해 나오는 음성은 그 어느 때보다도 맑고 우렁차다. 입을 열자 가늘게 떨리던 사지가 도리어 굳세어진다. 스스로의 웅변에 저 자신마저 압도되는 것을 느끼면서 주룡은 말을 이어간다. 이 순간 주룡은 저 자신의 것이 아닌 것만 같다. 저보다 훨씬 더 큰 것, 옳고도 위대한 것이 저의 입을 빌려 말하고 있는 것처럼 여겨진다.

눈을 들어 저 대동교 건너 선교리를 보아주시라요. 내 일터 평원 고무 공장이 게 있습네다. 사 측의 일방적인 임금 감하 통보에 저항하여 마흔아홉 직공이 파업단을 이루어 싸우고 있습네다.

구경꾼들이 속속 몰려들고 누구 하나 내려가려 들지를 않아 축대에는 이제 발 디딜 틈조차 없다.

우리는 이미 목숨을 내놓기로 각오하고 싸우고 있었거니, 나 또한 예서 내려가는 길은 죽어서 내려가는 것뿐이라 여깁네다.

다시금 주룡의 뇌리에 〈국제가〉의 후렴구가 떠오른다.

이는 우리의 마지막 판가리싸움이니…….

그러니 인민 여러분, 내 목숨을 내걸고 외치는 말을 들어주시라요.

마흔아홉 파업단 동지들의, 이천삼백 피양 고무 직공의, 조선의 모든 노동하는 여성의 단결된 뜻으로 호소합네다.

역

수감 번호 121, 면회.

달헌은 귀를 의심한다. 체포되고 엉터리 예심 재판에 회부된 이후 계절이 몇 번이나 바뀌었다. 그러는 사이 면회는 이번이 처음이다. 다소간 포기하고 있던 부분이다. 적색노동조합 관련인 여럿이 달헌과 함께 체포되었으므로 면회를 올 만한 사람이 없기도 했고, 심지어 달헌은 지도자급이라 면회 요청이 거부될 가능성도 적지 않았다.

주룡 씨?

면회실에 들어선 달헌은 눈을 비빈다. 착각이었다. 쪽 찐 머리에 주룡 또래, 초라한 행색을 한 다른 여자다. 달헌이 알지 못하는 여자다. 여자는 우물쭈물하며 자리에서 일어나 제 소개를 하고 다시 앉는다.

주룡이 동무 삼녀라구 합네다. 룡이하구는 같은 공장 다녔구, 룡이는 내를 삼이라구 불렀댔습네다.

면회 요청이 수락된 이유를 짐작할 만하다. 사상적으로 아무 의심되는 구석이 없는 평범한 여자라 이거지.

실례했소. 죄수복이나 간수복 안 입은 사람을 아주 오랜만에 보아서 반가운 마음에 그만. 그래, 어떻게들 됐습니까? 세상 돌아가는 소식은 영 알 길이 없어서 말입니다.

우리가 이겼습네다.

달헌은 저도 모르게 아이처럼 손뼉을 친다.

하라쇼! 역시 강주룡. 내가 보는 눈이 있었지.

삼이는 흘긋흘긋 간수의 눈치를 보며 소매에서 작은 종이 꾸러미를 꺼낸다.

이거이 그간 룡이 나온 기사 오려서 모은 거입네다. 룡이가 신문 잡지에 아조 많이 나왔습네다. 저, 말재간이 없어설랑…… 날래 챙기시기요.

간수는 분명히 달헌이 뭔가 넘겨받는 것을 본 눈치지만 아무 말 않는다. 아무래도 삼이가 몇 푼 찔러준 듯싶다. 달헌은 종이 뭉치를 소매 깊은 곳에 단단히 넣어두고 태연한 얼굴로 다시 삼이를 마주 본다.

정달헌 씨 말씀 많이 들었습네다.

삼이는 뭐라 더 하고 싶은 말이 있는 듯이 입을 달싹달싹 움직이다 말고 그저 자리에서 일어난다.

어디 가시오? 면회 시간 아직 남았는데. 말동무나 해주십시오. 민간인을 얼마 만에 보는 건지 모릅니다.

달헌의 만류에도 삼이는 면회실을 나가버린다. 퍽 이상한 일이다. 달헌은 다소 불길한 예감을 품고 소매를 만지작거린다. 승리 소식을 전하려면 주룡이 직접 왔어도 좋았으련만. 혹시 주룡마저 투옥된 걸까. 배제할 수 없는 가능성이 있다. 쓴입을 다시며 달헌도 일어나 면회실을 나선다.

모서리를 향해 앉은 채로 달헌은 삼이가 건네준 쪽지를 펼쳐본다. 가장 바깥쪽 포장지로 쓰인 종이는 무호정인이라는 기자가 쓴 인터뷰 기사다. 을밀대상의 체공녀, 여류 투사 강주룡 회견기? 제목 한번 걸작이다. 기사를 읽을수록 달헌의 입은 점점 벌어진다. 끝내는 껄껄 소리 내어 웃고 마는 달헌이다.

강주룡. 조선 최초로 체공 농성을 벌인 노동운동가. 당신을 알아본 내 눈은 틀리지 않았다. 그런 자부심으로 달헌은 가슴이 뜨거워지는 것을 느낀다.

나머지 종이쪽도 비슷한 내용을 담은 신문 기사다. 체공녀 강주룡 투쟁기. 을밀대 지붕에서 수 시간을 농성하며 버티던 그를,

일본 경찰이 밑에 그물을 쳐놓고 밀어 떨어뜨린 것. 그길로 체포되어 구류된 사흘 동안 옥중에서도 단식을 강행하며 임금 감하 철회를 부르짖은 것.

내가 말했지, 당신은 싸우려고 태어난 사람이라고. 아주 탁월한 투사라고. 달헌은 미소를 짓는다. 벅찬 마음에 눈가가 젖어 온다.

풀려난 직후 공장으로 돌아가 신입 직공을 뽑아 태워 오는 통근차 앞에 누워 또다시 농성을 벌인 것. 끝내 직접 교섭으로 공장주를 이끌어내 임금 감하 철회 선언을 하게 했으나, 파업 참여자 전원 복직은 관철하지 못해 정작 주룡 자신은 공장으로 돌아가지 못한 것.

이어지는 기사들을 읽어가는 동안에 달헌의 가슴은 뜨거워졌다가 식기를 반복한다. 단련되는 무쇠가 극도로 달구어졌다가 이내 급격히 냉각되는 것처럼. 그러나 인간이라서, 인간의 정신이라서, 달헌의 마음은 무쇠처럼 단단해지지 못한다.

절반 이상의 승리를 끌어내고 성료된 교섭 직후 주룡은 결국 적색노동조합 가담 사실이 밝혀져 투옥된다. 투옥 중에도 간헐적으로 단식을 반복하며 옥중 투쟁을 벌인 끝에 1년 만에 병보석으로 출소된다.

마지막 기사는 주룡의 사망을 다루고 있다.

달헌은 자리에서 일어난다. 주먹으로 벽을 치며 절규한다. 갈은 방에 수감된 다른 죄수들의 만류에도 아랑곳없이 악을 쓰며 몸부림친다. 일이 주먹다짐으로까지 번져 달헌은 독방 징계를 받는다.

우리는 마흔아홉 우리 파업단의 임금 감하를 크게 여기지는 않습네다. 이거이 결국에는 피양 이천삼백 고무 직공 전체의 임금 감하를 불러올 원인이 되기에, 그러므로 우리는 죽음을 각오하고 싸우고 있는 것입네다.
이천삼백 우리 동지의 살이 깎이지 않게 하기 위하여 내 한 몸뚱이 죽는 거이 아깝겠습네까? 내래 배워 아는 것 중 으뜸 되는 지식은, 대중을 위하여 목숨을 바치는 것처럼 명예로운 일이 없다는 거입네다. 하야서 내래 죽음을 각오하고 이 지붕 우에 올라왔습네다. 평원 고무 공장주가 이 앞에 와 임금 감하 선언을 취소하기 전에 내 발로 내려가는 일은 없습네다. 끝내 임금 감하를 취소치 않는다면 내 고저 자본가 압제에 신음하는 노동 대중을 대표해 죽기를 명예로 여길 뿐입네다.
기러니 여러분, 구태여 날 예서 강제로 끌어 내릴 생각은 마시라요. 뉘기든 이 지붕 우에 사닥다리를 갖다 대기만 하면 내래 즉시 몸 던져 죽을 게입네다.

독방에서 달헌은 닳도록 외도록 주룡의 체공 연설 내용을 읽는다. 들끓는 괴로움의 원인을 도무지 짚어낼 수 없다. 동지를 잃었다는 슬픔. 적색노동조합이 아니었더라면 주룡이 아직 살아 있을지도 모른다는 자책감. 홀로 그 모진 투쟁을 이끌어갈 때 아무 것도 해주지 못했다는 무력감. 그저 미안한, 미안한 마음.

달현은 사망 기사로부터 시작해서 역순으로 다시 기사를 읽는다. 몇 번이고 그 일을 반복한다. 그 모든 일을 제 눈으로 본 것 같은 착각이 들 때까지 읽고 또 읽는다.

죽었던 주룡이 두 달을 앓다가 병원에 간다. 생전 처음이자 마지막으로 간 병원에서 주룡은 소화불량과 신경쇠약 진단을 얻는다. 병원을 뒷걸음질로 나와서 감옥에 간다. 1년을 거슬러 공장주와 교섭을 하고, 통근 버스 앞에 누워 파업단 복직을 요구하고, 단식하러 구치소에 들어갔다 뒷걸음질로 나온다. 그물에서 튀어올라 을밀대 지붕에 올라앉는다.

해가 동쪽으로 기울어 주룡은 광목천을 타고 을밀대 누대에서 내려온다. 달현은 감은 눈으로 뜨거운 눈물을 흘리면서 그 광경을 본다.

거기서부터 다시 모든 것이 시작된다.

달빛이 흰 광목을 훑는다. 그 빛나는 줄을 잡고 지붕 위로 올라가려는 주룡은 마치 선녀 같다. 달현은 그 아름다운 광경을 감히 해칠까 봐 잠시 망설이다가 힘겹게 말을 건넨다. 올라가지 말아요. 거기 올라가면 죽게 됩니다.

주룡은 답한다. 알고 있다고.

달현은 제 머릿속에서조차 말을 듣지 않는 그 여자를 속수무

책으로 바라본다. 하늘로 올라가는 길처럼 빛나는 광목을 주룽은 단단히 붙든다. 사실은 두려워서 죽을 것 같은 표정이면서. 사실은 살고 싶어서, 그 누구보다도 더 살고 싶어서 활활 불타고 있으면서.

지붕 위에서 잠든 그 여자를 향해 누군가가 외친다.

저기 사람이 있다.

작가의 말

투쟁, 이라 말했고, 무엇과 싸우겠느냐는 물음에는 대답하지 못했다. 모든 것과 불화하며 그 모두와 사랑하고 있는 기분이었다. 아무도 불러주지 않는 이름으로 오래 있었기 때문에 그게 어떤 일인지 알 수 있다. 만나보지 못한 채로 죽은 사람에게 전하고 싶다.

다시는 미치지 않을게. 다시는 죽지 않을게. 내게 함부로 다정했던 사람들에게, 앞질러 가는 약속으로

이 책의 이름은 끝의 끝까지 내 이름의 옆에 놓일 것이다.

개정판 작가의 말

이후로 길지 않으나 짧다 하기도 어려운 시간이 지났다. 나는 종종 이 책에 대한 질문을 듣고, 꼭 이 책에 대한 질문이 아니어도 이 책과 관련된 답변을 하기도 한다. 가령 내가 가장 좋아하는 내 소설 속 인물이 누구냐고 하면, 언제나 답은 강주룡이다. 다른 대부분의 인물들은 완전히 내 속에서 나왔으나 강주룡은 내가 역사에서 빌려 온 사람이고, 애초에 내가 그에게 그토록 반하지 않았더라면 이 소설은 아예 쓰지도 않았을 터라서.

그런 가정은 내 나쁜 취미 중 하나다. 이 책을 쓰지 않았다면 일어나지 않았을 일들. 한겨레문학상을 타지 못했을 것이고, 다음 소설을 쓸 기회를 얻지 못했을 것이고, 나 자신의 쓸모를 발견하지 못한 채로 어딘가를 헤매고 있었겠지.

그러나 스물아홉 살에 이 소설을 쓰지 않았다면 서른아홉 살에 쓰려 했을 것이다. 서른아홉 살까지도 이 소설을 쓰지 못했다면 마흔아홉, 쉰아홉에라도. 이 소설을 쓰기 전까지 나는 거의 소설가가 아니었기 때문에, 소설을 쓰고 싶은 마음을 품고 있는 이상, 그러니까 살아 있는 이상 나는 언제고 이 소설을 쓰려 했을 것이다.

쓰는 일이 고되다고 느낄 때 나는 이 소설을 쓰기 전의 나를 떠올린다. 이 소설을 쓰는 동안 나는 이게 나의 마지막 소설이 될 수도 있다고 생각했다. 그런 각오로 쓴 이 소설이 첫 책이 되었다는 것은 내 자존의 가장 깊은 근거 가운데 하나다.

나는 썼고, 내가 쓴 소설이 나를 살렸다.

2024년 11월

박서련

추천의 말

일제 강점의 역사는 우리 삶에 많은 영향을 미쳤고, 문학에 있어서도 그렇다. 주체적으로 우리의 삶을 채워나가지 못했다는 역사적 한정은 인간을 이해하는 상상력을 제한하는 방식으로 작용했다. 젠더 문제에 있어서 특히 그러한데, 예컨대 우리는 싸우거나 고뇌하는 남성 인물과 상처 입고 인내하는 여성 인물을 오랫동안 익숙하게 받아들였다.

《체공녀 강주룡》은 이러한 오래된 상상력의 한계를 매우 명쾌하고 단호하게 돌파한다. 싸우고 고뇌하고, 일하고 사랑하며 자신의 삶을 스스로 결정하는 이 살아 있는 인물은 소설을 읽는 내내 독자를 사로잡는다. 거침없이 나아가되 쓸데없이 비장하지 않고,

비극적으로 삶을 마감했으나 자기 연민이나 감상에 젖지 않는 이 인물을 통해 우리는 전혀 다른 여성 서사를 만난다.

여성 수난 서사도 피해자 서사도 아닌 이야기에 가부장제와 식민주의의 운명에 눈물지었던 할머니들과, 왜곡되지 않는 여성의 이름을 얻고 싶은 오늘의 손녀들이 함께 공명한다. 그래서 '주룡'은 과거의 인물이되 《체공녀 강주룡》은 지금의 소설이다.

—서영인(문학평론가)

기아는 가장 지독한 사회적 전염병이다. 굶주림은 자아를 잠식하고, 육체가 지닌 최소한의 존엄마저 피폐하게 만들며, 주변의 타인마저 파괴한다. 《체공녀 강주룡》의 압도적인 첫 장면은 단식투쟁을 하고 있는 강주룡의 모습으로 시작한다. 수면마저 앗아간 극도의 허기를 잠시라도 잊기 위해 그는 무언가를 씹어서 연하게 만들어 목구멍으로 넘기는 상상을 한다. 강주룡의 손은 목구멍으로 들어가고 그는 천천히 자신을 씹어 먹는다. 하지만 자신을 향해 걸어오는 간수의 소리를 듣자 강주룡은 몸을 세우고 저항하는 인간의 자세를 잃지 않으려 안간힘을 쓴다. 타인에게 폭력적이기보다는 차라리 자기를 잡아먹는 뒤집어진 인간, 하지만 저항의 존엄을 끝까지 상실하지 않는 인간. 그가 바로 강주룡이다.

1925년 최서해는 《기아와 살육》에서 굶주림을 통해 영혼이 파괴된 인간 야수의 모습을 기념비적으로 보여주었다. 대략 100년의 시차를 두고 박서련은 굶주림의 고통을 자신의 내면으로 삼키고 이를 반항의 원동력으로 소진하는 인간을 역사의 거대한 망각 속에서 발견해, 잊을 수 없는 문학의 주인공으로 형상화하는 데 성공하였다. 최서해의 작명 감각을 살짝 빌려 와 말하자면, 이 작품은 '기아와 저항'이라고 부를 수 있을 것이다.

—서희원(문학평론가)

예심에서 이 작품을 처음 접하던 순간 가슴이 뛰었고 최종심에서 수상작으로 결정되자 내가 상을 받은 듯이 기뻤다. 내가 이 소설을 편애한 기준은 단순하다. 소설을 읽다가 그 속의 인물을 만나고 싶다는 생각이 들 때가 있는데, 그럼 볼 것도 없이 잘 쓴 소설이다.

소설 속 주룡은 오랫동안 잊고 있었던 옛 친구 같은 느낌을 주었다. 투박하고 단순한 언어와 외모, 내내 화평하다가도 건잡을 수 없이 격해지는 성미, 그 속에 감춰진 풍성하고 화사한 감성, 만날 때마다 한결같이 볼 수 있는 히쭉 웃음까지. 중학교쯤 되는 어느 시절 죽고 못 살던 단짝 친구를 무심코 펼친 원고 속에서 다시 만난 기분이었다.

조선 최초 고공 농성자라는 주룡의 역사적 가치보다도 나에게 중요하게 다가온 건 그런 거였다. 소설 속 인물과 나 사이에 오래된 영혼의 교류가 존재한다는 느낌. 내가 한때 추구했으나 이제는 그 기억조차 빛바래버린 어떤 욕망을 소설 속 인물이 싱싱하게 구현하고 있을 때, 나 또한 그와 함께 몸속에 생생한 것이 다시 날뛰게 되었다고 고마워하게 되는 그런 기분 말이다.

—심윤경(소설가)

원고를 펼침과 동시에 1900년대 초반으로 스윽 빨려 들어가 주인공의 삶에 이입해 들어갔다. 실존했던 인물의 삶을 따라가며 당시의 시대상, 생활상, 인간 군상의 다양한 희로애락을 체험했다. 간도와 평양을 무대로 한 광활한 서사를 따라가며 소설이라는 장르만이 줄 수 있는 '읽는 쾌감'을 원 없이 맛본 것은 물론이다. 마지막 장을 넘기면서 깨달았다. 그동안 인물과 묘사와 사건과 이동이라는, 이야기의 골격을 이루는 요소들이 있어야 할 자리에 정확히 배치된 소설을 오랫동안 읽지 못했다는 것을. 그런 소설에 목말라 있었다는 것을. 탄탄한 묘사와 완성된 세계, 강인하고 새로운 여성 캐릭터를 탄생시킨 이 강렬한 서사가 기존의 모든 틀이 무너져 내리는 혼란스러운 시대를 사는 이들에게 깊은 울림을 줄 수 있기를 기대한다.

—정아은(소설가)

《체공녀 강주룡》은 돌진하고 분출하며 꿈틀거린다. 놀라운 생동감으로 역사의 책갈피 깊숙이 숨어 있는 아름다운 인간을 바로 지금 여기에서 살아 숨 쉬게 만든다. 《체공녀 강주룡》은 역사

적 사실을 복원하기 위한 뒤늦은 심폐소생술이 아니라 우리가 반드시 알고 느끼고 쓰다듬어주어야 할 소중한 존재와의 눈부신 만남이다. 이 작가의 다음 작품을 읽고 싶은 생각에 벌써부터 설레기 시작한다.

—정여울(작가)

도식화의 유혹을 이기고 역사 속의 인물을 상상하는 소설적 힘이 대단하다. 소설《체공녀 강주룡》에서 강주룡이라는 근대 초기 여성 인물의 행로는 당장의 막막한 시대 현실에 제약되면서도 살아 있는 감정과 의지, 욕망을 충실히 표현한다. 전체적으로 크고 굵직한 서사는 작고 세세한 우연의 활동들을 외면하지 않으면서 시대의 굴곡진 흐름과 인간사의 복잡하고 미묘한 구석을 함께 그러안는다. 여성, 그리고 노동자로서의 강주룡의 현대성은 그 드러난 행적이 아니라, 그 자신도 잘 의식하지 못한 가운데 치러졌을 한 인간의 존엄성의 항거, 굴욕과 자존의 내밀한 순간들에 의해 섬세하게 포착된다. 유연한 문장, 웅숭깊은 서사의 호흡도 작가의 만만찮은 인간 이해를 증거한다.

—정홍수(문학평론가)

당연하게도 무엇을 쓸 것인가에 대한 고민은 어떻게 쓰는가만큼이나 중요하다. 박서련은 대한민국 현대사의 수많은 장면 중 하나에 불과했을 평양 을밀대의 지붕 농성 사진을 흘려버리지 않고 포착했다. 먼 과거의 케케묵은 이야기일 것이라는 짐작과 달리 당시 그녀들이 외치던 구호와 오늘의 노동자들이 외치는 구호가 크게 다르지 않다는 사실 앞에서 강주룡을 찾아낸 박서련의 매서운 눈을 칭찬하지 않을 수 없다. 무엇보다 나는 주룡이라는 인물에 반했고 그녀는 소설 속에서 다시 살아나 나를 일깨워준다.

—하성란(소설가)

가난한 간도 땅 신혼방과 항일유격대 본거지, 평양 고무신 공장과 을밀대를 섬세하면서도 거칠 것 없는 주인공을 따라 나도 마구 쏘다녔다. 푹 빠져 읽었다는 소리다.

휴전선 철책 아래 갇힌 시기 동안 우리가 잃어버리고 있는 북방의 장쾌한 상상력이 이런 게 아닐까, 하면서.

이렇게 근사한 소설, 참으로 오랜만이다. —한창훈(소설가)

乙密臺上의 滯空女

女流鬪士 姜周龍 會見記

無號亭人

정양 名勝 乙密臺 屋上에 滯空女가 突現하엿다。平元고무직공의동맹파업이 이래서 더유명하여젓거니와 昨年中 勞働爭議의 新戰術을 보여준 日本煙突男과 比하야 好對照의 에피소드라 할것이다。(中略)

「우리는 四十九名 우리罷業團의 賃金減下를 크게 역이지는 않습니다。이것이 結局은 平壤의 二千三百名고무직공의 賃金減下의 原因이 될것입으로 우리는 죽기로써 反對하랴는 것입니다。二千三百名 우리동무의 살이 깍기지 않기 爲하야 내 한몸덩이가 죽는 것은 아깝지 않습니다。내가 배와서 아는것 中에 大衆을 爲하야서는 (中略) 名譽스러운 일이라는것이 가장 큰 智識입니다。이래서 나는 죽음을 覺悟하고 이 집웅우에 올라 왓습니다。나는 平元고무社長이 이 앞에 와서 賃金減下의 宣言을 取消하기까지는 決코 내려가지 않겟습니다。끗까지 賃金減下를 取消치 않으면 나는 資本家의 (中略) 하는 勤勞大衆을 代表하야 죽음을 명예로 알뿐입니다。그러하고 여러분、구타여 나를 여기서 (집웅) 强制로 끄러내릴 생각은 마십시오、누구든지 이 집웅우에 사닥다리를 대놓기만하면 나는 곳 떠러저 죽을뿐입니다。

이것은 姜周龍이 五月卄八 밤 十二時 乙密臺집웅우에서 밤을 밝히고 이튿날 새벽 散步왓다가 이 희한한 光景을 보고 몰여든 百餘名散步客압에서 한 一場演說이다。이 演說을 보아서 滯空女 姜周龍의 階級意識의 水準을 엿볼수잇다。이女子는 어떤사람인가。어떤 生涯를 하며 어떠한 環境의 支配를 받앗나? 이것이 編輯者로부터 나에게 發한 命令이다。

六月七日。府外 船橋里 平元고무직공 파업단본부로 姜周龍女史를 訪問하엿다。유달리 眼光을 發하는 작은눈、매섭게 생긴 코、그리고 想像以上의 達辯은 첫 印象으로 수월치않은 女子라는 것이엇다。

그러나 그보다도 그의 過去 生涯가 더 나를 놀라게하엿다。오늘 그의 가진 意識과 男子以上의 活潑한 性格이 우연한 바가 아님을 알수잇다。이제 잠간 나는 붓을 돌리어 그의 입에서 나오는대로의 그와 過去 生涯의 獨白을 速記한다。

◇

나의 故鄕은 平北江界입니다。열네살까지는 집안이 걱정없이 지냇으나 아버지의 失敗로 家産을 탕진하야 버나하 열네살적에 西間島로 갓습니다。거긔서 농사하면서 七年동안 살앗는데 스므살 나는 해에 通化縣에 잇는 崔全鉉이라는 이에게 시집갓습니다。男便은 그때 겨우 十五세의 貴여운/도련님이엇습니다。나는 男便의 사랑을 받앗다기보다도 男便을 사랑하엿습니다。첫눈에 아조 貴여운사람 사랑스런 사람이라는 印象을 엇엇습니다。夫婦의 誼도 퍽 좋앗습니다。洞里가 다 부러워하엿답니다。

◇

시집간지 一年後부터 우리 夫婦의 生涯에는 큰 變動이

생겻습니다。 그것은 男便이 ○○團首領 白狂雲(지금은 그이도 죽엇습니다) 氏의 第二中隊에 編入된 것입니다。 勿論 나도 男便과같이 風餐露宿하며 ○○團을 따라다녓습니다。

六、七個月 ○○團을 따라다녓는데 나중에는 「거치장거려서 貴찬으니 집에가 잇으라」는 男便의 命令을 밧고 나는 本家에 도라와 잇엇습니다。

男便이 白狂雲氏의 第二中隊에 編入된지 一年만이엇습니다。 그때는 내가 本家에 도라온지 五、六個月後이엇는데 우리 本家에서 百餘里나 되는 村落에서 男便의 病이 危篤하다는 消息을 듯고 달려갓슬때는 벌서 틀렷습디다。 손까락을 잘라서 피를 먹엿더니 좀 精神을 차렷섯으나 그날밤으로 죽엇습니다。 밤에는 단지 나혼자 그를 간호하고 잇엇는데 밤間새에 숨이 끈허젓습니다。 죽엇는지 살앗는지 몰라서 바늘로 살을 찔너보고야 아조 죽은줄을 알앗스나 기위 죽은사람이라 屍身옆에서 한잠자고 이튼날아츰 病問安왓든 사람들의 손으로 무첫습니다。

◇

그리고 나는 시집으로 도라갓섯습니다。 좀 창피한 이야기지만은 시집에서는 나를 의심하야 男便죽인년이라고 中國警察에 告發하야 一週日이나 가처워서 고생햇습니다。 하도 원통하고 또 돌봐주는이도 없서서 一주일을 굶다싶이 햇습니다。 (그러케 이번 사흘쯤 斷食이야 힘지않아요?)

西間島서 歸國한 것은 내가 스물네살되든해엿습니다。 처음에는 沙里院서 一年쯤 지냇는데 父母와 어린동생을 다리고 내가 밥버리를 하면서 아들노릇을 하엿습니다。 그러다가 평양온것이 벌서 五年째

겟니다。처음부터 고무직공으로 밥버리를 햇지요。고무직공조합에는 작년과업이 이러나기 바로전에 입회햇습니다。

◇

을밀대에 올나갓든 얘기요? 그야 다 아시지 않아요? 五월廿九日밤 우리는 戰術을고치어 斷食同盟을 組織하고서 工場을 死守하기로하고 工場을 占領하엿습니다。

그러나 밤 한時나 되니까 工場主는 警官에 依賴하야 우리들을 工場밧으로 내쫓앗습니다。동무들이 大聲痛哭하면서 쫓겨나올때 나는 차라리 이목숨을 끊어서 世上사람에게 平元공장의 橫暴를 呼訴할 맘을 먹엇습니다。그래서 나는 工場에서 쫓겨나오는대로 거리에서 日本 한匹을 사가지고 을밀대로 올라 갓습니다。그러나 「사구라」나무가지에다 日本을 거러놓고생각하니 내가 여대로 죽으면 젊은 따부년이 또 무슨 짓을 하다가 세상이 부끄러워 죽엇나하는 誤解를 받을뜻하여 旣往이면 을밀대 집웅우에 올나갓다가 아츰에 사람이 뫃이면 실컨 平元공장의 횡포나 呼訴하고 시원히 죽자고 맘을 돌렷습니다。

그러나 을밀대 집웅우에 올라갈 길이 망연하엿습니다。궁리끝에 日本한끝을 올개머를 지어서 집웅마루에 걸어보라고애썻으나 失敗하엿습니다。마즈막의 妙策에 나는 成功하엿습니다。日本 한끝에 무거운 돌을 달아서 집웅건너편으로 넘겨놓고 줄을 다려보앗더니 괜치안앗습니다。그래서 처음에는 줄에 매달녀「그네」를 뛰어서 安全함을 試驗한후에 이줄을 타고 집웅으로 올라갓습니다。

그때가 아마 새벽 두시는 되엿을 것입니다。사면이 고요한데 기생을 끼고 散步하는 잡놈을 두개나 보앗습니다。아츰날이 밝기는 머럿는지라 日本을 거더올녀 몸을가리고 한잠잣습니다。동이 트기 시작하면서 내가 요란한소리에 놀라깻때는 벌서(中略)

◇

그는 벌서 한개 로동자가 아니라 四十九名의 로동자를 거느리고 鬪爭의 先頭에 나선「리ー더」의 한사람이다。(下略)

李忠武公行錄

(第七頁에서續)

다스구비를 차서 안에 배를 숨길수잇고 밖에서는 엿볼수가 없이 되엇으며 倭艦이 湖南을 犯하라면 반드시 이길을 지나게 됨으로 公은 매양 이곧을 形勝之地라고 하여오던터이라가이 저陣을 옮기게된것이다。

八月에 朝廷이 三道水使가 서로 統攝이 못되니 主將이 必要하다하야 公으로 三道水軍統制使를 兼하게하고 本職을 仍任하게하니 元均이 先進으로서 公의 節制를 받기를 부끄러워함으로 公은 매양 그를 優待하엿다。

公은 陣中에 잇으매 매양 軍糧을 근심하야 백성을 募集하야 農業과 漁業을 奬勵하며 소곰 굽기、질그릇 굽기에 어르기까지 아니하는것이 없엇다。

公은 陣中에 잇으매 일즉 女色을 가까히한 일이없고 밤에、잘때에는 띄를 그르지아니하고 겨오 一二更을 자고나서는 곳 部下를 불러 의논하야 날이밝기에 이르럿다。또 자시는것도 朝夕 五六合에 不過하므로 親近한이들은 그食少事煩함을깊이 근심하엿다。

甲午正月 十一日에 배를 타고 母夫人게신데 떠날때에 母夫人은 陣中에 나아가 크게 困辱을 씻으라고 再三 가르칠뿐이오 조곰도 惜別하는뜻이 없엇다。

三月에 譚都司라는者가 講和하는일로 明나라로부터 熊川敵陣에 이르러 公에게 牌文을 보내어 가로대「日本諸將이 다갑옷을벗고 싸홈을 쉬이기를 원하니 너는곳本處地方으로 돌아가서 日本營寨에 가까지와 釁端을 이르키지말라」하엿다。公이 答書하야가로대「嶺南沿海가 우리 땅아님이 없으니 나더러 日本營寨에 가까히하지말라함은 어쩜이며 나더러 곳本處地方으로 돌아가라하니 本處地方이란 어느곧을 가르침이뇨(中畧)」하엿다。

참고문헌

강이수, 권행가, 김혜경, 문소정, 박정애, 서지영, 안태윤, 양현아, 이상경, 이정옥, 정진성, 《경계의 여성들》, 한울, 2013

김경일, 곽건홍, 정혜경, 〈일제하 노동운동(1920~1945)〉, 《한국노동운동사 대토론회》, 고려대학교 노동문제연구소, 1999

김윤정, 《1930년대 초 범태평양노동조합 계열의 혁명적 노동조합운동》, 숙명여자대학교, 1997

박건록, 〈고무신을 신은 최초의 한국인〉, 브이원, 2013

박준성, 〈제20장 강주룡: 고공농성을 벌인 여성 노동자〉, 《인물로 본 문화》, 한국방송대학교출판부, 2005

변창애, 허은, 《아직도 내 귀엔 서간도 바람소리가》, 민족문제연구소, 2010

윤대원, 〈참의부의 '법명' 개정과 상해 임시정부〉, 《한국독립운동사연구 제44집》, 독립기념관 한국독립운동사연구소, 2013

임학성, 〈20세기 초 서간도 거주 이주한인들의 생활 양태〉, 《동북아역사논총 46》, 동북아역사재단, 2014

정운현, 《조선의 딸, 총을 들다》, 인문서원, 2016

정재정, 〈일제하 동북아시아의 철도교통과 경성〉, 《서울학연구 제52호》, 서울시립대학교 서울학연구소, 2013

체공녀 강주룡

제23회 한겨레문학상 수상작

초판 1쇄 발행 2018년 7월 13일
초판 9쇄 발행 2024년 4월 12일
개정 1판 1쇄 인쇄 2024년 11월 25일
개정 1판 1쇄 발행 2024년 11월 30일

지은이 박서련
펴낸이 이상훈
문학팀 최해경 박선우
마케팅 김한성 조재성 박신영 김효진 김애린 오민정

펴낸곳 (주)한겨레엔 www.hanibook.co.kr
등록 2006년 1월 4일 제313-2006-00003호
주소 서울시 마포구 창전로 70(신수동) 화수목빌딩 5층
전화 02)6383-1602~3 **팩스** 02)6383-1610
대표메일 munhak@hanien.co.kr

ISBN 979-11-7213-169-2 03810

* 값은 뒤표지에 있습니다.
* 파본은 구입하신 서점에서 바꾸어 드립니다.